Lovelie D'Haïti

Tome 3

La saison des trahisons

Sylvain Meunier

Lovelie D'Haïti

Tome 3

La saison des trahisons

la courte échelle

Les éditions de la courte échelle inc.
5243, boul. Saint-Laurent
Montréal (Québec) H2T 1S4

Directrice de collection:
Annie Langlois

Révision:
Lise Duquette

Conception graphique de la couverture:
Elastik

Mise en pages:
Pige communication inc.

Dépôt légal, 1er trimestre 2006
Bibliothèque nationale du Québec

La courte échelle reconnaît l'aide financière du gouvernement du Canada par l'entremise du Programme d'aide au développement de l'industrie de l'édition pour ses activités d'édition. La courte échelle est aussi inscrite au programme de subvention globale du Conseil des Arts du Canada et reçoit l'appui du gouvernement du Québec par l'intermédiaire de la SODEC.

La courte échelle bénéficie également du Programme de crédit d'impôt pour l'édition de livres — Gestion SODEC — du gouvernement du Québec.

L'auteur remercie la Société de développement des Arts et des Lettres de l'arrondissement du Vieux-Longueuil pour son aide financière.

Catalogage avant publication de Bibliothèque et Archives Canada

Meunier, Sylvain

Lovelie D'Haïti

Sommaire: t. 1. Enfances brisées – t. 2. Le temps des déchirures – t. 3. La saison des trahisons.

ISBN 2-89021-618-7 (v. 1)
ISBN 2-89021-695-0 (v. 2)
ISBN 2-89021-768-X (v. 3)

I. Titre. II. Titre: Enfances brisées. III. Titre: Le temps des déchirures. IV. Titre: La saison des trahisons.

PS8576.E9L68 2003 C843'.54 C2003-940231-2
PS9576.E9L68 2003

Imprimé au Canada

Merci à Raynold Mathieu
et à Danielle Anctil
pour leur aide précieuse.

Prologue

Les chants de Chomsky

Regarde ce corps tombé qui ne bouge plus !
Regarde le dos perforé par une balle !
Regarde le sang qui s'écoule sans retenue !
C'est toi, Chomsky, qui as commis l'action fatale.
C'est bien toi !

À la mi-juin 1986, Lovelie D'Haïti reçut enfin des nouvelles de Chomsky Deshauteurs.

Ces nouvelles arrivaient à un moment où elle se sentait de nouveau autorisée à regarder la vie avec un minimum de confiance.

D'abord, les blessures à l'âme et au corps que lui avait infligées l'ignoble Andy Colon s'étaient refermées, à la faveur de sa réintégration dans le cocon chaleureux des Brûlotte. Le décès de son bourreau, par ailleurs, malgré les circonstances extrêmement troublantes dans lesquelles il s'était produit, l'assurait qu'un terme avait été mis à la sombre menace qui n'avait cessé de planer sur son enfance montréalaise.

Ensuite, elle avait traversé la série d'examens finals de la première année de son cours secondaire avec la conviction de les réussir haut la main. Elle en aurait la confirmation chiffrée quelques semaines plus tard.

Le succès scolaire demeurait pour elle une nécessité, non qu'elle péchât par orgueil ni ambition, mais parce que cela lui donnait l'impression de contrôler au moins cet élément majeur de son existence, d'être à ce chapitre la maîtresse absolue de son sort. Cette motivation l'emportait désormais de beaucoup sur celle d'accomplir un devoir de reconnaissance envers ses parents qui avaient voulu, jadis, lui procurer la chance d'étudier pour laquelle sa défunte mère avait consenti au sacrifice de leur séparation.

Enfin et surtout, elle était en train de s'inventer une façon de vivre avec deux familles en même temps. Cette acrobatie socioaffective était rendue plus facile par l'affection que Lovelie éprouvait pour sa petite sœur, laquelle compensait largement les sentiments acides que lui inspirait sans rémission sa belle-mère Rosalyne.

Dans ce tableau somme toute davantage clair qu'obscur, il subsistait toutefois un large pan d'ombre : le sort de Chomsky. La dernière personne qui l'avait vu était Charline, chez qui il avait trouvé refuge après le hold-up raté au marché Hispaniola. C'était de là qu'ils avaient lancé Mme Moïse au secours de Lovelie. Charline affirmait que, tout de suite après, Chomsky l'avait quittée sans lui faire part de ses intentions. Depuis, plus rien. Lovelie souffrait de cette absence absolue d'informations.

Elle avait donc été vivement émue quand Charline lui avait apporté une enveloppe cachetée sur laquelle était simplement écrit, d'une écriture gauche : « Pour Lovelie. » Charline l'avait reçue chez elle, par la poste, dans une autre enveloppe.

— As-tu regardé où elle a été postée ?

— Oui, à Toronto.

À Toronto ! Parce qu'ils avaient conçu le projet de

s'y réfugier ensemble, Lovelie avait imaginé que Chomsky eût fui aux États-Unis. Elle n'était pas au bout de ses surprises. Quand, plus tard, dans l'intimité relative d'un banc de parc sur lequel elle était parvenue à se retirer, elle avait ouvert l'enveloppe, elle y avait découvert un poème écrit à la main, sur des feuillets arrachés d'un carnet.

Qui voudra connaître les raisons de ton crime ?
Qui voudra savoir ce qu'était Andy Colon,
Et tout le mal qu'il aurait fait à sa victime,
À ta Lovelie, dont tu emportes le nom
Avec toi ?

On se doute qu'elle le relut plusieurs fois, avec une émotion dont la nature variait sans cesse. Il parlait encore d'elle, de sa fuite, de sa détresse.

D'abord, elle n'avait jamais su que Chomsky eût un talent ni même un quelconque intérêt pour la poésie. Elle comprendrait plus tard comment cela lui était venu, et elle s'y habituerait. En attendant, son étonnement se mêlait à un sentiment d'irréalité, accentué par le choix de Chomsky d'utiliser la deuxième personne. S'agissait-il d'une sorte de pudeur ?

Pourtant, la réalité était inscrite dans les mots, puisque Chomsky admettait qu'il était bel et bien l'assassin d'Andy Colon. De cela, elle ne devait pas s'étonner. Aux yeux de tous, y compris de la police, Chomsky Deshauteurs était le suspect numéro un, et pour ainsi dire le seul qui se détachât de la foule des malfrats de faible envergure que fréquentait la victime. Mais Lovelie, semblable à ces mères de grands criminels qui s'accrochent à la moindre parcelle d'espoir, n'arrivait pas à lui retirer la présomption d'innocence. Elle devait désormais s'y résigner et se chargeait du même coup d'un horrible secret, dont il ne lui viendrait jamais à l'idée de s'ouvrir à quiconque. Chagrin, donc ! Elle mit cependant ce secret de côté et voua toute son émotion à l'essentiel : Chomsky était vivant et, tout compte fait, pas si loin.

Et, en même temps, elle se sentait fâchée. Il ne lui fournissait aucun moyen de lui répondre. Elle lui en voulut tout de suite, sans toutefois en être pleinement consciente, de la réduire au rôle d'écouteuse muette, et ce malaise allait l'amener un jour à se promettre de ne plus le lire.

Car elle reçut d'autres poèmes. Un second arriva par le même chemin, environ un mois plus tard, qui relatait le voyage de Chomsky.

Les champs sont grands, avec des taches blanches.
C'est le printemps, et c'est aussi dimanche.
Tu es tout seul, les passagers t'évitent.
Tu as la gueule genre qui les irrite.
C'est aussi bien. Quand t'as pas la peau beige,
Ne dis donc rien, reste au fond de ton siège.

Pauvre Chomsky. Lui qui se sentait si facilement exclu, comme il avait dû trouver long le trajet vers une destination inconnue.

Un « partenaire » lui avait fourni une adresse. Lovelie se souvenait de ce « partenaire » qui devait leur permettre de franchir la frontière américaine. Quel film extraordinaire ! Elle avait participé à la rédaction de son scénario, mais le grand réalisateur avait changé le cours de l'histoire.

Les poèmes continuèrent de lui parvenir tels les chapitres d'un feuilleton dramatique. En novembre

1986, elle en apprit un peu plus sur les gens qui avaient recueilli Chomsky.

Ces Noirs-là sont pires que les Blancs.
Ils ont de la drogue et de l'argent,
Des filles qui font tout ce qu'ils veulent.
T'as intérêt à fermer ta gueule.
C'est la prison, c'est désespérant.
Partir ? Pour aller où et comment ?

Et les larmes montaient aux yeux de Lovelie. Dès ses premiers poèmes, Chomsky avait conjuré Lovelie de l'oublier. Or, il agissait de manière à produire l'effet contraire.

Ce que vivait Chomsky ranimait en elle des douleurs éteintes, celles qui l'avaient accablée du temps qu'elle était confinée dans la cave des Jolicœur. Mais elle était alors une enfant, elle avait la foi. Chomsky avait fait l'expérience de la liberté, et il lui avait confié qu'il ne croyait plus en Dieu. Inimaginable, sans doute, la profondeur de son désespoir, ainsi que sa propre douleur à ne pouvoir lui venir en aide ! Se rendait-il seulement compte de ce qu'il lui imposait en persistant à ne lui fournir aucun moyen de lui répondre ?

Il renchérissait dans un autre poème :

On t'appelle Frenchie et, dans cette bande,
tu es un étranger,
Un immigrant, un déraciné,
un Nègre parmi les Blacks.
Qu'importe où la vie t'emmènera,
jamais rien ne va changer,
C'est le mépris et le désespoir
que tu traînes dans ton sac.

Dans le sommeil de Lovelie, ces poèmes devinrent des cauchemars. Elle se réveillait en sueur au milieu de la nuit, chassant les images d'un Chomsky pourchassé, battu, tué. D'autres nuits, par contre, ses rêves se teignaient de rose. Il revenait dans une belle voiture, riche d'une fortune honnêtement gagnée, le véritable meurtrier d'Andy Colon avait été démasqué, et ils entreprenaient une vie d'amoureux normaux, au grand jour.

Lovelie avait un emploi du temps rempli à l'extrême, qui devait rouler comme une mécanique bien huilée. Chaque nouveau poème apportait sa dose de perturbations. Contre les sentiments vivaces qu'elle éprouvait pour l'absent, sa raison commençait à se dresser. Elle aurait fait n'importe quoi pour lui, mais elle ne pouvait rien, parce qu'il le voulait ainsi. Charline jurait qu'elle ne savait pas comment le joindre. Cela signifiait que Chomsky ne savait pas si ses poèmes se rendaient à bon port. Si Lovelie cessait de les lire, cela ne ferait aucune différence. Seul l'espoir que, un beau jour, il briserait le secret en lui donnant la possibilité de répondre la poussait à ouvrir chaque nouvelle enveloppe qu'elle recevait. Mais le temps passait.

À l'hiver de 1988, Chomsky, sans intentions malignes, tourna le fer dans la plaie.

Elle te verra dès qu'elle ouvrira la porte,
Elle se retiendra, elle fera semblant,
Mais elle tremblera comme une feuille morte
Soulevée par le vent.

Celui-là la saisit au cœur. Pour la première fois, il parlait de retour. Dans aucun poème auparavant, il n'en avait été question, même par allusion. Tout lui interdisait d'y croire. Il ne s'agissait sûrement que d'un fantasme provoqué par la solitude, une nostalgie d'exilé. Et pourtant, elle ne pouvait s'empêcher de s'imaginer ouvrant cette porte et découvrant en tremblant qu'il était là.

Ah ! si elle avait pu en parler à quelqu'un !

Mais elle était astreinte au secret. C'était lourd, trop lourd ! Elle savait que, dans son entourage, on s'émerveillait de la voir si forte après les innommables épreuves qu'elle avait subies. Elle était si habile à cacher sa seule grande faiblesse.

Il n'y avait que Charline qui sût à quel point son cœur n'arrivait pas à se séparer de Chomsky, et cette dernière n'eut jamais la moindre idée du contenu des enveloppes qu'elle lui transmettait.

« Eh bien ! s'il veut revenir, qu'il revienne ! se dit Lovelie. Je n'ouvrirai plus ses enveloppes, je vais même les détruire ! »

Elle ne tint pas sa résolution et en ouvrit une dernière, et son humeur en fut assombrie pour un long moment.

Les coups sont bas.
Ça sent la mort qui rôde.
Sur les armes, les mains sont chaudes.
Tu ne dors pas.
Ça pue la fin
Et il faut que tu partes
Avant que la guerre éclate
Sans lendemain.

I

Entre les rayons

Ils sont déposés en toi,
Mes derniers espoirs.
Penses-tu encore à moi
Quand descend le soir ?
Me gardes-tu une place
Dans ton cœur si plein ?
Ai-je laissé une trace,
Ou suis-je trop loin ?
(Extrait des carnets de Chomsky)

Sans beauté digne de faire image, Charline disposait néanmoins d'attributs que sa vingtaine ferme et rebondie rendait fort désirables. Par exemple, bien qu'il fût sans doute de ceux qui, sous l'effet combiné des grossesses et des années, se développent au point de devenir quasiment des handicaps, son postérieur proposait pour l'heure deux fesses saillantes et bondissantes qui gonflaient la libido de maints mâles, à commencer par celle de son patron, qui se tenait derrière elle.

Il s'était approché tel un félin en chasse et, tandis que, innocemment mais non moins impudiquement penchée, Charline rangeait des sacs de guimauves, il s'abandonnait aux délices de la bandaison. Si Charline avait porté une jupe, il l'eût soulevée sans se gêner pour lui glisser entre les cuisses cet engin dont il n'était pas peu fier. Hélas ! contre un jean ajusté au millimètre, semblable opération était pour le moins aléatoire.

C'était aussi bien d'ailleurs, puisque le magasin était ouvert et que l'heure de pointe du vendredi après-midi ne tarderait pas à commencer, sans parler de Rosalyne qui pouvait faire irruption à tout moment. Elle était en haut à nourrir les enfants rentrés de l'école, et elle ne traînait jamais longtemps une fois qu'ils étaient rassasiés.

Malgré ces considérations, Jean-Louis Jeune ne put tout à fait résister à l'appel de la chair et il se faufila de l'autre côté de son employée, en prenant soin que son sexe, qui se cassait dans l'exiguïté du pantalon, effleurât la raie qui lui faisait tant envie.

Charline avait cette capacité, si recherchée chez les employées de bas d'échelle, de se concentrer totalement même dans l'accomplissement des besognes les plus banales. Donc elle sursauta, en émettant un cri dans lequel perçait plus de rage que de surprise. Avant même de le constater de visu, elle sut à qui elle devait attribuer cet attouchement déplaisant. Or, si elle éprouvait pour tout organe masculin une profonde répugnance, c'était plutôt pour l'ensemble de sa personne qu'elle haïssait Jean-Louis Jeune, le propriétaire du marché Hispaniola.

Ses viscères se révulsèrent. En un éclair, elle était dressée. Saisissant au passage un bocal de cerises couleur d'alerte rouge, elle le brandit en fulminant.

— ESSAYE DE ME TOUCHER ENCORE, MON *OSTIE* DE VIEUX *CRISSE* DE VIEUX COCHON, PIS JE TE PÈTE LES DENTS, PIS JE TE FAIS AVALER LES CERISES AVEC LE POT…

Décontenancé à son tour par cette salve d'invectives, Jeune recula, heurtant les tablettes chargées de paquets de biscuits aux brisures de chocolat. Ce n'était pas la première fois qu'il se commettait ainsi avec Charline, et celle-ci n'avait jamais réagi autrement qu'avec une hostilité sans ambiguïté. Pourtant, imbu de son pouvoir financier et de sa triomphante virilité, Jeune s'obstinait à ne pas comprendre que ces ripostes véhémentes ne masquaient pas du tout quelque astuce féminine visant à attiser le désir, mais qu'elles étaient l'authentique manifestation d'un impérissable dégoût à son égard.

— Ne te mets pas dans cet état, je ne l'ai pas fait exprès ! marmonna-t-il.

— Hypocrite en plus ! cracha la jeune femme.

— Arrête ! Un peu de respect, s'il te plaît ! Je voulais seulement te donner ta paie.

Il s'empressa d'extirper une petite enveloppe brune de la poche intérieure de son veston. Il était tiré à quatre épingles, littéralement. Une épingle en effet joignait les pointes du col de sa chemise fuchsia, une autre maintenait sa cravate café au lait en place, deux autres ornaient les poignets de son veston crème, et tout cela étincelait en parfaite harmonie avec sa dent en or. Incidemment, Charline trouvait ridicules ces accoutrements de *just come*.

Elle tira les billets de l'enveloppe et les compta. Elle travaillait « au noir », croyant que c'était à son avantage, alors qu'en réalité c'était son patron qui accaparait sans partage les économies réalisées en ne déclarant pas aux gouvernements l'existence de cette employée.

— C'est tout ? grogna-t-elle, le sourcil froncé.

— Il y en a pour trente heures.

— Eh ! J'ai fait plus que ça !

— C'est ce que Rosalyne a calculé.

Charline *tchuippa**. Les traits de Jeune se durcirent.

— Rosalyne sait compter, trancha-t-il.

Puis, se radoucissant, il ajouta :

— Je pourrais t'augmenter... si tu te montrais un peu plus... coopérative.

« Coopérative, mon cul ! songea Charline en se retournant. Plus chiche que ça, c'est un pois ! »

S'éloignant pour mettre fin à ce désagréable entretien, elle se reprocha son manque de rigueur dans le calcul de ses heures de travail. Lovelie l'avait pourtant prévenue de se méfier de Jeune, pour qui l'honnêteté constituait un principe général qui n'interdisait pas les gains mesquins grignotés aux dépens d'autrui. Et il ne fallait pas compter sur la Rosalyne pour lui inculquer la rectitude.

De toute manière, Charline n'avait guère le choix. L'offre d'emplois pour les jeunes non qualifiés était plutôt faible, en ces temps-là, sauf dans la restauration. Or, un bref séjour dans ce secteur d'activité lui avait confirmé ce qu'elle savait déjà : elle n'était pas le moins du monde douée pour feindre la gentillesse.

D'autre part, sa mère lui assurait le gîte et le couvert. L'argent que Charline gagnait servait à défrayer ses besoins raisonnables de vêtements et de loisirs et à économiser pour le jour où, ayant enfin identifié le domaine auquel elle était destinée, elle reprendrait les études qu'elle avait interrompues au début de sa deuxième année de cégep.

---

* Expression créole désignant un son produit en inspirant de l'air entre ses dents et qui exprime le dédain.

Il y avait aussi que, en travaillant à l'extérieur de la maison, elle obligeait sa mère à confier Surprenant, son jeune frère retardé, à des services spécialisés plutôt que de compter sur elle.

Elle fourra l'enveloppe dans sa poche et se dépêcha de mettre de l'ordre dans les paniers, en faisant le plus de bruit possible, laissant Jeune planté au milieu de l'allée, tel un gigantesque nain de jardin.

À ce moment, la clochette de la porte tinta et Lovelie entra.

Les vendredis, après l'école, celle-ci passait chez sa famille d'accueil pour se changer, puis sautait dans l'autobus afin de venir aider au magasin, dont son père biologique était en principe le gérant. Elle donnait aussi la moitié de son samedi, avant ou après-midi, selon les circonstances, l'autre moitié étant consacrée à Genella, sa sœur cadette. Elle s'imposait cet exigeant horaire par devoir filial, et de bon cœur, depuis que sa belle-mère se mêlait moins de l'enquiquiner.

En ce doux après-midi de début mai, Lovelie portait elle aussi un jean bien ajusté, avec de jolis motifs argentés brodés aux chevilles par Germaine Brûlotte elle-même. Sous un blouson blanc en matière synthétique, elle arborait le chandail officiel des Nordiques de Québec, avec son prénom imprimé dans le dos. C'était un cadeau d'Émile Brûlotte. Lovelie, qui ne s'intéressait pas plus qu'il ne fallait aux sports professionnels, le mettait pour le confort. Les modes *sexy* qui commençaient à s'imposer, sous l'influence des vidéoclips, la mettaient mal à l'aise.

À quinze ans accomplis, Lovelie D'Haïti avait vraisemblablement atteint sa taille définitive. Elle dépassait un mètre soixante-dix. Il ne restait à la nature qu'à peaufiner un peu son œuvre pour amener son corps à la plénitude de sa splendeur. On voit mal comment on pourrait exagérer en parlant de sa beauté : elle était tout simplement parfaite. De l'ossature solide au grain de la peau, du galbe des jambes à la chevelure abondante dont les extrémités ourlaient avec un brin d'impertinence, la vigueur et la grâce s'exaltaient mutuellement. Enfin, pour couper court à toute velléité de la réduire à l'état d'objet sexuel, elle avait un visage d'une intelligence et d'une franchise qui refoulait la plupart des importuns, et des yeux pers qui vous médusaient.

Rien qu'en déboutonnant son col, elle aurait pu se bâtir une glorieuse carrière au cinéma, mais elle était déterminée à devenir policière. Et l'on n'osait imaginer l'effet qu'elle produirait, descendant de sa voiture, l'arme sur la hanche, pour vous flanquer une contravention bien méritée !

Charline se tourna aussitôt vers elle et sa gorge se serra imperceptiblement. Que ce soit au magasin ou n'importe où, même au téléphone, chaque fois que Lovelie lui apparaissait dans un détour de la quotidienneté, elle devait refouler un désir impulsif de l'enlacer et de l'embrasser à la manière des amoureux trop longtemps séparés. Et Charline souffrait à chaque instant, au moins un peu, de vivre à côté de cet amour irréalisable auquel elle n'avait pas la force de renoncer.

— Salut ! lança joyeusement Lovelie. C'est tranquille ?

— Un peu trop, persifla Charline en désignant Jeune du coin de l'œil.

Lovelie saisit l'allusion. Elle n'ignorait rien de ce que Charline subissait de la part de Jean-Louis Jeune, mais étant donné que cet homme tenait entre ses mains le sort de sa famille, elle s'abstenait d'intervenir. Elle compatissait d'autant plus qu'elle aussi se sentait souvent scrutée par des regards de prédateur. Sa qualité de mineure et la proximité de son père lui épargnaient cependant le genre de harcèlement que subissait son amie.

Jeune, d'ailleurs, dont le sens de ses propres intérêts était la seule chose qui pût dominer sa libido, s'épargnait de vains tourments en limitant ses contacts avec Lovelie.

Et justement, Rosalyne entrait par la porte arrière.

— Bon, je vous laisse entre femmes, dit Jeune avant de se diriger vers le bureau qui se trouvait dans l'arrière-boutique.

Selon ses habitudes, il y resterait jusqu'à ce que Jérémie D'Haïti rentre de sa tournée de livraison, après quoi il irait vaquer à quelque autre de ses multiples et sinueuses affaires.

Tandis que Rosalyne passait une blouse de travail, Lovelie s'adressa à voix basse à Charline.

— As-tu reçu une lettre ?

— Lovelie... commença Charline sur un ton d'aimable reproche, tu m'as demandé de la détruire, si j'en recevais une autre !

— Je sais, mais tu peux me le dire quand même quand tu en reçois...

— Eh bien, non ! Rien !

— C'est la vérité, hein ?

— Certain ! C'est toi qui décides. Si tu changes d'idée, je ferai comme tu veux !

— Ça m'inquiète...

— Oh, Lovelie...

Les phrases qu'il aurait fallu prononcer montèrent tout de suite dans l'esprit de Charline. À quinze ans, on ne peut pas être engagé pour la vie. Son amie devait, sinon oublier Chomsky, du moins le ranger dans un tiroir aux souvenirs, avec d'autres, bons ou mauvais. Ce garçon avait sans doute beaucoup de charme, et il avait fait preuve d'abnégation quand il s'était agi de secourir Lovelie, mais il demeurait un rebelle, un aventurier… et un délinquant !

Deux ans qu'il était parti ! Reviendrait-il jamais ? Et dans quelles conditions ? Bien sûr, il écrivait à Lovelie des choses qui, visiblement, l'émouvaient. Sauf que l'exil trouble les images, amplifie les émotions, échafaude des sentiments sans égards à la réalité. En tant qu'enfants d'immigrants, il leur était aisé de comprendre cela. Chomsky avait choisi une vie qui n'était pas compatible avec celle de Lovelie, et le reste n'était que du rêve.

Mais Charline se tut. Elle craignait de laisser transparaître un filet de jalousie à travers ses incitations à oublier Chomsky. Quand, à l'été de 1986, elle avait reçu la première enveloppe, elle avait deviné de qui elle provenait, et son premier réflexe avait été de l'éliminer sans en parler à personne. Puis elle avait considéré qu'elle détenait là un bon moyen de s'assurer au moins l'amitié de Lovelie, de jouer un rôle dans sa vie. Elle s'était ainsi enlisée dans le paradoxe de sauvegarder l'espoir qu'un jour Lovelie l'aimerait, en alimentant l'espoir d'un amour doublement concurrent.

Ah ! S'il avait existé une pilule qui l'eût à la fois guérie d'être lesbienne et d'aimer Lovelie, elle l'eût prise sans la moindre hésitation… et puis peut-être pas. Même les amours les plus douloureuses ne sont pas absolument dépourvues de joie.

De toute façon, on ne pouvait rien dire à Lovelie dont elle n'était déjà consciente. Elle obéissait à son cœur, et comment Charline aurait-elle pu le lui reprocher !

— Ne t'en fais donc pas pour lui, dit-elle plutôt, il est assez malin pour se sortir de n'importe quoi.

Rosalyne réapparut et s'installa derrière la caisse, en jetant un regard oblique aux deux amies. Elle se gardait désormais de faire des reproches directs à la fille de celui qui partageait encore sa couche. Deux ans auparavant, quand Lovelie avait repris une vie normale et accepté d'aider la famille, elle avait clairement établi qu'elle ne reconnaissait aucune espèce d'autorité à l'ancienne fruitière des Cayes.

Par contre, Charline n'était qu'une employée et elle se remit au travail, car des clients se présentaient.

2

L'histoire de Mélanie Gaudrault

Si au moins l'amour pouvait être juste !
La beauté, la force du corps, de l'esprit,
Certains en ont moins et d'autres en ont plus.
L'un, dans le plus beau des palais, grandit,
L'autre, dans son abri rempli de puces,
Crève de faim et demeure petit.
Si l'amour au moins pouvait être juste !
(Extrait des carnets de Chomsky)

Durant son adolescence encore proche, Charline gagnait occasionnellement quelques dollars en gardant des enfants du voisinage, ainsi que le font la plupart des filles de cet âge. À cause de Surprenant, sa disponibilité était limitée et, le plus souvent, elle remplaçait des copines. Elle n'avait en fait qu'une seule cliente régulière qui la demandait de préférence à quiconque. C'était Mélanie Cherry.

Cherry était le patronyme du mari, Steven, de souche anglophone à demi assimilée, tel que l'est de Montréal en produit parfois. Il avait fréquenté l'école primaire française parce que celle-ci se trouvait à proximité du domicile familial. C'est là que lui et Mélanie Gaudrault s'étaient connus, sans s'intéresser particulièrement l'un à l'autre. Ils s'étaient d'ailleurs pratiquement perdus de vue quand il avait obtenu son diplôme au *high school* et elle à la polyvalente.

Ils s'étaient retrouvés par hasard, au seuil de leur majorité, dans une partouse d'étudiants fort arrosée et non moins enfumée, à laquelle ils avaient probablement été invités de part et d'autre par erreur. Elle était vierge sans trop savoir pourquoi, et lui de même, pour des raisons différentes. Pourtant, ils étaient chacun parfaitement présentables, elle, brunette bien fournie avec des seins solides et des hanches fluides, lui, châtain, costaud, mais pas assez pour s'en forger une carrière, sorte d'albatros qui, descendu de ses patins à glace, réussissait à s'empêtrer même dans les rythmes de Village People.

Rien de ce qu'ils avaient absorbé d'illégal ou non ce soir-là n'ayant pu contrer l'action de la centrifugation sociale, ils s'étaient retrouvés à la périphérie de la fête, dans un état auquel ils n'étaient pas habitués, et pour ne pas avoir l'air de deux « rejets », ils avaient entrepris de se pourlécher mutuellement.

Elle trouvait que sa bouche avait à peu près le même goût que la sienne, bière et marijuana en somme, et que son sexe était incroyablement dur, plus petit cependant que ce qu'elle craignait. Il la caressait à la manière d'un explorateur plutôt que d'un conquistador, et cela suffisait à le distinguer des rares garçons qui s'étaient essayés avec elle auparavant.

Lui se disait qu'elle était sans doute plus enivrée qu'amoureuse, mais que l'occasion était trop belle. Pour un jeune homme, le pucelage est un secret pénible à garder.

Il avait l'usage à peu près exclusif de la seconde

voiture familiale, et c'était une berline américaine de taille intermédiaire. Mélanie était consciente de ce qu'elle risquait en acceptant d'y monter. Toutefois, même si elle n'éprouvait pas vraiment de désir, elle avait résolu de se laisser prendre, parce qu'il fallait bien que cela arrive tôt ou tard.

Et cela était arrivé, sans trop de douleur, voire avec un peu de plaisir au début, quand il l'avait caressée et pénétrée avec ses doigts. Elle faisait ça beaucoup mieux elle-même, soit, mais une main étrangère a le charme de l'imprévisible. En retour, elle avait touché son sexe, l'avait manipulé ainsi qu'on lui avait raconté que cela devait se faire, sans y prendre le moindre intérêt, hormis la curiosité. C'était pour elle un objet totalement dénué de sens, rien d'autre qu'un pieu de chair ; en somme, ce mâle tout entier qui s'agitait sur elle n'était rien d'autre qu'un mécanisme charnel, et elle l'avait reçu en elle avec le fatalisme de qui absorbe, sans appétit, seulement parce qu'il faut se nourrir, une nourriture insipide.

Ayant appris dans un cours d'éducation sexuelle qu'une femme n'éprouve pas nécessairement de plaisir la première fois, elle se résolut à recommencer. Lui ne demandait pas mieux, surtout qu'elle feignait de jouir, espérant atteindre l'orgasme par mimétisme. Le va-et-vient du pénis dans ses entrailles allumait pourtant des mèches de sensations plaisantes, mais elles s'éteignaient aussitôt.

D'amour lasse, elle aurait dû mettre fin à cette vaine aventure après quelques semaines, chacun retournant chez soi fort d'une nouvelle expérience. Sauf qu'elle n'eut pas de menstruations ce mois-là, ni les mois suivants, jusqu'à ce qu'elle accouche d'un garçon joliment constitué, qui comblait aujourd'hui la vie de son père en enfilant un but après l'autre pour une équipe élite de hockey sur glace.

Honnête homme, conscient de ses responsabilités, par ailleurs singulièrement dépourvu d'imagination, Steven offrit à Mélanie de l'épouser. Considérant cette perspective comme la moins effrayante de celles qui s'offraient à elle, Mélanie avait accepté. On achevait les années soixante-dix et, au Québec, les mariages obligés n'attiraient plus l'opprobre. Ce fut à peine s'ils eurent à subir d'éparses remarques ironiques pour s'être laissé prendre au piège, alors que les condoms étaient en vente libre dans toutes les bonnes pharmacies, et la pilule anticonceptionnelle prescrite sur demande.

Ils n'avaient pas terminé leurs études, mais ils se débrouillèrent. Steven découvrit que sa gaucherie sociale avait l'avantage d'inspirer confiance, et que le métier de représentant de commerce lui seyait comme un gant. Il garda sa famille à l'abri du besoin, ce qui n'allait pas de soi dans la tourmente économique du début des années quatre-vingt.

Il était fou de son garçon. La paternité l'arracha à son insignifiance et devint l'élément central de sa vie. C'est ce qui permit au couple de se maintenir, parce que, côté conjugal, il n'y avait vraiment pas de quoi pavoiser.

Dans les premiers temps après la naissance, Mélanie accepta son devoir conjugal chaque fois que Steven le demandait. Il était cependant tellement évident qu'elle s'y soumettait strictement par devoir qu'il le demanda de moins en moins et, au bout de deux ans, une fois de temps en temps, le jour de son anniversaire, par exemple, ou dans les rares occasions où il buvait un peu.

« Je sais que c'est dégoûtant, *dear*, mais fermez les yeux et pensez à l'Angleterre ! »

Mélanie aurait pu adopter pour devise cette recommandation d'une quelconque vieille Anglaise à sa fille. Par chance, son mari ne considérait pas l'épanouissement sexuel comme une denrée essentielle au bonheur, et il ne souffrait pas de la parcimonie de sa femme. Il y a des hommes ainsi réglés, pour qui une chemise impeccable chaque matin et un plat chaud mijoté chaque soir valent davantage que d'épuisantes parties de jambes en l'air.

Quant à Mélanie, si elle ne souffrait pas non plus, elle s'ennuyait. Elle aimait son fils, mais elle avait la fibre maternelle plutôt distendue. Elle aurait pu retourner aux études ou trouver du travail. Cela l'effrayait. Elle avait peur de briser l'équilibre, plus encore, inconsciemment, de découvrir, au contact d'un milieu plus ouvert, des aspects de sa psyché qu'elle persistait à nier.

Le couple sortait peu, le plus souvent pour se rendre à des réceptions d'affaires. Ils n'avaient pas souvent besoin d'une gardienne d'enfant, mais un soir ce fut Charline.

Un courant indéfinissable de sympathie s'établit spontanément entre elle et Mélanie, un peu comme dans un film ésotérique où un être apprend qu'il jouit de pouvoirs de télépathie en rencontrant quelqu'un qui possède les mêmes.

Dès lors, Mélanie ne voulut personne d'autre que Charline pour garder son fils.

Quand cette dernière entra au cégep, elle devint

plus disponible en semaine. Un jour que l'enfant était grippé et gardait le lit, Mélanie réclama les services de Charline, le temps de brèves courses.

Au retour, l'enfant dormait, et elles se trouvèrent seule à seule dans le silence de la maison.

Mélanie se concoctait depuis longtemps de succulents fantasmes, et elle sut que de ne pas saisir cette occasion serait une sorte de suicide par abstention. Pour la première fois de sa vie, elle éprouvait un désir charnel dont la satisfaction lui semblait possible et, de ce fait, ce désir gonflait telle une rivière au printemps.

Elle aurait dû être terrorisée, et pourtant elle agit avec une assurance sans faille, à croire qu'elle était guidée par une volonté autre que la sienne.

— Prendrais-tu un petit vermouth avec moi, avant de partir ?

Charline accepta. Elle supposait que du vermouth, c'était de l'alcool, et elle n'en avait pas l'habitude, ni même le goût, mais elle aussi se sentait guidée. Elle était consciente de son orientation sexuelle depuis la fin de son cours secondaire, quand elle avait retrouvé Lovelie. Elle était cependant demeurée vierge. Elle n'avait pas eu l'audace d'entreprendre des démarches révélatrices auprès des deux ou trois filles avec qui elle aurait peut-être pu avoir une relation.

Elles s'installèrent sur le canapé du salon. Charline aima le goût à la fois sucré et acidulé du vermouth glacé. Sur le coup, elle ne ressentit pas d'effet. Mélanie la regardait en respirant drôlement. Charline n'hésita pas longtemps. Elle savait que le moment était venu.

— Vous avez une belle bague, remarqua-t-elle.

— Tu trouves ?

Mélanie tendit la main.

— Tu peux me tutoyer…

Charline prit la main, caressa la bague du bout de l'index, Mélanie osa poser son autre main sur la sienne, et le flux de la jouissance déferla.

* * *

Charline, les lèvres encore humides et goûteuses, appliqua trois baisers furtifs sur le mamelon tendre et velouté de Mélanie, et abandonna sa tête dans le confort de sa poitrine. Elle adorait, après l'orgasme, se reposer entre les seins mûrissants de son amante.

Elle se laissait fasciner par le contraste de son bras noir qui rayait l'épiderme blanc, semblable à une branche dont les racines s'insinuaient dans l'humus sombre du sexe.

Depuis le jour de la révélation, elles se voyaient chaque fois qu'elles en avaient l'occasion, pour savourer des plaisirs secrets qu'elles avaient appris ensemble.

Mélanie caressa la joue de Charline.

— Tu es triste, murmura-t-elle.

Charline ne nia pas. Elle remonta la cuisse, jusqu'au contact mouillé du pubis.

— Ce n'est pas un reproche, continua Mélanie. Ta tristesse goûte bon !

Charline émit un gloussement amusé, sans desserrer les lèvres ni entrouvrir les paupières.

— C'est vrai ! Tu goûtes plus salée quand tu es triste.

Elles demeurèrent silencieuses un moment, en échangeant des caresses complémentaires. Mélanie jeta un coup d'œil au radio-réveil, pour évaluer le temps qu'il leur restait avant le retour de l'enfant, compte tenu qu'elle devait changer les draps. Rien ne pressait encore.

— C'est à cause de Lovelie ?

Mélanie connaissait les sentiments de Charline, et elle n'en éprouvait pas encore de jalousie. Elle était suffisamment lucide pour n'avoir jamais espéré obtenir autre chose de Charline que ce qu'elle recevait déjà. Si belle que fût leur aventure, elle la croyait destinée à être interrompue, et cela pouvait arriver n'importe quand, sans préavis. En attendant, c'était un phénomène unique, inespéré.

Les « je t'aime » chaleureux qui fleurissaient spontanément dans leurs chants de jouissance n'étaient que l'expression d'une reconnaissance mutuelle, l'exultation de l'harmonie charnelle. Elles ne s'aimaient pas de cette sorte d'amour qui engage la vie. Il ne pouvait en être autrement, puisqu'elles ne se fréquentaient nulle part ailleurs qu'au lit. Elles ne connaissaient l'une de l'autre que le nécessaire ou l'inévitable. Elles n'avaient jamais regardé un film ensemble, ni écouté de musique, elles n'avaient jamais marché ensemble dans la neige, ne s'étaient jamais penchées pour humer les premières roses, elles ne s'étaient jamais extasiées en dégustant un morceau d'opéra (le gâteau), elles ne s'étaient jamais assises sous le soleil d'une terrasse, elles n'avaient jamais essayé de chapeaux farfelus juste pour rigoler, elles n'avaient jamais fait de projets de voyage, et rien de cela ne leur manquait vraiment.

— Hun, hun… confirma Charline en se détachant pour s'installer sur le dos, réaction de pudeur à l'évocation du nom de son amour.

Mélanie imaginait mal que l'on pût aimer ainsi, semaine après semaine, mois après mois, sans être aimée en retour, et, étant donné l'affection qu'elle éprouvait pour sa compagne de lit, elle compatissait à ce mal que ses baisers les plus doux ne savaient guérir.

— Elle a reçu des nouvelles ?

— Non… rien.

— Il a peut-être… disparu… d'une manière ou d'une autre.

Les yeux clos, Charline fit glisser la main de Mélanie sur son ventre.

— Je suis sûre que non, dit-elle. Ce n'est pas ce que je sens. Il va revenir.

— Qu'est-ce qui te fait penser ça ?

— Je ne sais pas, ce doit être écrit quelque part. Il l'aime et elle l'aime aussi. Il va revenir, ça ne peut pas se passer autrement.

— Ce serait peut-être aussi bien. Avec la distance, ils idéalisent leurs sentiments. La réalité risquerait de les décevoir. Elle a seulement quinze ans…

— Ce n'est pas une fille ordinaire.

— Je suppose… De toute façon, elle n'est pas lesbienne. Qu'il revienne ou pas, il faudra que tu tournes la page.

— Je ne suis pas capable, Mélanie. Il faudrait que je parte à mon tour. Où ? Et puis je ne peux pas abandonner ma mère tant que Surprenant ne sera pas placé.

— Il y a ton frère aîné…

— Oh lui… ça lui prend tout son petit change pour se montrer la face à Noël et à la fête des Mères.

— Pourtant, il faudra bien que tu les quittes un jour.

Mélanie soupira. Elle se retourna dans un exquis frottement de draps et d'épiderme. Sa bouche s'approcha à quelques centimètres de l'oreille de Charline.

— Tu sais ce qui nous rapproche ? C'est qu'on est deux prisonnières. Moi, c'est de ma faute, je l'ai fabriquée, ma prison. J'étais trop niaiseuse pour me rendre compte de ce que j'étais vraiment. Mais toi, tu es jeune, tu n'es pas engagée. Il y a d'autres filles. Dans les petites annonces du journal, il y a maintenant une section « femme cherche femme ». La société évolue. Tu peux te construire une vie.

— Oui, peut-être... Ah ! si tu connaissais Lovelie !

Mélanie hocha la tête.

— Comment pourrais-je comprendre ? Je n'ai pas connu ça, l'amour avec un grand A. Je ne peux pas vraiment t'aider...

Charline se serra contre sa compagne en écartant les cuisses.

— Tu peux me faire jouir...

Mélanie posa un baiser sur les paupières de Charline, glissa la main sur sa fesse et l'attira de manière à ce que leurs pubis se touchent.

3

Ambitions et désillusions

Celui qui n'est jamais parti
Ne sait pas où est son pays.
(Extrait des carnets de Chomsky)

Lovelie décollait les étiquettes rouges marquées « spécial » des sachets de simili-poulet dont la date de péremption était imminente. Elle le faisait de sa propre initiative, en cachette de ses patrons. C'est que lesdites étiquettes n'étaient qu'un leurre, les sachets moins frais étant vendus au même prix que les plus récents, que Rosalyne dissimulait plus loin, au fond du comptoir frigorifié. Il arrivait qu'un consommateur averti se plaignît de cette fausse représentation; dans ce cas, on se confondait en excuses, et comme le magasin n'avait pas de bouc émissaire attitré, on imputait l'erreur à un stagiaire d'ores et déjà renvoyé, qui n'avait évidemment jamais existé. Les clients naïfs ou simplement trop pressés s'y laissaient cependant prendre, et cette pratique heurtait de plein fouet l'honnêteté foncière de Lovelie; elle avait honte d'y être associée et corrigeait la situation en catimini, chaque fois qu'elle en avait l'occasion.

Or, en ce moment, le magasin venait de fermer et

tandis qu'elle-même vaquait aux étalages, Jeune et Rosalyne s'absorbaient dans la comptabilisation de la caisse, lui derrière, penché sur elle prétendument pour superviser l'opération. Lovelie n'était pas dupe. Si le sourire amusé de sa belle-mère était bien provoqué par une palpation, il ne s'agissait certes pas de celle des billets de banque. Ce n'était pas la première fois que Lovelie était témoin de semblables câlineries.

Elle s'en attristait en songeant que cela se produisait dans le dos de son père et, en même temps, elle ne pouvait s'empêcher d'espérer que ces marivaudages aboutissent à une séparation dont elle n'anticipait que la conséquence la plus heureuse : elle n'aurait plus de belle-mère.

Sauf que Jérémie D'Haïti ne se rendait compte de rien, ou alors il feignait l'ignorance.

Justement, ayant accompli la fastidieuse tâche de classer les bouteilles consignées, il fit irruption dans le magasin. Jeune rectifia sa position. Le sourire de Rosalyne tomba.

— Déjà fini ? lança cette dernière, comme si elle avait quelque raison d'en douter.

Lovelie vit du feu s'allumer dans le regard de son père. Jeune recula encore d'un bon pas. Il était haut et carré d'épaules, sûrement capable de tirer son épingle du jeu dans un affrontement physique avec Jérémie D'Haïti, mais il ne tenait pas à le vérifier dans des circonstances aussi délicates. Et c'était la première fois que son homme de confiance manifestait une pointe de colère en sa présence.

— *Mwenmenm, lè map travay, m pa bay lodians !**

---

* Quand je travaille, je ne placote pas, moi.

La réplique de Jérémie était cinglante, et pourtant les personnes visées se détendirent un peu, car, à première ouïe, elle n'était pas celle d'un homme qui venait de surprendre sa *dame* dans une attitude compromettante.

Lovelie n'en était pas si sûre. Son père lui avait jeté un bref regard de côté avant de parler, et il se serait retenu à cause de sa présence que ça ne l'aurait pas étonnée.

Depuis qu'il avait retrouvé sa fille à l'hôpital, à la suite de cette fugue dont la conclusion aurait pu être pire, Jérémie D'Haïti avait compris que les enfants sont des personnes à part entière, et non des adultes incomplets et incompétents qu'il suffisait de mener à la baguette, jusqu'à ce qu'ils soient en mesure de pourvoir eux-mêmes à leurs besoins.

Plus important encore, il concevait que c'était son rôle de père de s'adapter à la personne que sa fille était devenue, s'il ne voulait pas l'éloigner de lui plus qu'il ne l'avait fait en l'envoyant à Montréal à l'âge de six ans. Il avait juré de ne plus jamais la fouetter, ce qui était déjà considérable. Pour Lovelie, il n'était de toute façon pas question que cela se reproduisît, mais cet engagement spontané l'avait touchée, surtout qu'il s'appliquait corollairement à sa petite sœur. Ensuite, il avait reconnu à sa fille le droit de choisir la carrière de policière, même si, en son for intérieur, il espérait toujours qu'elle changeât d'idée — un minuscule travers dont bien des parents se rendent coupables.

En ce qui concernait les rapports entre les filles et les garçons, par contre, il évoluait moins vite. Il n'avait pas interrogé Lovelie sur ce qu'elle avait fait ou non avec ce Chomsky Deshauteurs durant la nuit qu'ils avaient passée ensemble ; il avait accepté de lui faire confiance, donc de lui reconnaître un autre droit, celui du secret, et le fait que, depuis, il n'avait pas été question de garçon dans la vie de sa fille le confortait dans l'idée qu'elle n'avait pas encore entamé sa vie sexuelle.

Parce qu'il faut dire qu'il avait des yeux pour voir, Jérémie D'Haïti, et ce qu'il apercevait dans les rues de Montréal ne cessait de le scandaliser. Au pays, en Haïti, les choses étaient claires et tranchées : une fille, au sens d'enfant, était une fille, et une femme, au sens... des sens, était une femme ! Bien malaisé de définir la ligne de démarcation entre l'une et l'autre, mais c'était toujours évident ! Quand il avait courtisé Elmeryse, sa défunte épouse, elle était une jeune adulte. Il n'aurait pas courtisé une fille s'il n'avait pu la marier, du moins théoriquement, parce qu'il en avait courtisé plusieurs, et avec succès, sans leur donner d'illusions sur ses intentions — Rosalyne, par exemple, vu que lui-même était déjà marié, et qu'elle le savait... enfin ça n'avait rien à voir. À Montréal, des fillettes se séchaient le nombril à l'air, se pavanaient, quasiment coulées dans les culottes de garçons qui leur léchaient les babines et les pelotaient sur le premier banc venu, avec l'air de trouver ça aussi ordinaire que de manger un bol de céréales. Ça, ça ne passait tout simplement pas : il ne pouvait pas croire que les parents, que la société entière ne réagisse pas !

En d'autres temps, il ne se serait pas préoccupé de la présence d'un enfant s'il avait eu une scène à faire, considérant que c'était aux *ti-mounes** d'oublier aussitôt ce qu'ils entendaient ou voyaient qui ne les concernait pas.

Donc, Jérémie D'Haïti se rendait peut-être compte

* Enfants.

que Jeune flirtait avec Rosalyne, et que celle-ci se prêtait volontiers au jeu. D'autre part, comment pouvait-il réagir, lui qui devait à Jeune d'être installé ici et d'y gagner la vie de sa famille ?

Pour en revenir à sa belle-mère, Lovelie était certaine que, en amour ainsi qu'en toute chose, c'étaient ses intérêts personnels qui dictaient son comportement. Elle était convaincue que, déjà en Haïti, quand Rosalyne s'était installée dans le lit de Jérémie, c'était pour s'approcher de celui de Jeune.

À l'époque, Jérémie D'Haïti, respectueux de la volonté d'Elmeryse, avait ramené la dépouille de celle-ci aux Cayes pour l'y inhumer, ce qui avait exigé des prouesses d'efforts et d'ingéniosité, puisqu'on se doute que, dans les années précédant le *dechoukaj**, les entreprises de pompes funèbres haïtiennes n'avaient aucune espèce de rapport avec celles qui prospéraient ici. Une fois rendu cet hommage hors du commun, personne n'avait trouvé à redire en constatant que le veuf poursuivait sa vie avec une femme à qui il avait déjà fait un enfant. Qui plus est, il était probable que, déjà dans les derniers mois de son épouse malade, Jérémie s'était consolé auprès de Rosalyne.

Lovelie ne tenait pas rigueur de cela à son père. Dans une lettre, l'abbé Saint-Louis lui avait expliqué qu'elle ne devait pas le juger avec les critères d'une Québécoise de bonne famille catholique.

Va pour son père. Sauf que, dès les premiers jours vécus sous la gouverne de Rosalyne, elle avait senti la vénalité de sa belle-mère et, depuis, rien, franchement rien ! ne l'avait incitée à revoir son jugement.

---

* Renversement du régime des Duvalier.

C'est dire que la brève scène qui venait de se dérouler ne lui déplaisait pas outre mesure.

— J'entends que ça bardasse en haut. Tu devrais aller mettre les enfants au lit, bougonna encore Jérémie D'Haïti.

— Je finis la caisse et j'y vais, répondit Rosalyne sur un ton droit sorti d'un congélateur.

Cette dernière passa une liasse de billets à Jeune, qui avait perdu le gros de sa superbe et qui semblait avoir maintenant des tas d'affaires urgentes à régler. Il plaça l'argent dans une enveloppe et se dirigea vers la porte, suivi par Jérémie D'Haïti, qui jouait le garde du corps jusqu'à ce que son patron soit installé dans sa voiture, les portières verrouillées. Enfin, Rosalyne retira sa blouse de travail et se dépêcha de monter. Lovelie l'entendit crier avant même qu'elle eût ouvert la porte du logement.

Elle avait eu l'idée de monter avec elle, car elle était certaine que la petite Genella ferait les frais de sa mauvaise humeur. Il en était déjà ainsi dans le temps où Lovelie habitait avec eux. La vilaine traitait sa fille Guerlande comme une princesse ; quant à Junior, frère entier de Lovelie, elle ne s'en préoccupait pour ainsi dire pas. La petite Genella, elle, très jeune et d'une santé fragile, était de trop !

C'est son instinct qui avait recommandé à Lovelie de demeurer dans le magasin, et elle comprit qu'il avait raison quand elle s'y retrouva seule avec son père.

Il avait le visage défait. Ses tempes grisonnantes lui donnaient tout à coup un air vieux. Lovelie ne connaissait pas son âge exact. Il ne devait guère avoir plus de quarante ans.

Elle s'approcha tandis qu'il tournait la clef dans la

serrure. Il avait les yeux luisants de larmes endiguées. Elle eut envie de le toucher. Elle ne savait pas comment. Son amour, dont elle ne doutait pas quand elle était enfant, dont elle ne doutait plus aujourd'hui, ne s'était jamais exprimé par des gestes de tendresse, sinon quand elle était encore un bébé, et elle ne s'en souvenait pas.

— Tu as l'air fatigué, papi.

Il baissa les yeux, atteint dans sa fierté de mâle de voir sa faiblesse surprise par une fille de quinze ans. Cela faisait aussi partie de son apprentissage de nouvel homme. Jérémie et Lovelie avaient connu fort peu de moments seul à seul, encore moins en tête à tête — Rosalyne y avait veillé. Dans le magasin, dont la moitié des néons étaient éteints, où seul le ressac des appareils et les sourds échos qui coulaient d'en haut érodaient le silence, Jérémie D'Haïti eut le courage de regarder sa fille en face.

Un chapelet de souvenirs s'égrena en lui ; il la revit, bébé tout neuf, dans les bras d'une Elmeryse resplendissante, puis trottinant dans sa robe rouge à pois blancs, voletant dans la poussière du marché des Cayes. Il la revit grondant les poulets avec une baguette, arrachant des sourires aux clients par la finesse de son esprit, et ainsi de suite, et tous ces souvenirs des premières années se succédaient de manière si nette et ordonnée qu'il se crut un instant sur le point de mourir, en train de revivre sa vie.

Il ne se sentait pourtant pas mourant. Las, oui, profondément las. Cette montée de mémoire portait un sens : Lovelie était le portrait d'Elmeryse, et Elmeryse demeurait ce que la vie lui avait donné de mieux. Et, en Lovelie, Elmeryse lui avait laissé le meilleur d'elle-même, le plus précieux des héritages! Junior et Genella étaient de beaux enfants, mais Lovelie, c'était... Elmeryse, Elmeryse qui vivait une seconde vie, une vie en santé, une vie qui irait jusqu'à son terme. Et elle la vivrait! avec ou sans lui. En vérité, et cela lui apparut telle une révélation biblique, n'était-ce pas lui qui avait besoin d'elle?

Et il parla:

— Oui, je suis fatigué...

— Tu travailles trop? demanda Lovelie, avant de comprendre que son rôle, à ce moment précis, devait se limiter à écouter.

Son père redressa le torse:

— Non! Le travail, je suis habitué. C'était bien plus dur quand je récupérais les boîtes de conserve vides, au pays. C'était plus lent, mais plus dur, il fallait marcher des heures au soleil. Je rencontrais toutes sortes de gens. C'était un minuscule métier, ce n'était pas payant pour la peine, mais je ne me rendais pas compte que c'était un métier... digne!

« Ensuite, on est allés à Jacmel. Quand j'y repense, c'est comme si je nous avais sortis du paradis terrestre. Il ne faut pas grand-chose, au fond, pour faire un paradis terrestre.

« Sais-tu ce que je pense? Quand Dieu a chassé Adam et Ève de l'Éden, il s'est réessayé à créer de meilleurs humains. C'étaient des Noirs et, cette fois, ça a marché. Et ce paradis, c'était Haïti, ou l'Afrique de nos ancêtres, partout où les *Nègs* vivaient avec la nature. Mais ceux qui avaient été chassés sont revenus, et ils n'ont pas reconnu leur paradis perdu; de toute façon, ils n'étaient plus capables d'en profiter, alors ils ont commencé à le gâcher. Notre île ne manquait de rien, ce n'est pas de notre faute si elle s'est détériorée. Tu ne rigoles pas des fabulations de ton vieux père ?

— Non. C'est une idée qui en vaut d'autres.

— Tu es gentille. Peut-être aussi que c'est ça, le châtiment, de s'apercevoir trop tard qu'on a connu un paradis, que ce sera ainsi pour chacun de nous, jusqu'au Jugement dernier… Ta mère était d'accord pour aller à Jacmel. On y voyait une chance d'échapper à la misère qui s'abattait sur le pays. Pour la première fois, je gagnais ma vie avec ma connaissance des lettres et des chiffres. C'était mon rêve de travailler un jour dans un bureau. Bon, c'était plutôt une guérite, mais avec un peu d'imagination, je pouvais croire que j'avais atteint un but. Sauf que je n'ai pas aimé ça.

« Je m'étais trompé sur moi-même, tu te rends compte ? Ce que j'aime le mieux, dans la *job* que j'ai ici, c'est la livraison, du moins l'été. Quand j'entre dans les restaurants, chez les traiteurs, les gens me reconnaissent. Il y a plein d'Haïtiens, on plaisante, on parle du pays… c'est bon ça.

« Dans le magasin, je me sens prisonnier. Jeune n'est pas toujours là, mais quand il vient, il n'arrête pas de demander des comptes, de laisser entendre que je n'en fais pas assez, de me dire qu'on n'est plus en Haïti et que les affaires doivent rouler vite, comme si je ne le savais pas. C'était pareil à Jacmel, et moi, après ses visites, je tombais sur le dos des trieuses de café. C'est ça, la vie de bureau : ou on t'embête, ou tu embêtes les autres.

« Et puis Rosalyne, elle se prend pour la reine de la maison, oui ! Tu as vu, tantôt ? Est-ce que j'ai l'habitude de ne pas finir ce que je commence ? Et je ne te dis pas… »

Ici, Jérémie D'Haïti baissa les yeux, inspira et ne poursuivit qu'après une évidente hésitation.

— Et je ne te dis pas comment ça se passe… la nuit. Je ne représente plus rien pour elle. Pourtant, où serait-elle, cette femme, aujourd'hui, si je ne l'avais pas prise avec moi ? Est-ce qu'elle aurait survécu au *dechoukaj* ? Il paraît qu'elle avait des amis dans les macoutes… mais je ne devrais pas te raconter ça, ce ne sont sans doute que des ragots.

« Ce que je veux que tu comprennes, ma fille… Ma seule espérance, c'est que toi, ton frère, tes sœurs, vous n'aurez pas cette sorte de vie où jamais rien ne tourne comme ça devrait.

« Et je ne peux pas payer tes études. C'est toi qui dois m'aider à tenir ce magasin qui ne m'appartient même pas. Tu ne vis pas dans ma maison. Comment puis-je prétendre être encore ton père ?

Lovelie eut mal.

— Ne pense pas ça, papi, s'il te plaît ! Tu es mon père, tu le seras toujours. C'est juste que… la vie s'est arrangée pour que j'aie deux familles. Tu sais, je ne suis pas la seule. Tu l'as dit, d'ailleurs : ce n'est pas de notre faute si les choses ne tournent pas comme elles devraient. Alors, ce n'est pas de la tienne non plus. Tu as fait ton devoir du mieux que tu pouvais, et tu continues. Faut pas te décourager.

Jérémie D'Haïti soupira.

Lovelie eut envie d'ajouter quelque chose à propos de Rosalyne, mais elle craignit de dépasser la limite.

4

Rififi à Toronto

Ne tourne pas le dos, ne ferme pas les yeux,
Sinon gare à tes os : tu ne vivras pas vieux !
Ils t'appellent brother *? Surtout ne t'y fie pas.*
C'est une question d'heures, tu serviras d'appât.
Quand le sang coulera, quand surgira la meute,
Ils te laisseront là, au milieu de l'émeute,
De la chair pour les hyènes. Ils sauveront leur peau,
Se foutent de la tienne : c'est zéro que tu vaux.
(Extrait des carnets de Chomsky)

Lovelie, Lucie et Nathalie sortaient rarement le samedi soir. Il leur arrivait à l'occasion de se rendre à de petites fêtes organisées par l'une ou l'autre des copines de l'école, mais, dans le cercle de leurs fréquentations, on n'était pas du genre à s'éclater précocement.

Quand les trois filles étaient ensemble, elles faisaient ce que font les adolescentes qui n'ont pas encore été infectées par le virus des garçons. Quoi donc ? Pour le savoir, il aurait fallu regarder par le trou de la serrure de la porte de la chambre, et il n'y en avait pas. Émile Brûlotte n'aurait jamais agi ainsi de toute façon ! Germaine non plus, d'ailleurs, bien que cela lui eût demandé un plus grand effort. Elle «avait pour son dire» que tant qu'on entendait des éclats de rire, rien de mal ne se passait.

Cependant, durant les séries éliminatoires de la coupe Stanley, la fièvre du hockey s'emparait des Montréalais, et «s'ils ne mouraient pas tous, tous étaient frappés», filles incluses. Quand le suspense atteignait son comble, quand les matchs décisifs tombaient un vendredi ou un samedi soir, la famille entière s'installait sur le divan du salon pour s'émouvoir des succès ou des déboires des fameux Canadiens et des inénarrables Nordiques.

Émile Brûlotte, qui avait été baptisé, confirmé et consacré dans la religion du hockey — voire circoncis si le rite l'avait exigé —, appréciait de regarder pour une fois le match en famille, question d'ambiance, et montrait une méritoire patience quand il s'agissait de répondre aux questions, puisqu'il était le seul à comprendre des règles aussi subtiles que l'interdiction de «la passe au-delà de deux lignes».

Cette année-là, ses Nordiques ne participaient pas aux éliminatoires, et le Canadien devait subir une élimination précoce aux mains de Boston. Ce serait Edmonton, avec la super vedette Wayne Gretsky, qui remporterait le célèbre trophée. Ces insignifiantes distractions ne mériteraient pas qu'on en parle si elles n'avaient eu pour conséquence indirecte d'enflammer dans le cœur de Lovelie le souvenir de Chomsky et de la plonger dans de douloureux tourments.

Le match terminé, Émile Brûlotte avait l'habitude d'allonger sa joie ou sa déception en cherchant dans les multiples chaînes qu'apportait le câble les points de vue de différents analystes, tant francophones qu'anglophones. Pour les filles, ce *zappage* servait de tampon entre l'excitation produite par le match et le calme propice au sommeil.

Lovelie avait déjà les paupières lourdes quand le téléviseur se posa sur un bulletin de nouvelles en anglais.

Le mot Toronto éveilla son attention. Elle se redressa.

— Qu'est-ce que c'est ? demanda-t-elle.

— Une bataille de gangs, répondit Émile Brûlotte. C'est à Toronto, ajouta-t-il, sur un ton révélant que l'origine de la nouvelle la privait d'intérêt.

Il demeura néanmoins sur le poste, observant sa fille du coin de l'œil.

L'attention de Lovelie croissait à mesure qu'on voyait passer des jeunes gens noirs, et d'autres hommes qui ne l'étaient visiblement pas, chacun menotté, se tordant le cou pour ne pas être reconnu, puis des civières, enfin un corps gisant sur le macadam, que des ambulanciers impuissants recouvraient d'un linceul dans la lueur apocalyptique des gyrophares.

Lovelie frémit. Elle comprenait assez l'anglais pour entendre que les forces policières étaient intervenues au moment où deux bandes rivales, qu'elles avaient infiltrées, et qui se disputaient le contrôle du territoire de Scarborough, allaient s'affronter. Pour des raisons obscures, la police n'avait pu empêcher la bagarre d'éclater et de faire plusieurs blessés, ainsi qu'au moins un mort. Des avis de recherche avaient été émis et d'autres arrestations étaient à prévoir dans les prochaines heures.

L'annonceur céda ensuite l'antenne à la « Miss Météo » du poste, et Émile Brûlotte, constatant que le bulletin sportif n'était pas pour tout de suite, s'en alla voir ailleurs.

Déjà, cependant, les sports l'intéressaient moins. À côté de lui, Lovelie semblait pétrifiée.

— On *va-tu* se coucher ? marmonna Lucie à travers les premières vapeurs du sommeil.

Lovelie acquiesça du fond de la gorge et se leva, sans cesser de fixer l'appareil, sans pourtant le regarder ni l'écouter non plus.

* * *

Lovelie dormit à peine cette nuit-là, et ce n'étaient pas les « points tournants » du match de hockey perdu qui la hantaient. Une inquiétude aiguë enrayait le fonctionnement de ses paupières, lui crispait les mandibules, lui mordillait les lèvres.

Sa raison avait beau lui répéter qu'il y avait sûrement plusieurs bandes criminelles à Toronto, même dans ce Scarborough dont elle ignorait tout, elle avait beau lui rappeler que rien ne garantissait que Chomsky s'y trouvât encore, la jeune fille ne pouvait se départir de la conviction que son ami avait été entraîné dans cette guerre de rue. Peut-être avait-il été arrêté, peut-être avait-il été blessé, ou pire… À aucun moment, elle n'avait cru le reconnaître, soit, mais ces reportages passent si vite ! Elle aurait tant voulu le visionner de nouveau.

Son cœur lui criait que cette nouvelle de Toronto en était une de Chomsky, son corps le confirmait : la fatalité parlait.

* * *

La foi chrétienne de Lovelie avait considérablement diminué d'ardeur depuis deux ans. Avec ces drames à répétition qui persistaient à perturber sa vie et celle des gens qu'elle aimait, elle avait de plus en plus de difficulté à croire qu'il existait un dieu infiniment bon qui planifiait cela. En conséquence, sa pratique religieuse était devenue quelque peu routinière. Ce dimanche-là, par contre, dans la majestueuse église de la paroisse Saint-Armand-de-Montréal, elle pria avec une ferveur renouvelée, non pas tant afin de solliciter un secours céleste, plutôt pour se convaincre qu'il n'était pas vain d'espérer, et, au fond, cela revenait peut-être au même.

Ce fut d'ailleurs un drôle de dimanche que, la messe exceptée, elle passa à la maison.

Lovelie, qui, en présence de sa famille d'accueil, et sans que cela lui demande d'effort, se faisait un devoir de montrer un dynamisme et une bonne humeur inaltérables, s'était lamentablement traîné les savates, s'était cherchée, comme on dit, roulant des yeux bouffis sur le comptoir de la cuisine, sur la table basse du salon, sur la commode de sa chambre, semblant incapable, chaque fois qu'elle s'arrêtait, de se rappeler l'objet de sa quête. Elle avait peu parlé, grignoté ses repas et mis deux heures à faire des travaux scolaires qui lui auraient normalement pris une demiheure.

Germaine Brûlotte pensa tout de suite qu'elle était malade, et Lovelie ne nia pas. La brave femme posa deux doigts sur le front de l'adolescente.

— Tu ne fais pas de fièvre. As-tu mal à la tête ? Au ventre ?

Lovelie avait répondu par la négative. Elle n'avait pas voulu inquiéter celle que, depuis le décès de l'autre, elle tenait pour sa véritable mère.

— J'ai mal dormi, je ne sais pas pourquoi.

— En tout cas, tu prendras une aspirine ce soir. Il y a un virus qui court, et ça ne pourra pas te faire de mal.

* * *

— J'espère qu'elle ne donnera pas son microbe à Lucie, confia Germaine Brûlotte à son mari en se mettant au lit.

— Son microbe ou son virus ?

— L'un ou l'autre, en autant que ça se passe.

— Ça m'étonnerait que ça passe avec des aspirines.

— Penses-tu qu'il faut l'emmener à la clinique ? demanda Germaine, étonnée que son mari émette une opinion dans un domaine qui lui appartenait normalement en exclusivité.

— Ce n'est pas une maladie du corps qu'elle a attrapée.

Le lit tangua : Germaine se redressait.

— Qu'est-ce qui lui arrive, *coudon* ?

— Je ne sais pas au juste, mais samedi soir, après le hockey, en zappant, je suis tombé sur un reportage en anglais à propos d'une bataille de gangs qui a mal tourné, à Toronto.

— À Toronto ? !

Bouche bée, les yeux écarquillés, Germaine ne comprenait pas.

— C'est quoi le rapport avec Toronto ?

— Je n'en sais pas plus que toi, mais je t'assure que quand elle a entendu cette histoire, elle s'est figée raide.

— Lovelie ne connaît personne à Toronto !

— Pas qu'on sache…

— Elle n'y a jamais mis les pieds !

— Elle, non…

Germaine demeura un moment silencieuse, son cerveau analysant à toute vitesse différentes possibilités. Elle crut comprendre.

— Émile, penses-tu que son… Trotsky serait à Toronto ?

— Chomsky, Germaine.

— Oui, oui, Chomsky…

— Il peut être n'importe où, alors pourquoi pas à Toronto ?

— Mais comment Lovelie le saurait-elle ?

— Crois-tu qu'elle nous parle de tout ce qu'elle vit ?

Le lit roula : Germaine se laissait retomber sur l'oreiller, attristée.

— Elle nous cache des choses… soupira-t-elle. Et dire qu'on l'a toujours traitée comme notre propre fille.

— Justement, Germaine, elle nous le rend. Elle nous traite comme des parents normaux. Tous les enfants cachent des choses à leurs parents.

— Quoi ? Tu crois que Lucie…

— Lucie n'a pas eu la même vie que Lovelie, donc si elle nous cache quelque chose, ça ne doit pas être bien énervant.

— N'empêche ! Si on ne sait rien, on ne peut pas l'aider !

— Je suppose qu'elle ne veut pas nous causer du souci.

— Pour ça, c'est raté !

— Elle ne l'a pas fait exprès.

Germaine soupira.

— Tu pourrais l'emmener faire un tour de taxi, et essayer d'en parler.

— Peut-être, mais pas tout de suite... D'abord, pour le moment, rien ne garantit que ça va durer. Elle est inquiète, perturbée, c'est sûr, sauf qu'elle peut bien se rendre compte qu'elle a eu un peu trop d'imagination. Même, on peut penser que cette nouvelle a seulement réveillé de mauvais souvenirs. Et ça se peut qu'elle nous couve une grippe, après tout. On verra de quoi elle aura l'air demain.

Et, signifiant qu'il ne servait à rien de stimuler leur inquiétude en parlant davantage, Émile Brûlotte, qui passait à travers les années sans accumuler un gramme de graisse superflue, se glissa jusqu'aux contreforts du corps de son épouse et s'y appuya tendrement pour se prédisposer au sommeil.

* * *

Germaine fut à peu près rassurée dès le lendemain matin. Lovelie avait convenablement dormi, aidée par l'aspirine dont elle n'avait pas l'habitude et par la fatigue, et elle montra presque son entrain habituel au réveil.

— Je me sens mieux, répéta-t-elle.

Ce n'était pas un mensonge à cent pour cent. Elle s'était raisonnée. Il était inutile de se torturer avec des suppositions redondantes. Elle n'avait d'autre choix que d'accepter cette angoisse qui persisterait jusqu'à ce que des nouvelles rassurantes lui parviennent, ou jusqu'à ce que, à force de s'étirer dans le temps, elle se réduise à un fil si ténu qu'il finirait par se rompre sans qu'elle s'en aperçoive. Elle avait vécu une expérience analogue avec le décès de sa mère. Un beau jour, elle avait constaté qu'elle n'y avait plus pensé depuis un moment, et que si elle y pensait forcément en faisant cette constatation, cela ne lui causait plus le même mal. Au contraire, le souvenir de son visage la réconfortait. Elle n'avait aucune explication à ce phénomène, et elle n'en cherchait pas.

Quand elle arriva à l'école, elle se dépêcha de se rendre à son casier, puis aux toilettes, en confiant à Lucie que son malaise du dimanche se frayait un chemin dans ses tripes et qu'elle en avait pour un moment.

À l'abri d'un cabinet encore relativement accueillant à cette heure matinale, Lovelie relut les poèmes de Chomsky qu'elle avait sortis du fond de son casier pour les dissimuler entre ses livres.

Elle s'épongea les yeux.

Elle quitta les toilettes plus convaincue que jamais que la vie de Chomsky venait à nouveau de basculer.

Elle eut l'idée d'aller trouver Mme Moïse. Elle renonça vite. Pendant deux ans, elle avait gardé le secret. Même si, par la force des choses, ils n'avaient jamais conclu de quelconque accord, il y avait néanmoins un pacte entre elle et Chomsky. Aucun adulte ne pouvait comprendre cela. Pour un adulte, l'amour qu'éprouve une fille de quinze ans, ce n'est pas du véritable amour. C'est sincère, sans doute, mais c'est quelque chose qui répond à un besoin d'attention, ou d'affirmation, c'est une compensation pour un quelconque manque, c'est, à la limite, l'amour de l'amour, enfin bref, c'est n'importe quoi sauf cet amour tout simple qui s'impose pour nul autre motif et par nul autre office que son objet même, c'est-à-dire l'autre, c'est-à-dire l'être aimé. L'amour de Lovelie pour Chomsky n'avait pas cessé de vivre, malgré l'absence, malgré l'improbabilité qu'il se réalise un jour, et si c'était une maladie, il n'y avait que Chomsky pour la guérir, d'une manière ou d'une autre.

« J'aime Chomsky parce que Chomsky existe », se dit-elle en entrant dans le cours de morale qui, par hasard, inaugurait l'horaire de cette semaine-là.

* * *

« Je t'aime, je t'aime ! » se lamentait la jeune femme, penchée sur le corps percé de balles du chef de bande, meurtrier et fugitif.

La scène était réussie. Le sang paraissait réel. Un air d'harmonica flottait dans l'air tandis que les autres personnages avançaient en demi-cercle pour sertir la dernière étreinte de Tarzan et Ciboulette, le couple tragique de *Zone*, la fameuse pièce de Marcel Dubé, que la troupe de théâtre de l'Académie Corbett présentait pour la dernière fois.

Ciboulette, interprétée par Nathalie Durocher, se releva et tendit la main à son partenaire pour l'aider à se relever à son tour.

Une bourrasque d'applaudissements souleva la salle et le public d'une seule vague.

Parents, amis et gens de l'école, tous avaient été profondément touchés par la performance des acteurs. Il y avait de quoi. Tarzan et Ciboulette avaient joué la totalité du dernier acte avec des sanglots dans la voix, ce qui ne manquait pas de pertinence. Ce que le public ignorait, cependant, c'était que ces sanglots n'étaient nullement feints. Tout le long de l'acte, les acteurs avaient eu toutes les peines à se retenir de fondre en larmes. C'était Tarzan qui avait commencé, quand il avait tout à coup réalisé que cette représentation était l'ultime, que la troupe touchait le point culminant de huit mois de travail, que le rideau tomberait définitivement et que, après, il n'y aurait qu'un long passage à vide.

Les autres représentations avaient été données en matinée, devant les groupes d'élèves, et l'écoute n'avait pas toujours été à la hauteur des efforts de la troupe. Ce soir, devant des spectateurs complices qui avaient payé trois dollars la place, c'était une autre affaire, l'heure de gloire, le triomphe de la foi et de la persévérance.

Et, en se penchant pour saluer, Nathalie échappait de grosses larmes sur le mauvais plancher de la scène. Jamais, pourtant, n'avait-elle ressenti un bonheur aussi comblant, une joie si débordante.

Elle revenait de loin, Nathalie Durocher, qui avait commencé son cours secondaire dans un profond désarroi existentiel, au point de poser un geste dramatique. Si elle s'était reprise en main, elle n'avait pas perdu ce terrible sentiment de ne jamais se trouver tout à fait à la bonne place, ni au bon moment.

Et puis, un beau matin de septembre, devant la classe dont il était titulaire, M. Messier avait lu un appel lancé aux élèves intéressés à jouer au théâtre.

THÉÂTRE ! Le mot avait pénétré Nathalie telle une injection de drogue. Du théâtre, elle en avait vu peu, au hasard des troupes pour jeune public qui se produisaient dans les écoles primaires, et lors d'une sortie au théâtre Denyse-Pelletier, organisée l'année précédente par le professeur de français. En ajoutant les représentations en plein air de la Roulotte de Paul Buissonneau, et les pièces présentées à la télévision, cela faisait encore peu ; ce peu avait cependant été plus que suffisant pour susciter un engouement qui ne demandait qu'à s'épanouir.

Elle ne se serait pas présentée aux auditions sans l'insistance de ses amies. De l'actrice, elle n'avait d'autre image que celle des divas à la beauté irrésistible, et elle, depuis qu'elle avait l'âge de se préoccuper des reflets des miroirs, s'était toujours considérée comme moche. En outre, elle n'était qu'en troisième et présumait qu'on désirait surtout des élèves de cinquième, capables de personnifier des adultes.

— Lis donc ! avait dit Lovelie. C'est écrit : *À TOUS ET TOUTES LES ÉLÈVES !* Ça ne peut pas être plus clair !

Avec Lucie, Jésulienne et Héberte, elles étaient cinq devant la copie affichée du bulletin quotidien.

— Ouais, c'est ça qu'ils disent, mais je suis certaine que c'est choisi d'avance.

Le message était signé d'un certain M. Boileau, que les filles ne connaissaient pas, sauf Héberte, qui bénéficiait d'un cours de soutien en français.

— C'est le nouveau prof, tu sais, le gros qui parle fort !

Le fait qu'il s'agisse d'un nouveau prof encouragea Nathalie.

— Et puis, flûte ! le pire qui peut t'arriver, c'est que tu sois refusée ! C'est pas grave, ça ne coûte rien d'essayer ! ajouta Lovelie.

— T'es niaiseuse, franchement, si tu n'y vas pas, avait tranché Lucie.

— Moi, j'aimerais ça, déplora Jésulienne, mais je suis sûre qu'il faut rester après l'école, et mon père ne voudra jamais.

C'est peut-être cette dernière phrase qui avait le plus influencé la décision de Nathalie de tenter sa chance. Haute sur pattes, toute en muscles et en os, avec un sourire en envolée d'oies blanches, Jésulienne n'était peut-être pas une « bolée », mais elle avait un style, de la prestance et de l'esprit. Elle aurait défoncé les planches. Nathalie avait à cet instant pris conscience de la chance qu'elle avait de tenir pour acquis l'accord de ses parents séparés, avec en outre la certitude de bénéficier de leur encouragement inconditionnel. Il n'en tenait qu'à elle de se lancer et elle se serait sentie minable de se défiler.

Elle faillit renoncer de nouveau en entrant dans l'auditorium et en apercevant ce prof pour le moins détonnant par rapport à ceux qu'elle avait connus à ce jour. Il était massif, rubicond, vêtu d'un blouson en jean délavé, armé d'un manche à balai dont il se servait pour marteler le sol en beuglant de se dépêcher, qu'il n'avait pas envie d'y passer la soirée, que les retardataires seraient automatiquement exclus. Et il marchait d'un bout à l'autre de la scène tel un ours en cage, ne s'interrompant de grogner que pour se masser les narines.

Une fois les portes fermées, M. Boileau se calma, tomba assis sur le bord de la scène et expliqua son projet.

Nathalie ressortit avec une tirade à apprendre et à réciter la semaine suivante.

Elle se représenta, morte de trouille, et eut le sentiment d'avoir complètement raté son audition. En effet, elle ne fut pas choisie. Le prof lui affirma, de son ton bourru, que cela ne signifiait pas qu'elle était mauvaise, mais qu'il devait faire un choix, et que si le théâtre l'intéressait vraiment, elle pouvait se rendre utile à la troupe à titre de répétitrice ou de technicienne.

Nathalie philosopha que tel était peut-être son destin et accepta l'offre. Elle ne rata aucune répétition.

Or, vers la fin de novembre, M. Boileau piqua une sainte colère contre celle qu'il avait choisie dans le rôle de Ciboulette, parce qu'elle s'absentait trop souvent et n'avait pas encore mémorisé une seule réplique. La fille le prit un peu de haut.

— Wô ! hurla M. Boileau. JE FAIS DU THÉÂTRE POUR LE PLAISIR, PAS POUR ME FAIRE CHIER. SI ÇA FAIT PAS TON AFFAIRE, VA-T'EN !

La fille effectua un ostentatoire pied de nez et sortit en claquant la porte.

— NATHALIE ! se retourna M. Boileau.

Nathalie, stupéfiée d'entendre un langage aussi direct dans la bouche d'un enseignant, s'enfonça dans son siège et leva quasiment les bras pour se protéger d'une foudre qu'elle n'avait attirée d'aucune manière.

— T'AS PAS MANQUÉ UNE RÉPÉTITION, tonitrua Boileau, TU DOIS CONNAÎTRE UN PEU LE RÔLE. ÇA FAIT QUE *POGNE-TOÉ* UN TEXTE PIS COMMENCE À L'APPRENDRE : C'EST *TOÉ*, CIBOULETTE.

C'est ainsi que, sans qu'on attende son accord, Nathalie avait été propulsée de même pas soubrette à premier rôle.

Le bonheur !

Et puis l'anxiété, les répliques qui ne rentraient pas, le ton qu'elle ne trouvait pas, les gestes qu'elle oubliait ! La scène du baiser… elle qui n'avait jamais embrassé un garçon ! Les délais, les retards, les colères du metteur en scène qui menaçait chaque semaine d'annuler si ça continuait à ce train. Le sentiment qu'elle n'y arriverait jamais, que la commande était trop grosse ! Enfin les dernières répétitions, la peur croissante, l'effroi de se planter, la terreur de se couvrir de ridicule…

Tout ça venait de disparaître, ou plutôt de se métamorphoser… la transfiguration, la sublimation, le plomb changé en or !

— Voyons… voyons donc, ma chouette ! Tu as été merveilleuse ! répétait sa mère en serrant Nathalie dans ses bras.

Celle-ci niait de la tête, pas pour contredire, pour expliquer qu'elle était impuissante à endiguer le flot de ses larmes, s'efforçant en même temps de sourire pour montrer que ce n'étaient pas de vraies larmes de chagrin.

En retrait, il y avait son père avec sa nouvelle compagne, et Jean-Paul, son beau-père, puis un oncle, une tante et trois paires de grands-parents, réunis pour elle, sans parler de Lovelie et Lucie, qui avaient tenu à revoir la pièce. Elles vinrent réconforter Nathalie à leur tour.

Dans la salle, Germaine Brûlotte s'épongeait les yeux : elle était allergique aux larmes des autres. Il faut dire que c'était touchant, cette gamine qui pleurait de bonheur, dans sa robe rouge à crinoline, un bouquet de fleurs aussi gros qu'elle dans les bras.

Même Mme Moïse se laissait attendrir et serrait la main de Messier. Il était rare que les deux profs affichassent ainsi leur relation en public. L'occasion était belle.

La salle se vidait, et il ne resta bientôt que les proches des acteurs, qui n'en finissaient pas de se présenter les uns aux autres. Émile Brûlotte s'approcha de Mme Moïse.

— Bonsoir, madame Moïse. Monsieur Messier… Je sais que ce n'est pas le moment idéal, mais est-ce qu'on pourrait vous parler deux minutes ?

Surprise, Mme Moïse toisa le petit homme, et le sourire de satisfaction qu'elle affichait depuis la fin de la pièce fit place à un air soucieux.

— À propos de Lovelie ?

Émile Brûlotte confirma en jetant un regard à la

scène, où Lovelie n'avait d'attention que pour Nathalie.

— Bien sûr. Allons dans le hall.

Dans le hall, divers groupes discutaient bruyamment, dont M. Boileau qui, métamorphosé d'ours en nounours, roucoulait de bien-être en recevant les félicitations du directeur de l'Académie, jeune homme fraîchement promu, lequel se réjouissait devant la perspective que l'initiative du jeune prof attirerait une nouvelle clientèle dans son école.

Mme Moïse entraîna les parents Brûlotte à l'écart, tandis que Messier restait en retrait comme pour monter la garde.

— Alors, de quoi s'agit-il? Vous avez l'air inquiets!

Ce fut Émile Brûlotte qui parla. Placé entre Mme Moïse et Germaine, il faisait penser à une saucisse entre deux miches.

— Avez-vous remarqué si Lovelie avait l'air bizarre, ces jours-ci?

— Bizarre...?

— Soucieuse...

— Depuis quand?

— Cette semaine.

Mme Moïse réfléchit un instant.

— Vous savez, je ne la vois plus si souvent. Mais le fait est que je... attendez... non, je ne l'ai pas vue, cette semaine. D'habitude, elle passe devant ma classe quasiment chaque jour, et elle ne manque pas de me saluer. Pourquoi cette question? Il lui arrive quelque chose?

Émile Brûlotte lui raconta sa drôle de réaction en écoutant le reportage en provenance de Toronto, et le mauvais dimanche qui avait suivi.

— Et vous pensez que Chomsky est à Toronto, et que Lovelie le saurait...

— C'est possible, non ?

— Oui, c'est possible… sauf que je l'aurais plutôt imaginé à New York, ou à Boston. En tout cas, elle ne m'a parlé de rien. Je n'en sais pas plus que vous.

Émile Brûlotte jeta un regard entendu à sa femme, la devinant soulagée d'apprendre que Lovelie ne se confiait pas davantage à Mme Moïse.

Cette dernière enchaîna :

— Je serais bien surprise qu'elle ait gardé un contact avec lui, on s'en serait rendu compte. Peut-être a-t-elle appris quelque chose par le bouche à oreille. Plusieurs membres de la bande de Chomsky avaient des connaissances dans l'école… quoique, si la rumeur avait couru qu'il se trouve à Toronto, elle serait parvenue jusqu'à nous, soyez-en certains.

— Je ne comprends pas pourquoi elle n'en aurait parlé à personne.

Messier, qui avait écouté, intervint.

— Pour le protéger ! Chomsky Deshauteurs est recherché par la police, ne l'oubliez pas. Le meurtre de Colon n'a toujours pas été élucidé.

— Quoi ! s'indigna Germaine. Vous croyez qu'elle protégerait un assassin !

— Attention ! Je n'affirme pas que c'est lui, le coupable ! Mais même si Lovelie savait que c'est lui qui a tué Colon, croyez-vous qu'elle le dénoncerait ?

— Ce serait son devoir, remarqua Mme Moïse.

— Son devoir… répliqua Émile Brûlotte. On parle d'une adolescente…

— Juste, renchérit Messier. Ce Colon était un affreux personnage qui lui a quasiment brisé les pieds pour la soumettre à la prostitution. Chomsky est son sauveur. Mettons-nous à sa place.

Mme Moïse demanda :

— Avez-vous noté autre chose, des changements dans ses habitudes ? Est-ce qu'elle rentre plus tard ? Est-ce qu'elle passe plus de temps au téléphone ?

— Non, répondirent ensemble Germaine et Émile Brûlotte.

— Ce n'est peut-être qu'un petit microbe qu'elle a attrapé, ajouta Mme Brûlotte. On s'inquiète peut-être pour rien.

— D'habitude, les microbes n'arrivent pas par la télévision, observa Messier.

Il y eut un silence.

Le directeur s'approcha.

— Ne me dites pas que Mme Moïse vous garde en retenue ! s'exclama-t-il en riant. Elle est sévère, mais c'est pour votre bien !

Comme personne ne riait, il changea de ton.

— Vous êtes les parents de Lucie et Lov*é*lie, n'est-ce pas ?

— Lov*e*lie…

— Pardon, Lovelie. Deux excellentes élèves. Nous les reverrons l'an prochain, j'espère !

Changés, bien que non démaquillés pour la plupart, les acteurs commençaient à sortir à leur tour. Les clefs à la main, le concierge attendait de fermer l'école.

Il fut impossible de parler davantage de Lovelie.

5

Le chat sort du sac

Les oiseaux noirs
Sont arrivés
Et c'est le soir
Qui s'est levé.
Honnêtes gens,
Fermez les portes !
Que les enfants
Surtout ne sortent !
C'est la saison
Des trahisons.
(Extrait des carnets de Chomsky)

Le lundi, le marché Hispaniola n'ouvrait qu'à midi. Jérémie et Rosalyne n'y descendaient guère avant onze heures, ayant profité de la seule grasse matinée de la semaine, du moins quand Jérémie n'avait pas eu à s'extraire du lit pour dépanner Guerlande, qui devait gérer le départ des enfants pour l'école et qui ne venait pas toujours à bout de cette responsabilité.

Environ un quart d'heure plus tard, Jeune arrivait avec un panier de pâtés haïtiens chauds, carrés de pâte feuilletée farcis d'un hachis épicé, qu'il avait achetés en chemin dans une pâtisserie créole où il avait ses entrées — il s'agissait de pâtés invendus de la fin de semaine, ressuscités par la vertu des micro-ondes. Il apportait aussi de la salade, à peine défraîchie, et des petits gâteaux archi-sucrés.

Rosalyne installait tout ça sur la table de l'arrière-boutique, et on discutait des affaires courantes du commerce en déjeunant.

Ce jour-là, Jeune annonça une grande nouvelle :

— Ça y est, j'ai trouvé un local pour un nouveau magasin, boulevard Perras, en plein cœur de Rivière-des-Prairies. Quelque chose de bien, presque neuf, au moins deux fois plus grand qu'ici. On va pouvoir installer une cuisine et offrir des mets préparés. À ce qu'il paraît, c'est l'avenir.

Jeune n'avait jamais fait mystère de ses ambitions et Jérémie D'Haïti ne fut pas surpris, Rosalyne moins encore. D'ailleurs, Jérémie se réjouissait à la perspective de quitter la circulation lourde, les façades décrépies et la clientèle souvent louche de cette section du boulevard Pie-IX où il avait passé ses deux premières années hors Haïti.

Il livrait déjà le gros des commandes à Rivière-des-Prairies. Le nom évoquait la campagne et, en effet, le quartier était plus verdoyant. Les Haïtiens s'y installaient en grand nombre, dans des bungalows souvent neufs. C'était un quartier qui se développait allègrement et qui, au risque d'exagérer, avait un petit goût de terre promise. De toute façon, un changement s'imposait. Un nouvel environnement aurait peut-être un effet salutaire sur sa relation avec Rosalyne.

— Quand penses-tu ouvrir ? s'enthousiasma Jérémie D'Haïti en mordant avec appétit dans un pâté.

— Je prévois inaugurer le magasin début septembre.

— Ah oui ! Début septembre, ce serait idéal.

Jean-Louis Jeune aspira une gorgée de boisson à la noix de coco et posa la cannette devant lui, en levant un sourcil vers Jérémie.

— Pourquoi donc est-ce tellement idéal ? demanda-t-il, surpris de l'enthousiasme de son employé.

— Pour l'école ! Genella est au primaire. Ce sera plus facile pour elle de s'habituer si elle commence l'année dans sa nouvelle école.

Il y eut un silence. Rosalyne baissa les yeux, mit la main devant sa bouche et se leva, bien que ce ne fût pas encore le moment de desservir. Jeune serra les lèvres sur la paille et but un long coup. Jérémie se rendit compte que quelque chose ne tournait pas rond.

— Eh quoi ! ? Ça a du bon sens, non ?

— Oui, confirma Jeune, c'est juste que... il n'y a pas de raison que Genella change d'école, puisque vous allez rester ici.

Les yeux de Jérémie D'Haïti s'agrandirent démesurément. Il tourna la tête vers Rosalyne, qui détourna la sienne. Il posa les coudes sur la table.

— Je ne comprends pas ! Il faut quelqu'un d'expérience pour lancer un nouveau magasin, quelqu'un qui a fait ses preuves. Un nouveau ne...

Jeune l'interrompit.

— Il me faut surtout un homme de confiance ici, Jérémie, car je vais être très accaparé. C'est grâce à la qualité de ton travail que je peux me permettre d'ouvrir un deuxième magasin. Tu serais aussi efficace dans l'autre, sans aucun doute, mais je dois aussi garantir mes arrières. Je ne dois pas mettre tous mes œufs dans le même panier. Il faut que la base soit inébranlable pour construire dessus, tu me suis ?

Jérémie eut tout à coup peur de comprendre.

— Mais alors, qui… ?

Jeune laissa couler quelques secondes. Il eût préféré que Rosalyne parlât à sa place. Cela sautait aux yeux qu'elle en était incapable.

— Rosalyne, répondit-il enfin. Toi ici, et Rosalyne à Rivière-des-Prairies, c'est une combinaison gagnante ! Quand le nouveau magasin sera solidement établi, j'aurai besoin de toi pour en ouvrir un troisième. Ça peut arriver vite, tu sais. Les affaires ne traînent pas à Montréal.

Jérémie, visiblement incrédule, accusa pourtant le coup.

— C'est loin, quand même, relança-t-il. Elle déteste prendre l'autobus et elle ne sait pas conduire…

— J'ai prévu ça aussi. Elle a accepté de… bref, il va falloir vous séparer pour un bout de temps. Mais ce n'est pas si loin, vous…

Jean-Louis Jeune se tut. Soudainement, il avait peur de Jérémie D'Haïti, qui le regardait en alternance avec Rosalyne, les yeux tels des obus.

— Et par ailleurs, intervint enfin Rosalyne, c'est trop étroit ici, tu le sais. Par contre, il y a beaucoup de place chez Jean-Louis.

— Ah ! Parce que tu…

— Rien qu'en attendant ! s'empressa de préciser Jeune en levant la paume de la main. En attendant de trouver un logement pour vous cinq…

Jérémie D'Haïti s'était recalé dans sa chaise et hochait la tête de gauche à droite.

— Allons, tempéra Jeune, ne fais pas cette gueule, quoi ! On va t'engager de l'aide… Et puis, c'est mieux ça que le taxi, non ?

Coup dur ! Bas, très bas ! En plus de le trahir, on l'humiliait.

Jérémie D'Haïti se leva en tremblant de colère. De sa main droite, il écrasa la cannette qu'il avait vidée. Jeune se leva à son tour en reculant.

— Holà ! Calme-toi ! cracha Rosalyne.

Alors sa colère se tourna contre elle, et tout ce qu'il avait ressenti de désir, d'affection ou de tendresse pour cette femme se putréfia en une boule de haine dure comme un poing.

Il leva le bras.

* * *

Lovelie trouva son père assis de guingois, l'échine ployée sous le poids de sa propre matière, se retenant la tête de deux doigts posés sur une tempe, où plis et rides s'entrelaçaient, évocation sinistre des peines reptiliennes qui suffoquaient son cœur. L'inquiétude qu'elle éprouvait déjà inonda sa poitrine.

— Qu'est-ce qu'il y a, papi ?

Elle n'avait même pas pris le temps de lui dire bonjour. Elle n'avait aucune idée de ce qui l'attendait en quittant son cours d'anglais, où on l'avait appelée par interphone. C'était la première fois qu'on lui demandait ainsi de quitter un cours, sans préavis. Elle n'avait évidemment commis aucun acte répréhensible. Elle n'avait sollicité aucune rencontre. D'autres se fussent réjouis d'un tel répit, quel qu'en eût été le motif, et eussent pris tout leur temps pour descendre, s'arrêtant pour boire, pour pisser, pour saluer furtivement des camarades dans les classes dont les portes étaient ouvertes. Lovelie, elle, n'aimait pas être dérangée et détestait les imprévus. Elle n'avait pu faire autrement que d'imaginer des scénarios catastrophiques.

L'apparition de son père, effondré sur une mauvaise chaise du bureau, semblait confirmer ses pires appréhensions. Il mettait les pieds à l'Académie Corbett pour la première fois. La secrétaire l'avait accueilli d'un air suspicieux et avait soigneusement vérifié si son nom apparaissait dûment dans le dossier de Lovelie, avant d'accéder à sa demande, ce qui l'avait encore humilié.

Il leva vers sa fille des yeux chargés de chagrin.

— Rien de grave, murmura-t-il. J'ai... j'ai besoin de te parler.

— De me parler ! ?

Lovelie demeura profondément perplexe.

— Il n'est rien arrivé à Genella ? s'assura-t-elle.

— Non, non, Genella va très bien. Je suis venu seulement pour te parler.

— Mon Dieu ! Ça ne pouvait pas attendre ?

— Je me suis dépêché de livrer les commandes pour venir te trouver. Tu sais que je respecte l'école, mais vendredi, c'est trop loin, et on n'a pas souvent l'occasion d'être seuls tous les deux.

L'après-midi commençait. Son père aurait pu venir pendant la période du repas, ça aurait été plus simple. Il n'y avait probablement pas pensé. D'ailleurs, il ne connaissait pas l'horaire de sa fille. Quoi qu'il en soit, il n'était pas question de le renvoyer platement, surtout dans l'état d'accablement mental où il se trouvait. De plus, son initiative plongeait Lovelie dans un torrent de questions effrayantes et elle aurait été incapable de se concentrer sur autre chose tant qu'elle n'aurait pas obtenu les réponses.

— Je peux sortir avec mon père ? demanda-t-elle à la secrétaire qui se ponçait les ongles de l'autre côté du comptoir.

— Sortir ? rétorqua celle-ci d'un ton bourru. Va voir Mme Gamache.

Mme Gamache était la directrice adjointe. La porte de son bureau était ouverte et, ayant entendu son nom, elle prit les devants.

— De quoi s'agit-il ?

Jérémie D'Haïti se leva en tendant la main, visiblement intimidé. Face aux différents comptoirs, guichets et autres lieux de dispense de services, il ne cessait de se sentir comme un importun, un quémandeur, un étranger.

Heureusement, Mme Gamache comprit tout de suite et proposa au père et à la fille l'usage de la salle de réunion, ce qui protégerait la responsabilité de l'école.

C'était une salle sans décor, garnie seulement de tables juxtaposées, de chaises et d'un portemanteau.

— Alors, pour l'amour du ciel, qu'est-ce qui se passe, papi ? interrogea Lovelie avant même de s'asseoir.

Maintenant qu'il était en tête à tête avec sa fille, Jérémie D'Haïti ne trouvait plus ses mots.

— Papi, explique-moi, je vais mourir d'inquiétude !

— C'est Rosalyne, lâcha enfin l'homme.

— Ah…

Déjà Lovelie était moins inquiète. Elle avait beau avoir un sens moral extraordinaire, elle n'aimait pas sa belle-mère et la perspective qu'elle fût frappée par un léger malheur ne la chagrinait mie.

— Qu'est-ce qui lui arrive ?

Jérémie D'Haïti inspira :

— Elle s'en va.

Lovelie se retint juste à temps de laisser transparaître sa joie.

— Où ça ? demanda-t-elle en fronçant le sourcil.

Jérémie D'Haïti lui apprit l'ouverture du nouveau magasin et l'installation prétendument temporaire de sa conjointe de fait chez Jean-Louis Jeune.

Il omit seulement de préciser que, dans les plans de Jeune, Rosalyne ne devait déménager qu'à la fin de l'été. Sauf que la veille, quand il avait appris la nouvelle, une main invisible avait retenu son bras. Ou était-ce la peur de tuer ? En tout cas, il n'avait pas frappé Rosalyne, mais l'effet avait été le même. Elle avait aussitôt crié à Jeune qu'elle ne resterait pas un jour de plus dans la maison de cette brute. Or, de quel droit le traitait-elle de brute, lui qui, malgré les multiples vexations qu'il avait subies de sa part, s'était jusque-là gardé d'élever la voix contre elle ? Il avait répliqué qu'elle ferait mieux de partir à l'instant et Jeune avait dû déployer son arsenal de manipulateur professionnel pour gagner quelques jours.

En attendant, plus personne ne s'adressait la parole à moins d'absolue nécessité. Et pour ajouter à ses malheurs, Jérémie en avait été quitte pour passer la nuit sur le divan, avec courbatures et yeux cernés en prime.

— Elle va emmener Guerlande avec elle ? demanda Lovelie.

— Oui. Moi, je reste avec Junior et Genella.

— Tout seul ?

Lovelie ne voulait pas dire que ça n'avait pas de sens ; c'était pourtant ce qu'elle pensait.

— C'est de ça surtout que je voulais te parler. Si tu… si tu… voulais… tu pourrais… au moins essayer… de venir vivre avec nous… cet été d'abord, pour voir ?

Bouche bée ! Désormais, Lovelie D'Haïti connaîtrait le sens exact de cette expression, car elle l'était demeurée si longtemps qu'elle s'en était rendu compte, qu'elle avait même eu conscience de ne pouvoir le rester indéfiniment. Non seulement ne trouvait-elle pas de réponse adéquate à la demande formulée par son père, elle n'arrivait même pas à dresser une liste de possibilités.

— Je te prends par surprise, je sais.

— Bien… en effet, oui.

— Je n'ai plus que toi, Lovelie. Rosalyne m'a poignardé dans le dos, avec la complicité de Jeune. Je me doutais de leur petit jeu, mais je ne pouvais pas croire qu'ils étaient aussi déloyaux… elle, surtout, la félonne. D'accord, je lui ai fait un enfant à la légère, mais nous étions jeunes, et je ne l'avais pas forcée, je te jure. Je n'ai jamais forcé une femme, je ne suis pas cette sorte d'homme. Et ensuite, je l'ai toujours aidée, elle a toujours pu compter sur moi. Ta mère le savait ; de son vivant, on gardait nos distances, ce n'est qu'après sa mort que… Du haut du ciel, ta mère m'a approuvé de l'avoir accueillie dans ma maison, j'en suis convaincu. Si j'avais su qu'elle deviendrait… mesquine et autoritaire…

Lovelie était étonnée, et mal à l'aise. C'était la seconde fois que son père lui parlait de choses intimes, et ce n'était tellement pas dans sa culture que, même si ses années au Québec l'avaient habituée à des rapports ouverts entre les enfants et les parents, elle se sentait déphasée.

— Tu n'es pas obligé de me raconter ça, papi, je comprends. Ce n'est pas à moi de juger.

— Il le faut, Lovelie. J'ai tout perdu, mon Elmeryse,

mon pays, ma dignité, ma liberté, ma si petite liberté.

— Mais non…

— Je suis lié à Jeune, comprends-tu ? Je ne peux pas l'envoyer promener. Il n'y a que toi, ma grande fille, que je n'ai pas réussi à perdre.

— Il y a aussi Genella et Junior.

— Genella est une enfant, et Junior… c'est un garçon, la famille ne l'intéresse pas. Ne m'abandonne pas !

— Pas question que je t'abandonne, voyons ! Mais…

— Rosalyne ne sera plus là, tu seras la maîtresse de la maison. Et je vais m'organiser pour ne plus avoir besoin de toi au magasin.

— Je… je… je peux y penser un peu ?

* * *

Lovelie se présenta au cours d'éducation physique avec un billet de retard. On jouait au soccer dehors et le prof, gagné par l'indolence de fin d'année, se cantonnait dans un rôle d'observateur à l'ombre d'un pommetier en fleurs.

Lovelie se dirigea vers le banc où, en principe, les élèves attendaient leur tour de jouer. Il n'y avait guère que des filles, sur ce banc, et elles n'étaient pas pressées de revendiquer une position sur le terrain, la plupart souffrant d'allergie mentale à la transpiration. Ce n'était pas du tout le cas de Lovelie, qui ne cédait jamais un pouce aux garçons, motivée entre autres par son ambition de devenir policière. Lucie et Nathalie, elles, ne s'impliquaient que si on le leur ordonnait.

Elles furent doublement surprises de voir Lovelie les ignorer, s'asseoir au bout du banc et se mettre à scruter les rognures de gazon à ses pieds plutôt que de rester debout à trépigner d'impatience. Après une brève et tacite consultation, elles se déplacèrent vers elle.

— Ça ne va pas, Lovelie ? interrogea Lucie. Qu'est-ce qu'ils te voulaient, au bureau ?

Lovelie leva les yeux.

— Rien... murmura-t-elle.

— Ils ne t'ont pas appelée pour rien, certain ! fit Nathalie. Surtout avec la tête que tu fais !

— Ouf... expira-t-elle longuement, en se levant et en s'étirant. Non... C'était mon père.

— Ton père ? s'étonna Lucie, qui ne se faisait pas à l'idée que ce titre ne fût pas exclusif au sien. Comment ça ? Il est malade ?

— Non, non... il... il s'est chicané avec sa bonne femme et il est tout à l'envers.

— Et toi ? Qu'est-ce que tu as à voir là-dedans ? de relancer Nathalie.

— J'ai pas envie d'en parler, O.K. ?

— Ah... Bien oui... c'est comme tu veux... marmonnèrent les deux amies, pas rassurées une miette.

Un grand garçon remontait en trottant la ligne de touche aux trois quarts effacée. Lovelie se carra dans son chemin.

— Débarque, Luckern, c'est mon tour.

Le garçon se contenta de ralentir en gueulant.

— Hé ! Pas question, pas moi ! Je viens juste...

— Me semble ! Ouste !

— Oh ! C'est pas toi qui décides, hein !

— *Desann, sinon map flanke w yon kalòt pi rèd pase kalòt manman w yo !** hurla Lovelie en levant le bras.

* — Débarque, sinon je te flanque une claque si forte que celles de ta mère vont te sembler des caresses.

Le dénommé Luckern resta un moment interdit et s'écarta de mauvais gré.

— *Wow! Sak pran tiifi sa a? Li gen règ li!*

— *Masisi!**

Lucie et Nathalie étaient sidérées. Sur le terrain, Lovelie, qui avait l'habitude de rappeler les joueurs à leur position, se mit à courir après le ballon sans se préoccuper des autres et, parvenue au but, elle frappa comme si cette sphère de caoutchouc était la grande responsable de la faute originelle. Le gardien, stupéfait, n'y put rien, le ballon passa entre les poteaux et roula jusqu'au fond de la cour, vu qu'il n'y avait pas de filet.

— MAIS QU'EST-CE QUE TU FAIS? hurla le gardien. T'ES SUPPOSÉE JOUER DE NOTRE BORD!

Réfugiée dans les toilettes, Lovelie laissa couler l'eau froide jusqu'à ce qu'elle soit glacée et s'aspergea le visage. Si un jour on lui demandait de décrire le moment de sa vie où elle avait eu l'air le plus fou, elle n'aurait pas à se creuser la tête. Et les autres ne s'étaient pas privés de le lui faire sentir. Quand on appartient à l'élite, on s'expose à une jalousie larvée qui n'attend qu'une opportunité de ce genre pour éclore comme une nuée de mannes au soleil de juin.

Elle reprit progressivement ses esprits. Elle s'en voulait. Elle n'avait pas l'habitude de perdre ainsi le contrôle de ses émotions. Elle ne comprenait pas comment elle était passée de l'abattement à la rage. Elle se regarda dans le miroir, qui avait été tant malmené

---

* — Non, mais pour qui elle se prend, cette fille? Elle est dans son SPM ou quoi?
— Tapette!

par les générations successives de filles turbulentes que nulle n'y paraissait plus vraiment belle. À sa piteuse image, elle adressa cette question :

— Pourquoi est-ce que ça retombe toujours sur toi ?

Et elle répéta sa question plus fort, puisque son image faisait la sourde oreille.

— POURQUOI EST-CE QUE ÇA RETOMBE TOUJOURS SUR TOI ?

Elle n'était pas le moins du monde tentée d'aller vivre en haut du marché Hispaniola. Elle était heureuse dans sa famille d'accueil. Bien sûr, elle adorait Genella et elle avait reconstruit son affection pour son père. Elle les aimait assez pour leur consacrer la majeure partie de ses loisirs. Est-ce que cela ne suffisait pas ? Pourquoi fallait-il maintenant qu'elle soit acculée à une décision impossible à prendre ? Elle souffrirait de refuser de secourir son père, car elle était consciente qu'il avait vraiment besoin d'elle et, par ricochet, sa petite sœur davantage. Elle souffrirait de quitter sa famille d'accueil qui lui avait tellement donné, à laquelle elle était attachée pour la vie. Elle souffrirait quelle que soit sa réponse. Elle souffrait d'ailleurs déjà.

Elle imagina une voix de sagesse qui lui soufflait : « Il doit bien exister une troisième solution. »

— Et qui est-ce qui doit la chercher, encore, cette solution, hein ? Lovelie D'Haïti ! Elle n'a pas que ça à faire, Lovelie D'Haïti... *'STIE* !

Elle se retourna. Ouf ! Personne ne l'avait entendue jurer.

Il était moins une, car Lucie et Nathalie faisaient irruption dans la toilette.

— Lovelie ! Es-tu *correcte* ?

— Oui, oui. Ça va. Luckern a vu juste, j'ai peut-être un SPM.

— Ce serait bien la première fois.

— Que Luckern voit juste ou que j'ai un SPM ?

— Les deux !

Lovelie parvint à sourire.

* * *

Le soir, elle ouvrit le dernier tiroir de sa commode et y prit une boîte à chaussures, la posa sur son lit avec mille précautions, souleva le couvercle et dressa l'inventaire de son contenu : les cahiers jaunis de ses premières écritures, ses crayons desséchés, la cinquantaine de gourdes, au cas où, capital essentiellement sentimental glissé dans son carnet de banque, la vieille photo de sa mère, jeune et belle pour l'éternité, et la poupée à tête d'œuf, endommagée, que lui avait offerte une camarade avant son départ d'Haïti, il y avait si longtemps.

Elle posa le bout des lèvres sur la photo, les yeux clos, et demeura ainsi plusieurs secondes.

Puis elle prit sa poupée. L'âge l'avait rendue extrêmement fragile. Le ruban gommé, qui maintenait la coquille dans sa forme à peu près originale et empêchait le sable qu'elle contenait de couler, avait tourné au brun sale. Des beaux yeux verts et effilés si finement représentés ne subsistaient que des traces informes. De la mèche de cheveux, il ne restait que des spécimens épars et sans lustre. Le mouchoir rouge à pois blancs qui lui servait de robe avait pris des allures de chiffon. Elle n'était vraiment plus belle à voir, la pauvre : on aurait dit un cadavre de poupée dans une histoire d'horreur. Elle était cependant aussi précieuse que les icônes des sanctuaires anciens. La fillette, dont la famille s'adonnait au vaudou, la lui avait offerte pour la protéger du mal.

Même en Haïti, Lovelie n'avait pas été élevée dans la croyance du vaudou et, de ce qu'elle en avait entrevu, elle ne gardait guère que le souvenir d'une rude fessée reçue pour avoir mis le nez là où elle ne devait pas. Pourtant, elle eût considéré la disparition de cet objet comme le plus terrible des augures.

La poupée l'avait-elle protégée ? Lovelie avait subi plus que son lot de malheurs, mais elle avait toujours été rescapée avant l'irrémédiable. La poupée était peut-être efficace ; par contre, elle n'était pas trop rapide dans ses interventions !

« Si tu as une idée pour régler mon nouveau problème, ne pourrais-tu pas me la souffler tout de suite, pour une fois ? » implora-t-elle en pensée.

L'entrée de Lucie dans la chambre la tira de sa rêverie.

— Qu'est-ce que tu fais ? demanda Lucie.

— Rien. Je regarde mes affaires.

— Je m'en doutais, ironisa Lucie.

Lovelie se sentit désolée. Elle n'allait pas en plus vexer celle qu'elle considérait comme une véritable sœur ! Elle la regarda dans les yeux.

— Sais-tu à quel point tu es chanceuse d'avoir rien qu'une famille ?

— Je commence à m'en rendre compte.

Lucie examina ses ongles un instant.

— Lovelie ?

— Quoi ?

— Pourquoi ces secrets avec moi ? Je ne suis pas sotte.

— C’est évident.

— Qu’est-ce qui se passe ? Vas-tu nous quitter ?

— Qu’est-ce qui te fait penser ça ?

— Je te connais. Quand tu ouvres ta boîte à souvenirs, c’est parce que ça bouge trop à ton goût.

Lovelie confirma de la tête : Lucie disait juste. Puis elle changea de mouvement.

— Non.

— Non… ?

— Je ne partirai pas. Je veux rester avec toi, avec la famille, en tout cas tant que vous voudrez de moi.

— Pour ça, tu peux être tranquille, tu le sais bien. C’est ton père qui veut que tu ailles vivre avec eux ?

— C’est ça, oui.

Lovelie décrivit brièvement la situation à Lucie.

— Il ne peut pas t’obliger !

— Ça m’étonnerait que ça lui vienne à l’idée. Il a beaucoup changé. Sauf que… suffit pas d’un « non » pour régler le problème. T’en parles à personne, d’accord ?

— Si tu le demandes…

6

Chomsky's story

Chomsky se rappellerait toujours ces événements à la manière d'un film qu'il aurait vu sans en comprendre l'histoire. Il en allait d'ailleurs de même de l'ensemble de son séjour dans les limbes torontois.

Cela était dû pour une bonne part à sa méconnaissance de la langue anglaise, qui enrobait chaque action d'une aura d'irréalité. Il en avait certes déjà fait un apprentissage suffisant pour surnager et, par la pratique, il s'était amélioré jusqu'à pouvoir suivre le courant, mais il n'arrivait pas encore à se maintenir à flot dans les remous d'une conversation qui s'emballait. Or, ceux qui l'hébergeaient ne s'exprimaient que sur deux modes : le monosyllabisme teinté d'indifférence et de secret, et l'engueulade enragée dans laquelle les menaces tenaient lieu d'arguments. Dans un cas comme dans l'autre, l'entendement de Chomsky demeurait fractionnaire, et on aurait très mal réagi s'il avait demandé de répéter ou de préciser. Il avait compris qu'il devait se tenir à la place qu'on lui permettait d'occuper, qu'elle lui convînt ou non.

Pour dorer sa soumission, on avait laissé miroiter la possibilité de gagner du galon lorsque ses preuves seraient dûment faites. Le jour de sa première promotion n'avait cependant jamais été inscrit dans un quelconque agenda.

De plus, Toronto, avant qu'il ne s'y échouât, ne représentait guère pour lui qu'une autre équipe rivale des Canadiens de Montréal. Il y était débarqué avec un passé fraîchement coulé dans le ciment et un avenir vidé de sa substance. Il avait donc subsisté sans rien attendre, même pas que cela finît.

Déjà dans l'autocar qui l'avait amené, pour combler le vide qui menaçait de l'anéantir, il avait pris l'habitude de répéter, tel un mantra, les quelques extraits des chansons rap qu'il avait en mémoire. Très vite, il avait commencé à y substituer ses propres paroles, pour raconter sa propre histoire à mesure qu'il la vivait, et la poésie souterraine qui coulait quelque part au fond de son être s'était déversée à l'air libre de sa solitude. Il n'avait pas cherché à la refouler, au contraire. Or, poésie rimait avec Lovelie, et il ignorait ce qu'était une rime riche !

Il n'avait rien envoyé depuis deux mois, parce qu'il n'avait rien produit de satisfaisant. Il y avait trop de tension dans l'air. Il avait peur. Il voulait partir, il avait essayé, mais la surveillance était désormais constante, celle de la police, celle des autres gangs, et celle de ses maîtres. Chaque fois qu'il était sorti avec l'intention de ne plus revenir, il s'était senti suivi. C'était peut-être l'œuvre de son imagination. C'était peut-être aussi son imagination qui lui avait fait penser qu'il n'avait pas le droit de partir, du moins qu'on ne le laisserait pas s'en aller sans exiger un tribut quelconque.

Cette nuit-là, il avait attendu au volant de la camionnette. Il avait l'habitude, c'était son boulot. Le véhicule était garé devant un immeuble, qui eût paru désaffecté sans les barreaux aux fenêtres, sans la raison sociale d'une compagnie d'import-export affichée sur une pancarte, dans la vitrine crasseuse et encombrée de boîtes. Dès que les partenaires auraient terminé le chargement, Chomsky devrait démarrer et suivre leur voiture jusqu'à l'entrepôt de recel, sans se presser, en observant rigoureusement le code de la route. C'était une mission très délicate. Un jeune Noir au volant d'une camionnette rouillée, la nuit, cela suffisait pour éveiller les soupçons des flics en patrouille. Dans ce cas, en principe, l'autre voiture, qui était en règle, devait créer une diversion, quitte à ramasser une contravention. Ça n'avait jamais été nécessaire, car Chomsky était un génie naturel dans l'art de « ne pas avoir l'air de vouloir passer inaperçu ». Il était toutefois assez lucide pour garder en tête que ce n'était au bout du compte qu'une question de chance et que, tôt ou tard, il serait poussé sans ménagement sur la banquette arrière d'une voiture de police.

Partir, donc ! Pour Montréal de préférence, ou pour n'importe quelle ville canadienne s'il le fallait. Il avait accumulé un peu d'argent. On ne lui avait jamais donné grand-chose, il ignorait quel était son pourcentage sur les coups auxquels il participait, mais vu qu'il ne dépensait que pour se nourrir, il disposait de quelques centaines de dollars canadiens, qu'il gardait sous ses vêtements, dans une ceinture à pochettes serrée autour de sa taille, avec son carnet d'écriture.

Dans une autre pochette, il y avait un pistolet de calibre 22. Personne, dans la bande, ne s'était rendu compte qu'il était armé. C'était le pistolet que lui avait « prêté » Andy Colon, et avec lequel il l'avait abattu. C'était une pièce à conviction, mais il n'avait pu se résoudre à s'en défaire.

Quoi qu'il en soit, pour cette nuit-là, il était coincé. Il allait devoir accomplir son boulot jusqu'au bout. Et ça avait traîné. De coutume, les partenaires étaient plus rapides. Il faut dire que ce coup-là sentait mauvais. La décision de le tenter avait été prise après des débats houleux. Le tuyau avait paru douteux, la manne de magnétoscopes presque trop belle.

Tout avait semblé trop beau, d'ailleurs. Le secteur était admirablement désert, le long d'un chemin de fer clôturé, qui facilitait la surveillance. Par contre, cela limitait considérablement les possibilités de fuite. On n'était probablement plus à Toronto même, car on avait roulé longtemps. Chomsky ne conduisait jamais pour venir, il faisait le voyage dans la boîte de la camionnette et ne pouvait pas lire les panneaux de signalisation.

Quartier franchement minable, donc, délabré, riche en entreprises de récupération, mais visiblement incapable de se récupérer lui-même ! Et tout à coup, une petite ampoule s'était allumée dans l'esprit de Chomsky : il avait bien saisi qu'on venait y voler des magnétoscopes neufs ! Non, non, non ! Cela ne correspondait pas au décor du film… à moins que les appareils en question ne fussent d'ores et déjà des appareils volés. Et dans ce cas, par qui ? Le coup ne sentait plus simplement mauvais, il puait outrageusement.

Chomsky avait glissé sa main gantée de laine sous son chandail, avait ouvert la pochette et touché le pistolet.

Au même instant, la sentinelle qui, une cinquantaine de mètres devant, surveillait la rue transversale s'était raidie brusquement, avait amorcé le mouvement de se retourner et de s'élancer. Or, à la place, elle s'était étalée de tout son long !

Le premier réflexe de Chomsky avait été de mettre le contact et d'embrayer, le deuxième, de sortir son pistolet, et le troisième, de jeter un coup d'œil dans le rétroviseur latéral. Un partenaire ressortait, les bras vides.

Déjà, des silhouettes surgissaient derrière le corps inerte de la sentinelle. Ce n'étaient pas des silhouettes familières, ce n'étaient pas des Noirs. Chomsky avait aperçu un premier bras qui se levait… alors une main invisible, quelque part, avait appuyé sur la touche *fast forward*.

Chomsky avait tiré directement dans le pare-brise et vidé son chargeur tout en appuyant sur l'accélérateur. Dans un fracas de détonations, de crissements de pneus et d'éclats de verre, le décor s'était mis à défiler vers l'arrière, le vent froid l'avait frappé de plein fouet, mais il avait tenu le coup, fonçant entre les immeubles, agrippé au volant, sans lâcher son arme fumante, conscient seulement que l'action s'éloignait à pleine vitesse derrière lui.

Une rue transversale ! Il avait viré en même temps qu'une douleur furieuse lui sciait le bras gauche. Une balle l'avait touché.

La camionnette avait heurté le trottoir, renversé quelque chose. De son seul bras valide, dont la main tenait encore le pistolet, Chomsky n'était pas parvenu à redresser convenablement le véhicule emballé. Un poteau de téléphone avait enfoncé la portière droite. Il avait lâché l'accélérateur et appuyé sur le frein. Le contrecoup avait été moins violent qu'il ne s'y attendait. En criant de douleur, il avait poussé la portière et il avait sauté de la camionnette qui recommençait à rouler.

Du regard, il avait cherché une ouverture qui ressemblait à une ruelle. Il avait trouvé. Il avait couru, fuyant le délire des sirènes qui envahissaient maintenant la nuit. Il aurait voulu courir jusqu'à ne plus les entendre, mais il avait débouché sur une rue passante, avec des enseignes lumineuses.

À bout de souffle, il avait aperçu deux conteneurs à ordures le long d'un mur, avec un court mètre de vide entre les deux. Il s'y était réfugié, accroupi. Vaincu par la faiblesse, il était tombé assis sur le sol gluant. Son bras gauche était mouillé de sang. Il avait posé l'arme sur son ventre, l'avait difficilement détachée de sa main ankylosée. Il avait appliqué une pression sur sa blessure. Elle ne lui avait pas semblé trop grave, et il l'avait regretté, car à ce moment précis il avait eu très envie de mourir. Il avait ensuite regretté aussi de ne pas s'être gardé au moins une balle pour en finir.

* * *

« ô-î-ùùù… ô-î-ùùù… »

Chomsky s'était rendu compte qu'il avait les yeux fermés. Il avait deviné la lumière du jour par-delà ses paupières.

« ô-î-ùùù… ô-î-ùùù… »

Les trois notes persistaient depuis… depuis qu'il avait commencé à se réveiller ! Donc il avait dormi !

« ô-î-ùùù… ô-î-ùùù… »

Un oiseau ? Non, trop près, trop… chuintant. C'était quelqu'un qui sifflait. Quelqu'un !

Chomsky avait ouvert les yeux.

— *So you're not dead!*[1]

Elle était là, immense, dressée devant lui. Il avait lancé la main ; le pistolet n'y était plus.

— *Wo ! Take it easy, young man ! I am not your ennemy.*[2]

C'était une voix cristalline, étonnamment jeune en considération de la femme à qui elle appartenait.

— *Is this what you're looking for ?*[3] avait-elle demandé en montrant le pistolet qui avait glissé par terre.

Chomsky l'agrippa aussitôt, sans le soulever toutefois, une retenue que la femme parut apprécier.

Chomsky la distinguait mal, à contre-jour. Elle lui semblait gigantesque mais, en réalité, elle était courte. Cette fausse impression était l'effet d'une énorme touffe de cheveux cendrés, relevée par un bandeau. Elle portait des vêtements colorés qui pendaient de partout, des cascades de colliers, des bracelets de grenailles qui crépitaient au moindre mouvement. Et elle souriait.

— *Please, don't play with that gun, it may be loaded*[4], avait-elle encore dit.

Chomsky s'était détendu et avait essayé de se redresser. La présence de cette étrange personne l'avait spontanément sécurisé, ne serait-ce que parce qu'elle était seule et formait un écran entre lui et le reste du monde.

La blessure à son bras s'était cruellement rappelée à son souvenir. Il avait crié.

---

1. Ainsi, tu n'es pas mort !
2. Doucement, jeune homme, je ne suis pas ton ennemie.
3. Est-ce ceci que tu cherches ?
4. S'il vous plaît, ne joue pas avec ce pistolet, il est peut-être chargé.

— *Before anything else, we should treat that wound.*[1]

Chomsky comprenait mal. Son cerveau était aussi engourdi que ses membres.

— *Do you speak English ?*[2]

— Oui ! avait répondu Chomsky sans réaliser qu'il s'exprimait en français.

— Oui ! avait répété la femme sur un ton amusé. Mais tu comprends mieux le français, n'est-ce pas ?

Elle-même le parlait sans effort, avec une nuance d'accent qui faisait chanter les syllabes.

— Je disais qu'il faut soigner cette blessure.

Alors, elle s'était penchée et avait posé la main sur le front de Chomsky, qui avait à peine réagi.

— Tu es brûlant !

Elle s'était relevée et avait jeté un coup d'œil autour.

— Si on se dépêche, on peut se rendre chez moi sans être vus. J'ai ce qu'il faut.

Chomsky avait commencé à se lever.

— Il y a cependant une condition, avait précisé la femme.

Chomsky s'était tout de suite rebiffé.

— Je peux payer !

— Pas question de ça, je n'ai pas besoin d'argent. La condition, c'est que tu te débarrasses de cette horreur. Pas d'arme dans ma maison !

Chomsky avait regardé le pistolet, dans sa main.

— Il est vide.

— Qu'importe. Ça provoque de mauvaises vibrations. Je ne veux pas être contaminée.

---

1. Avant toute chose, nous devrions soigner cette blessure.
2. Parles-tu anglais ?

«Elle est folle», avait pensé Chomsky, maintenant sur pied, alourdi de faiblesse.

— De toute façon, avait poursuivi la femme, tu as le choix entre moi et les éboueurs, qui seront ici dans cinq minutes. On les entend dans la rue voisine.

C'était vrai. Chomsky avait réfléchi que cette bonne femme n'était certainement ni de la police ni d'un gang et, lui, il n'était pas en état de partir en cavale.

Il lui avait tendu son arme.

— Ah non ! Je ne touche pas à ça.

Elle avait soulevé le couvercle du conteneur.

— Jette ça là-dedans.

Après une ultime hésitation, Chomsky avait laissé choir le pistolet, et il en avait ressenti du soulagement.

Ensuite, la femme à son tour avait jeté un sac en plastique blanc, lesté d'une masse informe. Puis elle avait pris le bras droit de Chomsky.

— Allons-y. Ce n'est pas loin. *Come on, Dad!*

Et c'est alors que Chomsky avait découvert l'existence de l'ours !

* * *

En vérité, Dad était un chien, un croisement entre toutes les races de mâtins répertoriées de Terre-Neuve au Yukon, avec peut-être bien un ours noir dans la lignée, en effet, si la chose était possible et, à en croire Myra, elle l'était.

— C'est normal qu'il ait l'air d'un ours, avait-elle expliqué. L'ours était l'animal emblématique de mon père. Quand j'ai recueilli le chien, un peu dans les mêmes circonstances que toi, il était blessé à la patte. Or, mon père est mort de la gangrène, à la suite d'une blessure de chasse à la jambe. Je n'étais pas là pour le sauver. Je l'ai aussitôt reconnu. Il est revenu pour me permettre de me racheter et pour veiller sur moi.

Et pour ce qui était de veiller, il veillait ! Il la suivait partout et surveillait constamment Chomsky d'un œil placide et fixe. Chomsky n'aimait pas les chiens, mais la lourdeur bienveillante et la puissance contenue de celui-là le mettait plutôt à l'aise, au point que lorsque Myra le sortait, à l'aube, pour sa promenade quotidienne, il angoissait, il avait l'impression que sa situation redevenait précaire.

* * *

Myra habitait à une dizaine de minutes, par des détours discrets, de l'endroit où avait échoué Chomsky. Il avait parcouru le trajet sans trop d'efforts, sauf pour la dernière étape, un escalier de fer qui menait à l'étage d'une vieille bâtisse commerciale. Au pied de l'escalier, un homme tout en poils gris, avec une salopette sur une chemise à carreaux, commençait sa journée en tripotant des vélos hors d'état de rouler, entassés les uns contre les autres.

Chomsky s'était méfié.

— *Good morning, Terence !*

— *Good morning, Myra. What a big tomcat you bring back today !*

— *Indeed !*[*]

Myra avait tapoté le poignet de son hôte.

---

* — Bonjour, Terence !
— Bonjour, Myra ! Quel gros matou tu ramènes aujourd'hui !
— En effet !

— Terence est un vieil ami. Il ne s'intéresse qu'aux vieux vélos qu'il recycle.

En haut de l'escalier, une demi-douzaine de chats attendaient et s'étaient poussés nonchalamment quand Myra, Chomsky et l'énorme Dad avaient pris pied sur l'étroit palier.

— *You shall be patient, this morning, guys**, avait ronronné Myra en ouvrant une porte d'acier rouillée.

Le chien était entré le premier, puis Chomsky.

Il avait eu un choc.

Rien, dans le délabrement extérieur, n'annonçait ce que le visiteur découvrait en entrant. Dans une pièce unique, vaste et haute, une lumière chamarrée pénétrait par d'amples fenêtres sans rideaux, devant lesquelles une variété de mobiles composés de pièces translucides projetaient des reflets désordonnés et multicolores. Au centre, une volière octogonale abritait des oiseaux disparates qui n'avaient rien d'exotique. Des colonnes supportaient des paniers de plantes vertes qui leur donnaient des allures d'arbres.

Des pans de tissus ornés de motifs circulaires couvraient les murs, et le plafond disparaissait sous des voiles disposés pour imiter une tente.

Il n'y avait ni table, ni chaises, ni canapé, ni lit. De grands coffres étaient disposés çà et là, recouverts de peaux de bêtes. Dans des vases en terre cuite, des brassées d'herbes séchées diffusaient une odeur de sous-bois, tout à fait nouvelle pour Chomsky.

Seules notes familières, au fond, un frigo et une cuisinière de modestes dimensions côtoyaient un évier, et une porte, dans un coin, devait ouvrir sur la salle d'eau.

* Il vous faudra être patients, ce matin, les amis.

— Assieds-toi, lui avait gentiment ordonné Myra, en indiquant un replet coussin en peau placé à côté d'une paillasse. C'est le coin des invités humains.

Après s'être défaite du poncho de laine qu'elle portait, elle avait aidé Chomsky à retirer son blouson. Il avait fallu couper la manche gauche de son chandail à la hauteur de l'épaule, pour dégager la blessure.

— Oh ! ce n'est pas joli ! s'était-elle exclamée en l'examinant. Mais ça devrait guérir, c'est superficiel, la balle n'a pas touché l'os. Sauf que tu vas garder une vilaine cicatrice, et peut-être une raideur dans le bras. Je vais faire de mon mieux. Tu es chanceux, il y en a qui ne se remettront jamais de cette fusillade.

Chomsky s'était crispé.

— Je ne…

Elle l'avait interrompu tout de suite en posant l'index sur ses lèvres.

— Chut ! Je ne veux pas savoir l'histoire, donc ne te fatigue pas à imaginer un mensonge. Je vais chercher ma trousse.

Elle s'était levée. Chomsky l'avait suivie du regard. Un nouveau matou, tacheté comme une vache, était apparu dans son sillage. Il lui manquait une patte et la moitié de la queue. Il s'était frotté contre elle tandis qu'elle prenait, dans un grand coffre, une boîte hermétique en plastique. Puis elle était allée à l'évier et avait rempli d'eau une bouilloire en fer qu'elle avait déposée sur la cuisinière.

Après quoi elle était revenue à lui, avait posé la boîte par terre, et s'était assise sur ses talons. Elle bougeait et se déplaçait avec une précision, un calme et une légèreté qui, sous l'effet changeant de la lumière, incitait à douter de son existence matérielle.

Chomsky s'était demandé s'il ne délirait pas. La réponse était arrivée, incontestable.

— Je n'aime pas l'alcool, avait-elle expliqué, mais pour nettoyer une plaie, il n'y a rien de mieux. Serre les dents, ça va chauffer.

Chomsky avait fait une moue dédaigneuse, brève, car la douleur lui avait aussitôt rabattu l'orgueil et il les avait en effet serrées, les dents, surtout quand, avec une pince à sourcils, elle avait retiré des filaments de tissu qui s'étaient incrustés dans le sang coagulé.

— Maintenant, je vais appliquer une pâte à base d'écorce de… comment dit-on *birch*, en français ?

Chomsky l'ignorait. Elle avait regardé sur l'étiquette.

— Ah oui, bouleau. Je l'achète à la pharmacie, mais elle est aussi efficace que celle de ma grand-mère. Ça favorise une saine cicatrisation.

La plaie avait progressivement disparu sous la pâte beige.

— Je vais te faire encore mal. Je vais bander ton bras de manière à refermer la lésion autant que possible. Ensuite, je te donnerai à boire une tisane qui te fera dormir.

Chomsky s'était jusque-là laissé manipuler, et il était disposé à continuer. Non seulement avait-il confiance : il était fasciné ! Il la regardait agir, avec toujours cette même lenteur mesurée, sans temps morts, qui conférait à chaque geste son identité propre. Il avait le sentiment d'avoir été téléporté à des centaines de kilomètres de Toronto, de ne plus être un voyou malheureux, juste un gars que soignait une femme au visage buriné, âgé sans être vieux, avec des yeux noirs et effilés.

— Vous êtes une Indienne ?

— Si on veut. Je te prépare ta tisane.

Et elle s'était levée, laissant Chomsky supposer que sa réponse était affirmative.

* * *

C'est le soir. Le loft baigne dans une lumière dorée aux sources indiscernables. Assise à l'indienne, adossée à une colonne, Myra lit. Elle paraît nue. Elle tourne la tête, elle pose son livre, elle se lève. Elle *est* nue ! Elle a les seins oblongs et bas, le ventre brun et les fesses ourlées. Elle ouvre le frigo, et des rayons blancs fusent entre ses cuisses ravinées, révélant un buisson opaque. Elle verse un liquide dans un gobelet, elle se retourne et s'avance, exposant une toison nocturne qu'on dirait empruntée à celle de son chien, qui la suit mollement. Elle s'approche en souriant.

Et c'était alors que Chomsky s'était rendu compte qu'il ne rêvait plus. Il s'était redressé vivement.

— Excuse-moi ! avait-elle gloussé en constatant son malaise. Je ne t'ai pas prévenu : chez moi, je vis tout le temps toute nue. Il faut t'y faire.

« Elle est folle », pensa de nouveau Chomsky.

— Comment va ce bras ?

Il l'avait oublié. Il ne souffrait plus. Seul le pansement le tiraillait.

— Tu as dormi presque douze heures. Tu dois avoir grand-soif, et faim. Voici un mélange de jus que je prépare moi-même.

Elle s'était agenouillée sans renverser une goutte du gobelet qu'elle lui tendait, malgré les ballottements de sa poitrine.

Chomsky avait bu, en se demandant comment gérer le mouvement de ses yeux. C'était frais et onctueux.

— Aujourd'hui, je mange une crème de maïs, avec des morceaux de poisson fumé. J'espère que tu vas aimer, car je ne cuisine qu'un seul plat par jour. Et quand tu auras mangé, on changera ton pansement.

Un peu à l'écart des appareils ménagers, il y avait une natte et un plateau sur pieds. Chomsky n'était pas habitué à manger par terre. Son bras ne l'y aidait pas. Il avait pourtant dévoré avec appétit.

— Tu aimes ? Ce n'est pas salé. Mes ancêtres n'utilisaient pas le sel, avant l'arrivée des Blancs.

Chomsky l'avait regardée dans les yeux, enfin capable de faire abstraction de sa nudité. C'était la première fois qu'il entendait quelqu'un qui, sans être noir, parlait des Blancs comme… des autres.

— C'est pour ça que tu m'aides ?

Elle avait sourcillé.

— Pour ça… ?

— Bien… parce que je ne suis pas blanc non plus.

— *Oh! my god!* Non ! J'aurais autant aidé un Blanc, un Chinois, un extraterrestre !

— Pourquoi, d'abord ?

— Parce que tu es blessé, et que tu n'étais visiblement pas en mesure de te présenter dans un hôpital. Je secours les animaux ; ce serait bien le comble que je n'en fasse pas autant pour les humains !

— Tu es docteur ?

— Non. Enfin, si, dans un certain sens, je suis docteure en littérature.

* * *

Myra avait quitté sa communauté à treize ans. On avait décelé chez elle une intelligence supérieure, et un organisme charitable avait défrayé ses études dans une institution renommée. C'était là qu'elle avait appris le français et découvert la littérature. De bourses en prêts, elle était finalement devenue professeure à l'université. Elle n'était retournée là-haut — son peuple était du Nord — qu'en de rares occasions, par principe, sans s'y attarder.

Lorsqu'elle avait reçu l'appel lui annonçant le décès de son père, elle avançait vers la quarantaine, menait une vie enviable d'intellectuelle réputée, enseignait, voyageait, dirigeait des recherches, collectionnait les bons vins et les amants raffinés.

Dès l'instant où, avec sa valise de peine, elle était descendue du bimoteur qui l'avait ramenée à sa terre natale, elle avait senti que quelque chose allait se défaire. Au chevet de la dépouille, le grand manège de son existence avait cessé de tourner, comme sous l'effet d'une panne d'électricité. Les lumières de la foire s'étaient éteintes, la clameur s'était tue, et un immense vide s'était ouvert en elle.

Depuis qu'elle avait quitté sa famille, elle n'avait vécu qu'en fonction de ce qu'elle devait gagner et, tout d'un coup, elle prenait conscience de ce qu'elle avait perdu : les lacs, les rivières et les sources, les forêts et les flancs granitiques des collines, la mousse grouillante de vie et la vie mouvante des oies et des caribous, les averses d'étoiles et les orages d'aurore, le feu qui perce la nuit et les voix immarcescibles des ancêtres, son père mort et sa mère pleurante. Et le pire, tout cela se perdait avec ou sans elle, et la littérature n'y pouvait rien.

Le rituel funéraire accompli, elle s'était révélée totalement incapable de reprendre ses activités universitaires. Elle n'arrivait plus à se concentrer, elle se sentait perpétuellement épuisée et les êtres qu'elle tenait juste avant pour d'inestimables fréquentations l'agaçaient.

Elle avait consulté des médecins : on lui avait prescrit du repos ainsi que des médicaments.

Après quelques semaines, elle avait fait une sincère tentative de se remettre au travail. Hélas, le cœur n'y était plus et elle était bientôt retombée dans son mal.

Le Nord lui était apparu comme la panacée. Elle s'était négocié une année sabbatique et, pour presque rien, avait racheté une maison mobile installée au bord d'une rivière. L'année en question avait tourné court dès février, par un départ aux allures de fuite. La terre de ses ancêtres refusait de la reconnaître.

À nouveau auto-déportée en ville, elle avait résolu plusieurs fois de se suicider, sans y parvenir. La mer, les lacs, les rivières et les sources, elle s'était appliquée à les boire jusqu'à rouler tel un galet dans le lit des rues… Enfin, un matin, un peu à la manière dont c'était arrivé avec Chomsky, Terence, qui cueillait des vélos abandonnés dans sa camionnette poussive, l'avait découverte, naufragée dans le stationnement d'un bar, à une dose près du coma éthylique.

Il l'avait emmenée chez lui, dans le logement-atelier qu'il occupait toujours.

Terence était ingénieur. Il avait gagné beaucoup d'argent au service d'une multinationale, jusqu'à ce que, aux premières heures du 3 décembre 1984, une échappée de gaz mortels causât la mort de milliers de personnes, dans la ville de Bhopâl, en Inde, et laissât des séquelles dont on n'entrevoyait pas la fin. Sans être directement impliqué, Terence s'était non moins senti responsable, et il avait rompu tous les liens. Il avait choisi de refaire sa vie à Hamilton, jugeant qu'il ferait œuvre aussi utile, et moins dangereuse, en retapant des bécanes destinées aux ordures.

Cela, elle l'avait appris au fil des années, car, quand il l'avait recueillie, Terence s'était contenté de la laisser récupérer, sans questionner ni prêcher.

Il existe un nombre incalculable d'êtres qui se trompent sur ce qu'ils ont à faire de leur vie. Bien peu d'entre eux s'en rendent compte un jour et trouvent leur véritable voie. Ceux et celles qui ont eu la chance d'être culbutés sur le chemin d'une quelconque Damas, par une sorte de sort, finissent souvent par se rencontrer.

Myra avait tout liquidé, sauf les livres de ses auteurs préférés. Les chats, les chiens et les pigeons des villes avaient remplacé les lynx, les loups et les oies, sa jungle de briques avait remplacé la forêt, et les rues et les ruelles, les fleuves et les ruisseaux, enfin les millions de lumières, les étoiles. Elle avait emménagé à l'étage de l'atelier de Terence et, petit à petit, elle s'était inventé une vie d'Amérindienne urbaine.

* * *

Myra était en train de toiletter Dad, qui s'en délectait, alangui sur le dos, les pattes écartées, le pénis exhibé. À côté, le matou à trois pattes les observait avec l'air d'attendre son tour. Elle retirait délicatement des touffes de poils qu'elle déposait dans un bol en grès. Elle les conservait pour les nichoirs de sa volière. À chaque opération, sa poitrine se déployait et le chien aurait pu aisément la lécher.

Chomsky n'était plus gêné par la nudité de son hôtesse ; toutefois, cette scène irradiait une sorte de sensualité sauvage, dépourvue d'érotisme, mais qui le troublait pourtant.

— Tu le penses pour vrai que ce chien est ton père ? demanda-t-il pour s'occuper l'esprit.

— Oui.

— Et le chat, c'est qui ?

— Lui ? Il m'a tout l'air de n'être qu'un chat à qui il manque une patte et un bout de queue.

— Tu y crois, oui ou non, aux affaires de réincarnation ?

— Aux affaires... Ni oui ni non. Vois-tu... j'ai passé une partie de ma vie à fabriquer de grandes explications. Je pouvais écrire des dizaines de pages sur un poème qui n'en remplissait pas une. Maintenant, j'accepte ce qui est. Dad est mon père. Cela n'a de sens que pour lui et moi. L'ancienne Myra, celle de l'autre vie, soit elle aurait refusé d'accepter de retrouver son père dans un chien, soit elle se serait imaginé avoir découvert une vérité universelle. Deux erreurs.

— Je ne comprends pas.

— Justement, ce n'est pas nécessaire. Tu es noir, je suis amérindienne. Cela signifie qu'il y a des milliers d'années tes ancêtres peuplaient l'Afrique, tandis que les miens traversaient sans s'en rendre compte le détroit de Béring. N'est-ce pas extraordinaire que nous soyons ensemble en ce moment ? Est-ce que notre rencontre a été planifiée, voulue ? Est-ce que c'est le destin ? Je ne sais pas. Je ne cherche pas à le savoir.

— T'as pas eu peur de... d'emmener un bandit dans ta maison ?

Myra délaissa Dad et regarda Chomsky dans les yeux.

— J'ai hébergé ici des dizaines de chats de gouttière et pas un seul ne m'a griffée. Jamais un chien ne m'a mordue et les oiseaux, dans la volière, ne se battent pas entre eux, même ceux qui sont des ennemis naturels. Quand les animaux guéris ressortent, je suppose qu'ils reprennent leurs guerres de territoire. Peut-être qu'ils seront de nouveau blessés, peut-être qu'ils s'entretueront avec rage et cruauté. Je n'y peux rien, je ne peux que secourir les blessés que je croise sur mon chemin, et je le fais. Le reste est hors de mon pouvoir.

— Je ne suis pas un chien.

— Tu es blessé.

— Je vais mieux.

— En ce qui concerne la plaie de ton bras, oui…

* * *

— Tu es guéri. Demain, tu vas partir.

Myra lui avait annoncé la nouvelle alors que le soleil, saluant le jour d'un dernier éclat, glissait derrière les édifices voisins.

— C'est pour ça, la peinture ?

En sortant de la douche, Chomsky avait aperçu Myra assise devant des tasses dans lesquelles elle versait la tisane. Dans la lumière du soir penchant, elle lui apparaissait transfigurée. Partout sur son corps, des arabesques pâles redonnaient à ses formes mûres une élégance empreinte de magie.

Çà et là, dans le loft, elle avait allumé des bougies de sa fabrication dont la fumée embaumait.

— Viens boire, lui proposa-t-elle simplement.

Il s'était assis et avait pris sa tasse.

— Tu iras où tu veux, continua-t-elle, mais si, comme je le devine, tu préfères éviter Toronto, Terence a accepté de t'amener à Kitchener. De là, tu pourras prendre l'autocar pour la destination de ton choix. Qu'est-ce que tu en penses ?

— Oui, c'est bon. C'est où, Kitchener ?

— Pas loin. C'est une ville assez grosse pour ne pas s'y faire remarquer.

Chomsky avait hoché la tête. Il était entendu que tôt ou tard il quitterait l'antre de cette folle merveilleuse et miraculeuse ; il ne s'était jamais imaginé de quelle façon cela se passerait.

Il avait cherché des mots de circonstance, en buvant la tisane, qui avait un goût différent de celle que Myra lui avait servie depuis son arrivée.

— Je vais vous en devoir une grosse, avait-il enfin dit.

— Non, répliqua Myra. Et ne va surtout pas offrir à Terence de le payer. Tu le peinerais.

— C'est la première fois que quelqu'un m'aide de cette manière, je... je n'ai pas appris à remercier.

— C'est simple, laisse-moi faire... et laisse-*toi* faire !

Et elle avait porté sa tasse à ses lèvres, sans cesser de le regarder par-dessus, avec des yeux ardents. Chomsky eut l'impression de comprendre.

— Où est Dad ? demanda-t-il en réalisant qu'il n'apercevait le chien nulle part.

— En bas.

Une pénombre vibrante s'était emparée des lieux. Le parfum musqué des bougies s'était répandu telle une brume chaude et caressante. La tisane avait induit une subtile ivresse.

Myra s'était glissée jusqu'à lui. Elle lui avait retiré le peignoir qu'elle lui prêtait et Chomsky s'était retrouvé nu, sans qu'il en ressentît de gêne. Elle avait enlevé le pansement mouillé en un tournemain. La blessure était refermée.

Elle avait entraîné Chomsky au centre du logement. Près de la paillasse était posé un bol qui contenait une pâte blanche. Elle avait trempé son doigt.

— L'homme qui passe sur ma terre doit y laisser un peu de son essence.

Elle avait commencé par lui dessiner un cercle sur le front. Puis, d'un geste onctueux, elle avait tracé des croissants sur ses pommettes, un trait sur l'arête du nez, un point sur le menton. Elle avait puisé d'autre peinture et, dans une caresse minutieuse, elle avait auréolé chacun de ses pectoraux d'un halo lunaire. À deux mains, les doigts écartés, elle avait peint un arbre sur ses côtes, dont elle avait enfoui les racines dans ses poils pubiens. Chaque geste transformait le corps de Chomsky en un pays aux paysages hérissés de steppes et de jungles palpitantes, parcourus de sources vives, gorgés de nappes souterraines.

Elle lui avait pris les mains et les avait frottées dans les siennes jusqu'à ce que l'excédent de peinture fût répandu également.

Sans lâcher ses mains, elle s'était immobilisée, et ils étaient demeurés ainsi de longues secondes, face à face, assis à l'indienne, leurs sexes respectifs à l'affût l'un de l'autre dans une pieuse attente.

Échauffé par les désirs dont elle l'avait enveloppé, Chomsky regardait leurs mains, alternativement son corps et le sien et, par le pouvoir des formes blanches qui parcouraient leur peau, leurs multiples différences paraissaient abolies, fors celle du sexe.

Il se sentait hors du monde.

Elle l'avait incité à s'étendre et, du bout des lèvres, elle avait retracé les sentiers suivis plus tôt par ses doigts.

Bâti essentiellement de muscles et d'os, Chomsky goûtait pourtant le contact de ces chairs molles et flétries et son sexe avait grandi et s'était dressé tel un bouleau émergeant de l'humus nourricier.

Myra s'était soulevée et, avec une gémissante lenteur, s'était agenouillée pour l'engloutir entre ses muqueuses embrasées.

Et sur les inflexions d'une mélopée organique qui montait de sa gorge, elle avait amorcé une danse orbitale, remuant dans ses entrailles la potion frémissante de la vie.

Comme un enfant bercé, Chomsky, qui jamais ne l'avait été, s'était soumis jusqu'à ce que son être s'arrache de terre pour projeter au cœur de cette mère tendrement dominatrice le jet bouillant de sa jeunesse.

* * *

On aurait dit qu'elle était folle,
Mais c'était une fée.
Elle m'a soûlé sans alcool,
Éveillé sans fumée,
Et sur mon corps elle a dansé
...

— Tu écris un poème ?

Chomsky avait sursauté et aussitôt refermé son carnet.

— Excuse-moi, l'autre jour, tu t'es endormi en le laissant ouvert, alors j'ai vu. Mais je ne l'ai pas lu !

— C'est rien, c'est juste pour passer le temps.

— Tu veux me le montrer, celui-là ?

— Il est pas fini.

Pétri de pudeur, Chomsky lui avait tendu son carnet, réouvert à la page entamée, considérant qu'il ne pouvait pas refuser une si modeste demande, après ce qu'elle avait fait pour lui.

Elle avait lu et elle avait souri.

— C'est mignon.

Elle était habillée pour sortir. Elle n'avait plus de peinture sur le visage — ni lui. Elle était redevenue cette étrange vieille femme qui lui était apparue quelques jours plus tôt, dans une ruelle du voisinage.

— J'ai un cadeau pour toi.

— Ben là... avait protesté Chomsky.

— Ce n'est rien !

C'était un livre de poche à la couverture usée.

— François Villon ! C'est qui ?

— Tu auras tout le temps de le découvrir.

Chomsky s'était senti franchement gêné.

— C'est plutôt moi qui devrais t'offrir un cadeau.

— C'est ce que tu fais en acceptant ce petit recueil que j'ai déjà lu cent fois.

— Je ne comprends pas.

— Justement, ce n'est pas nécessaire.

* * *

Chomsky s'était moulé dans la peau d'un autre. Myra l'avait ni plus ni moins que travesti.

— Pas question de sortir avec ce blouson déchiré,

et encore moins avec une casquette, tu serais repéré tout de suite.

Dans un comptoir communautaire, elle lui avait déniché des « fringues *straight* », selon son expression, auxquelles quelques vigoureux coups de brosse avaient redonné un minimum de tenue. Elle avait de plus affublé son protégé de lunettes qui troublaient juste assez sa vision pour lui donner un air de *nerd* en vacances. Ensuite, elle avait rasé deux estuaires dans ses cheveux crépus, au-dessus des tempes, de manière à simuler une calvitie naissante et avait appliqué de la pommade sur ses cicatrices principales, celle, très nette, qui soulignait l'œil gauche, l'autre qui créait un hiatus dans la lèvre supérieure, dessinée comme les ailes d'un oiseau en vol plané, et surtout la troisième, le petit cratère près de la tempe droite.

Tout le long du trajet, Terence n'avait pas prononcé un mot, du moins rien qui pût amorcer une conversation. Il avait conduit en tétant une pipe le plus souvent éteinte, indifférent aux voitures qui le doublaient avec une évidente mauvaise humeur. La camionnette grinçait et hoquetait, mais les bicyclettes attachées dans la boîte suivaient allégrement et l'équipage était allé droit son chemin de Hamilton à Kitchener, dans le matin matinal de mai.

Terence avait poussé la serviabilité jusqu'à offrir à Chomsky d'acheter le billet pour lui. Chomsky avait accepté. Toujours un peu méfiant, il avait vécu des minutes d'attente angoissantes. Terence était cependant vite revenu, sans s'être départi de sa bonhomie mêlée de lucidité, de fatalisme, d'indifférence, et qui dégageait pourtant une bonté et un engagement de chaque instant dans l'accomplissement du moindre acte.

Terence avait expliqué à Chomsky que le trajet allait durer une dizaine d'heures, incluant un transfert à Toronto et un autre à Ottawa. Il était un peu étonné qu'il n'y eût pas de ligne directe, mais pas le temps de chercher davantage, l'autocar partait à sept heures.

Chomsky avait serré la main de Terence. Ce n'était pas un geste anodin pour le garçon. Il ne se rappelait pas avoir échangé une véritable poignée de main avec un Blanc d'âge mûr avant ce jour. Terence avait la main forte, ronde et rugueuse de ceux qui font grand usage des tournevis et des clés. Chomsky avait ressenti quelque chose de tout à fait nouveau, une chaleur, un courant, une émotion. Il avait baragouiné un merci, que Terence avait interrompu d'un signe de la main.

Chomsky était monté dans l'autocar avec le sentiment qu'il ne reverrait ni Terence, ni Myra, pire, qu'il ne rencontrerait plus de semblables personnes, qu'il les quittait comme on s'extirpe d'un rêve heureux pour affronter la dure journée.

* * *

Chomsky avait appréhendé le transfert de Toronto, à cause du temps de battement de trente-cinq minutes.

Aussitôt descendu, il avait cherché son lieu d'embarquement et s'était dépêché de s'y rendre en affectant l'insouciance du voyageur routinier. Il avait l'impression d'être une vilaine tache en pleine inspection de la brigade des blanchisseuses. En réalité, nul ne lui avait porté attention. Il n'avait croisé qu'un seul couple de policiers, occupé à orienter une bonne femme. Il craignait peut-être davantage de tomber sur des membres de la bande, mais se rassurait en raisonnant que ceux qui s'étaient tirés de ce feu d'artifice, qui semblait désormais si loin, avaient sûrement mieux à faire pour l'heure que de traîner dans les gares.

L'attente de Chomsky avait été si calme que, quand le chauffeur était enfin arrivé et que, après s'être installé à son poste, il avait invité la douzaine de passagers à monter, Chomsky avait déjà une idée de qui était François Villon.

Il avait d'abord essayé de lire des poèmes au hasard; sa première impression avait été que Myra était vraiment folle pour lui avoir proposé quelque chose d'aussi incompréhensible. Les vers étaient si étrangement tournés et tellement truffés de mots bizarres que c'était à se demander si c'était bien du français. Intrigué, il s'était rabattu sur la chronologie présentée dans les premières pages, et là, il avait été gagné.

François Villon était né en 1431. Mille quatre cent trente et un ! La seule date que Chomsky avait retenue des quelques cours d'histoire qu'il n'avait pas séchés, c'était 1492, l'année de l'arrivée de Christophe Colomb dans un paradis terrestre qui était devenu Haïti. Passé l'effet de cette distance temporelle vertigineuse, il avait été saisi par d'autres événements : en 1455, Villon tue un prêtre débauché au cours d'une bagarre ; en 1456, il est compromis dans un vol ; en 1460, et de nouveau l'année suivante, il est emprisonné on ne sait trop pourquoi ; en 1463, à la suite d'une échauffourée, il est condamné à être pendu… et étranglé ! Heureusement, cette sentence aussi radicale que redondante est commuée en bannissement et — c'est peut-être ce qui avait le plus fasciné Chomsky — on perd sa trace à partir de là. Disparu ! Il avait donc alors trente-deux ans.

Aucun doute, François Villon était un *vagabon*, un *sanvave*[*], bref un sacré voyou ! Et pourtant, ses vers avaient traversé les siècles.

Banni où ? L'histoire ne le disait pas. Bercé par le roulis de l'autocar, Chomsky s'était laissé emporter dans un exil imaginaire, monté sur un cheval fringant, l'épée au côté, toujours prêt à la tirer pour redresser les torts et gagner le cœur de Lovelie D'Haïti.

Lovelie... Ne l'avait-il pas quelque peu oubliée durant sa convalescence ? Ne l'avait-il pas quelque peu trompée ? Il était vrai qu'il n'avait pas souvent pensé à elle durant son séjour chez Myra, mais c'était une parenthèse dans le cours du temps, un détour obligé hors de lui-même. Et pour ce qui était de l'avoir trompée, non. D'abord, il n'avait pris aucune initiative, et puis c'était bien davantage une cérémonie qu'une relation sexuelle. D'ailleurs, s'il en avait eu envie, il n'aurait pas manqué, auparavant, d'autres occasions. Chomsky était beau garçon, et les filles qui frayaient avec la bande avaient le jean moins étanche qu'il n'y paraissait. Plus d'une lui avait fait des avances explicites. Au risque de passer pour *gay*, il s'était abstenu d'y donner suite, par prudence, bien sûr, car les mâles dominants qui l'entouraient n'avaient guère le sens du partage, mais aussi par respect de ses sentiments à l'égard de Lovelie. C'était comme si son absence n'était pas réelle. Il l'avait quittée après une nuit d'amour, durant laquelle ils s'étaient à peine touchés — une nuit d'amour quand même ! — et il l'avait quittée avec la certitude de la retrouver avant la fin du jour. Quitter n'était pas le mot juste. Laisser

* Vaurien.

non plus. Elle était demeurée avec lui. Et maintenant, il brûlait de lui revenir.

« Ce gars-là est un frère », s'était déclaré Chomsky, en se reportant sur François Villon pour se sortir de ces pensées troublantes, et il avait décidé d'essayer de saisir ce que ses vers racontaient. Il avait du temps devant lui. Il n'arriverait à Ottawa que quatre heures plus tard, et il n'avait rien d'autre pour s'occuper, sinon ruminer.

Il avait cherché un titre dans la table des matières et, à l'instar d'un nombre incalculable de jeunes lecteurs avant lui, il s'était laissé attirer par la *Ballade des pendus*.

Freres humains qui après nous vivez,
N'ayez les cuers contre nous endurciz,
Car, se pitié de nous povres avez,
Dieu en aura plus tost de vous merciz.

Peu soucieux de l'orthographe, Chomsky savait néanmoins que « pauvre », ne s'écrit pas ainsi. Au lieu de *cuers*, il supposait qu'il fallait lire « cœurs ». Et à qui, et pourquoi disait-il merci ? Il y avait des notes en bas de page, qu'il n'avait pas la patience de lire. Or, ces quatre vers se comprenaient encore assez bien, comparés aux suivants !

Il les avait relus en imaginant un rythme et avait fini par y prendre goût. Ainsi, tel un moine récitant des prières latines, il s'était rendu jusqu'à Ottawa, et jusqu'au bout du recueil.

* * *

À Ottawa, Chomsky avait profité d'un nouveau battement pour téléphoner. Il ne s'inquiétait plus d'être interpellé.

Il espérait joindre Serginald Joseph, son ancien bras droit, du temps qu'il régnait en maître incontesté sur la jeune bande des Hard-H. À Montréal, il n'allait tout de même pas coucher dans la rue. Serginald pourrait sûrement lui trouver un gîte.

Ce dernier habitait toujours avec sa famille, qui n'avait pas changé de numéro de téléphone, et, par chance, c'était lui qui avait répondu.

— CHOMSKY ! Chomsky Deshauteurs ? s'était-il étonné en baissant aussitôt la voix.

Il n'était pas seul. Chomsky avait reconnu en arrière-plan la cacophonie typique des familles haïtiennes trop nombreuses pour les logements qu'elles avaient les moyens de s'offrir. Cela lui avait réchauffé le cœur.

— Tu connais un autre Chomsky ?

— Non… D'où tu sors, *man* ? T'es où ?

— Pas loin. Je vais être à Montréal ce soir. J'ai besoin d'une place pour rester. Tu peux m'arranger ça, *patnè*[*] ?

— Euh…

L'hésitation avait déplu à Chomsky.

— Je te demande juste un petit service, rien d'autre !

— Oui, je comprends…

Serginald marmonnait.

— Tu peux pas parler, c'est ça ?

— Ouais, on peut dire.

— Bon, alors écoute bien. Je te donne rendez-vous

* Partenaire.

à Berri-UQAM, vers huit heures, en haut, tu sais, comme dans le temps. T'as qu'à répondre oui ou non !

Pendant un moment, Chomsky n'avait entendu que les bruits de la maison.

— Eh bien ? C'est oui ou c'est non ? avait-il insisté avec une impatience croissante.

— Oui ! avait finalement répondu Serginald. Ça marche.

Chomsky avait perçu une réticence que ne pouvait expliquer seul le fait que Serginald n'était pas à l'aise pour parler.

— T'as pas l'air trop content de me revoir.

— Mais oui, je suis content, mais c'est…

Une voix de femme sortie de nulle part les avait interrompus pour demander de mettre d'autres pièces dans l'appareil. Chomsky n'en avait plus.

— Vers huit heures, compris ? avait-il tranché, et la communication avait été rompue.

Chomsky avait raccroché et avait *tchuippé* pour lui-même. Puis il avait haussé les épaules et s'était dirigé vers le point d'embarquement en se disant que, après tout, il était compréhensible que Serginald eût été décontenancé par cet appel inattendu, et que c'était un coup de chance de l'avoir pu joindre au premier essai.

* * *

Chomsky ne s'était jamais imaginé qu'un jour, il serait ému de revoir les rues de Montréal. Dès qu'il avait entrevu la silhouette du mont Royal dans le lointain, il avait rangé son livre dans la ceinture de voyage qui constituait son unique bagage, et il avait passé les derniers kilomètres à regarder dehors.

L'air tiède qui pénétrait par la fenêtre entrouverte lui paraissait charrier une odeur typique. La couleur du ciel qui s'enténébrait par touches infimes ne semblait pas la même qu'à Toronto. Les badauds avaient une autre allure. Le tintamarre de la circulation ne sonnait pas pareil. Le passage d'une R5 arracha un sourire à Chomsky : il n'en avait vu aucune là-bas. Il était à la fois ému et inquiet. Comment se faisait-il que, de retour en cette ville où il avait vécu avec le sentiment d'y être étranger, il avait l'impression de rentrer chez lui ?

Le charme se dissipa instantanément quand il aperçut, au coin de De Maisonneuve et Berri, à deux pas de la station centrale d'autobus, Serginald en personne, en train de converser avec deux gaillards dont l'accoutrement, à mi-chemin entre la tenue militaire et le costume de carnaval, permettait de douter de leurs vertus citoyennes. Serginald, lui, était habillé en fonction du principe de discrétion que Chomsky imposait jadis à ses disciples et qui les avait fort bien servis.

Par réflexe, il détourna la tête. Qui donc étaient ces gars ? S'il s'était agi d'anciens partenaires à lui, le bref coup d'œil qu'il leur avait jeté aurait suffi pour les reconnaître.

L'autocar s'immobilisa. Chomsky ne se pressa pas de descendre. Il profita de l'écran formé par les voyageurs, qui attendaient que le chauffeur extirpât leurs valises des soutes, pour pénétrer dans la station. Il ne vit nulle part Serginald, ni les gars qui étaient avec lui. D'ailleurs, ce dernier ne pouvait pas savoir que Chomsky arrivait en autocar, et il n'était que dix-neuf heures, alors que le rendez-vous était à vingt heures.

Serginald était en avance. Il avait changé !

Devant un casse-croûte, au bout de la station, Chomsky décida qu'un sandwich au *smoked meat* s'imposait.

Derrière le comptoir, il y avait un miroir : son reflet lui rappela qu'il était déguisé. Il remit les lunettes qu'il avait enlevées parce qu'elles l'incommodaient, et les fit descendre sur son nez afin de pouvoir regarder par-dessus. Il se sourit à lui-même ; avec une gueule semblable, il aurait pu passer de porte en porte pour vendre la parole de Dieu.

Le serveur déposa l'assiette devant lui. Il mangea d'abord les frites, trop pâles et sans substance, tandis qu'elles étaient chaudes, une par une. Le *smoked meat* était à la hauteur de ce qu'on est en droit d'attendre d'un sandwich de gare, pas plus. Il réfléchit en mastiquant.

Il avait pris l'autocar pour Montréal sans avoir élaboré de plan de match, obsédé par la seule idée de revoir Lovelie. Ce n'était qu'en chemin pour Ottawa qu'il avait réalisé qu'il serait simpliste de se planter devant le marché Hispaniola et d'espérer qu'elle y passât, seule. D'autre part, rien ne permettait de croire qu'elle apprécierait d'être ainsi surprise. Il avait donc songé à Serginald. Incidemment, Chomsky n'avait-il pas demandé à ce dernier de venir seul au rendez-vous ? Peut-être que non. Les individus aperçus en sa compagnie étaient probablement des connaissances en mesure de l'héberger. Sauf qu'il n'avait pas envie de revivre une expérience de chien errant recueilli par une meute de loups. Existait-il d'autres possibilités ? L'hôtel ? Il supposait qu'il devrait donner son identité, et ce serait cher. Il y avait les maisons de chambres, mais étaient-elles sûres ? Sa vieille tante ? Elle ne le rejetterait certainement pas à la rue, mais il était tellement connu dans les HLM de la rue Émile-Journault que le tout-Montréal apprendrait en vingt-quatre heures que Chomsky Deshauteurs était de retour.

La difficulté de décider de la marche à suivre venait surtout du fait qu'il ignorait plusieurs données de sa situation. Jusqu'à quel point était-il recherché ? La mort d'Andy Colon remontait à deux ans et, compte tenu qu'il s'agissait d'un authentique truand, son meurtre n'avait sans doute pas mobilisé outre mesure les forces de l'ordre.

Et Lovelie ? Il ignorait ce qui lui était arrivé depuis le 15 mars 1986. Il se rappela l'ambulance devant l'immeuble où, dans son inconscience, il l'avait abandonnée aux griffes d'Andy Colon. Dans quel état se trouvait-elle ? Avait-elle gardé des séquelles ? Les choses s'étaient-elles arrangées avec sa famille ? Et surtout, quelle place occupait-il désormais dans ses pensées ? Avait-elle reçu ses poèmes ? Il les lui avait expédiés sans adresse de retour, pour éviter de la compromettre.

Il devait lui parler, il le devait absolument avant de décider quoi faire de lui-même. Et tant pis si elle ne voulait plus rien savoir de lui. Il encaisserait le coup et il partirait en emportant sa peine. N'importe quoi valait mieux que cette insupportable ignorance.

Et si, au contraire… Oh ! le beau rêve, le rêve insensé ! La retrouver comme si leur séparation n'avait duré qu'un jour, et l'emmener… Il se ressaisit. Étrangement, ce projet qu'ils avaient conçu ensemble et qu'il traînait depuis deux ans lui semblait plus réalisable à Toronto qu'ici, à moins d'une heure de Lovelie.

Serginald pourrait sûrement répondre à quelques-unes de ses interrogations, et Chomsky, après avoir payé, repéra la flèche encerclée qui indiquait la voie vers la station Berri-UQAM.

* * *

Il déboucha bientôt sur la vaste mezzanine. C'était à l'intérieur des tourniquets disposés en carré qu'il rencontrait autrefois ses acolytes. Ainsi, ces derniers n'avaient pas besoin d'un nouveau ticket pour repartir vers de nouvelles et malhonnêtes aventures — du moins ceux qui acquittaient leur passage.

Il aperçut son complice d'antan à l'extérieur des tourniquets. Il attendait, nonchalamment appuyé à la balustrade qui ceinturait une ouverture par laquelle on pouvait observer, plus bas, le va-et-vient d'une ligne du métro. Il était apparemment seul.

Les horloges marquaient vingt heures dix.

Chomsky fit le tour, se dissimulant derrière les passants. Toujours aussi grand et dégingandé, Serginald semblait nerveux. Il se rongeait les ongles, changeait de position, tournait la tête, cherchait ; son regard passa au moins deux fois sur Chomsky sans le remarquer. Celui-ci, ayant noté que les deux gars de tantôt n'étaient plus dans les parages, se décida à l'aborder. Il s'approcha.

— Salut, *patnè* !

Serginald sursauta.

— Chomsky ? s'exclama-t-il avec incrédulité.

— En personne.

Chomsky retira ses lunettes et les glissa dans la poche intérieure de son veston. Serginald demeura bouche bée un moment.

— *Yo, man!* T'as changé, je t'avais pas reconnu !

Son sourire s'épanouit et sa main se leva pour frapper celle de Chomsky.

— Je me suis un peu déguisé, on ne sait jamais.

Le sourire de Serginald tomba.

— T'as bien fait.

— Ah oui ?

— Viens.

Serginald entraîna Chomsky vers la sortie du boulevard De Maisonneuve.

— M'as-tu trouvé une place ? questionna Chomsky.

— Euh… ouais, peut-être, répondit Serginald. Tu m'as pas laissé beaucoup de temps.

Chomsky sentit un malaise dans le ton de Serginald. Ils arrivaient dehors. La noirceur y était presque. Serginald prit la direction ouest. Chomsky le suivit. Serginald ne cessait de scruter les alentours avec méfiance. Chomsky l'imitait, se demandant si le grand gars craignait la police ou les individus entrevus plus tôt. Le temps était doux, les Montréalais de toutes sortes profitaient en grand nombre d'un printemps toujours aléatoire.

Chomsky reporta son attention sur Serginald.

— T'es donc bien stressé, vieux ! As-tu des problèmes ? Je peux me débrouiller, tu sais, si c'est trop compliqué pour toi.

— Ah ! c'est pas ça…

Serginald se frotta la nuque en dodelinant de la tête.

— On croirait que tu as peur d'être suivi.

— Hein ! Qui veux-tu qui nous suive ?

— Je ne sais pas, moi, les gars avec qui tu parlais il y a une demi-heure.

Une interjection prit forme entre les lèvres de Serginald, qu'il ravala. Trop tard. Chomsky guettait sa réaction et il devina qu'il avait quelque chose à lui cacher.

— Ces frères-là ? se reprit gauchement Serginald. Je les connais à peine, je les ai rencontrés par hasard.

Serginald appuyait ses paroles de gestes un peu trop amples pour quelqu'un qui n'avait rien à se reprocher.

Ils marchèrent un moment en silence. Dès qu'ils eurent tourné dans la rue Sanguinet, direction nord, Serginald reprit la parole.

— Je sais pas combien ça fait de temps que tu es revenu de Toronto, mais tu t'es peut-être pas rendu compte que ça a beaucoup changé, ici.

Chomsky sourcilla.

— Comment sais-tu que j'étais à Toronto ?

— Ben… la police.

— Ho ! Là, je ne te suis plus, mon frère. Tu as des rapports avec la police ?

— Jamais de la vie ! Mais ils ont posé des questions sur toi, ces derniers temps, et du même coup ils cherchaient si des gars qui avaient participé à la bataille seraient pas connus à Montréal… Tu vois de quelle bataille je parle ?

Chomsky voyait.

— Ils ont des photos, ajouta Serginald. Ça donne que… pas mal tout le monde sait que t'étais à Toronto.

— Depuis quand la police de Montréal s'intéresse-t-elle à ce qui se passe à Toronto ?

— Entre polices, ils s'entraident, je suppose. Remarque qu'ils ont pas eu de réponses, t'as pas à t'inquiéter.

— Qu'est-ce qu'ils voulaient savoir ?

— Les affaires habituelles, si on avait des nouvelles de toi, si on avait déjà vu les autres... D'après moi, les flics étaient à la pêche.

Chomsky réfléchit un moment. Qu'il eût été photographié n'avait au fond rien de surprenant. Les gars de la bande de Toronto n'ignoraient pas que la police était sur leurs talons, sauf qu'ils se croyaient plus malins. C'était sans doute la police qui avait tendu le piège, et l'autre gang était probablement arrivé comme un chien dans un jeu de quilles. Mais les détails de l'affaire n'intéressaient plus Chomsky. Ce qui l'inquiétait, et ce qu'il ne comprenait pas, c'était que la police le cherchait ici, car, pour autant qu'il le sût, les bandes de rues n'étaient pas organisées à la manière des motards criminels ou de la mafia et, à ce qu'on sache, il n'existait pas, au-delà de quelques échanges de coordonnées, de réelles relations entre les organisations des différentes villes.

Enfin, il se rassura sur un point : si Serginald ne l'avait pas reconnu au premier coup d'œil, la police ne ferait certainement pas mieux et, d'autre part, il avait une question plus importante à poser à son compagnon.

— Et... Lovelie D'Haïti, as-tu une idée de ce qu'elle est devenue ?

Serginald parut surpris de la question.

— Ah oui... La fille qui... Eh bien... elle travaille encore au marché Hispaniola, il me semble. Pour le reste, j'ai vraiment aucune idée. On fréquente pas le même monde, tu sais.

Chomsky signifia d'un hochement de tête que la réponse le satisfaisait.

— Bon, écoute, conclut-il, je veux pas te causer de

problèmes. Dès que tu m'as montré la place que tu m'as trouvée, tu peux oublier que tu m'as vu. D'ailleurs, je ne resterai pas longtemps à Montréal.

Ils traversaient la petite rue Émery.

— C'est encore loin ? demanda Chomsky.

— Non, non, fit Serginald en indiquant le nord d'un mouvement de menton. C'est…

Chomsky s'impatienta.

— O.K., *man*, arrête de niaiser puis dis-moi ce qui te fatigue.

— Eh ! Pourquoi tu te fâches, là ?

— Je me fâche pas, mais je suis plus un *ti-moune*[*], je vois bien qu'il y a quelque chose qui marche pas. T'es pas clair.

— Ouais ! Justement… c'est ça que je cherche à t'expliquer… c'est que ça a pas mal changé. Depuis que tu es parti… sans laisser d'adresse, sans donner de nouvelles à personne… en même temps qu'Andy Colon a été descendu…

— Ah oui !

— Ho ! Fais pas comme si tu savais pas ! Les gangs, c'est pas la police, pas besoin de preuves. Tout le monde est sûr que c'est toi qui l'as descendu.

— Ils peuvent bien penser ce qu'ils veulent, ça me dérange pas.

— C'est pas si simple. Écoute, mon frère, je te jure que j'ai essayé d'arranger tes affaires, mais… eux autres, ça les dérange que tu sois revenu. Ma première idée, ça a été de pas venir au rendez-vous. Puis j'ai pensé que tu serais venu me retrouver d'une manière ou d'une autre, et le résultat aurait été le même.

---

* Enfant.

Au coin de la rue Ontario, Serginald prit à droite.

— Dis donc, pourquoi on tourne en rond ?

— On arrive, on va sur Joly.

L'avenue Joly, qui aurait davantage mérité le titre de ruelle, était composée de deux impasses qui se faisaient face, de part et d'autre de la rue Ontario, et, contrairement à ce que proposait son nom, c'était un des recoins les plus laids de Montréal.

L'inquiétude de Chomsky devint méfiance.

— Et puis c'est qui, « eux autres » ?

— Colon avait beaucoup... peut-être pas d'amis, d'associés.

— Je commence à comprendre. Tu travailles pour eux ?

Serginald dodelina encore de la tête. Ses lèvres se crispèrent. Il ne regardait plus son interlocuteur.

— Pas seulement moi, à peu près tous les *patnè*. On n'avait vraiment pas le choix ! C'était ça ou brasser des patates frites.

— Y a pas de problème. J'ai jamais pensé que vous étiez pour rester assis à vous *pogner le cul* en espérant que je revienne. Je te répète que j'ai pas l'intention de m'installer, j'ai juste besoin d'un coin pour dormir deux ou trois nuits...

Ils pénétraient dans l'impasse de la rue Joly, véritable dépotoir grouillant de bêtes urbaines. La tiédeur de l'air gonflait les relents répugnants des ordures organiques.

Après une dizaine de pas, saisi par une innommable crainte, Chomsky s'arrêta.

— Serginald... mon frère, dis-moi ce que t'es en train de faire !

— Quelque chose que j'aime pas...

— Ils sont là, ils m'attendent ? interrogea Chomsky en scrutant les ténèbres.

— Non, y a personne.

— Alors ? insista Chomsky pas convaincu, sans cesser de chercher l'indice d'une menace au fond de l'impasse.

— T'aurais pas dû me téléphoner, vieux, continua Serginald d'une voix lente et basse, t'aurais pas dû. Quand tu as disparu, ça a été très dur de convaincre les autres qu'on ne savait rien de tes problèmes avec Colon, qu'on ne savait pas non plus où t'étais. Il a fallu jurer qu'on n'était plus de ton bord, qu'on le serait plus jamais. Et maintenant...

Chomsky dévisagea Serginald, refusant de deviner la trop horrible suite.

— Et maintenant ? répéta-t-il.

— Ils exigent que je le prouve.

Et la lame apparut ! Le regard de Chomsky remonta vers le visage de Serginald, dont les yeux humides le fixaient avec une insondable désolation.

— Voyons... marmonna Chomsky, figé dans une désespérante incrédulité.

— Ça me brûle de faire ça, tu peux pas savoir... J'ai essayé, j'ai parlé pour toi. Ils veulent rien entendre, et on peut pas désobéir, avec eux autres, cracha Serginald dans un sanglot étouffé.

Il inspira profondément.

Chomsky vit le bras s'élancer, le grand corps pencher vers lui. Son incapacité à réagir ralentissait sa perception des mouvements. Il eut le temps de rêver qu'il faisait un cauchemar.

La lame le frappa au bas du ventre. Il plia en reculant d'un pas. La sourde douleur le replongea dans la réalité. Il vit la main de Serginald fermée sur le couteau. La lame refusait de pénétrer ! Il abattit violemment son poing gauche sur le poignet de son agresseur. Le couteau s'envola. Tétanisé à son tour par l'invraisemblable tournure des événements, Serginald demeura immobile un bref moment, soit jusqu'à ce que le poing droit de Chomsky l'atteignît sous la mâchoire. Alors le grand gaillard recula et s'affala dans un amoncellement de déchets.

Chomsky s'empara du couteau.

À moitié assommé, Serginald cherchait à se relever. Chomsky le plaqua au sol et leva le couteau en tremblant de rage. Du sang coulait de la bouche du traître. Par trois fois, le bras de Chomsky amorça l'élan qui devait lui transpercer le cœur. Il fut incapable de compléter son geste.

Il se releva brusquement, lança le couteau de toutes ses forces et se dépêcha de sortir de l'impasse.

La première chose qu'il vit, ce furent les deux gars facilement reconnaissables, qui attendaient à une dizaine de mètres, près de Saint-Denis.

Ils s'élancèrent dans sa direction. Chomsky vira les talons. La rue Ontario était suffisamment passante pour qu'il n'eût pas à craindre qu'ils l'agressent, mais ils pouvaient le suivre longtemps.

Il aperçut l'entrée du cégep du Vieux Montréal. Des collégiens, sans doute en fin de session, fumaient sur l'esplanade, d'autres entraient ou sortaient. Il traversa, avec l'idée de trouver refuge dans l'édifice, mais changea vite d'idée. À l'heure qu'il était, il ne pourrait pas y rester assez longtemps, et plus la nuit approchait, plus sa situation devenait précaire.

Il continua à marcher le plus vite possible, passa

l'avenue de l'Hôtel-de-Ville, la rue De Bullion, et l'enseigne bleue du poste de police le fit ralentir. Il glissait entre deux dangers, l'un neutralisant temporairement l'autre.

Une idée… « Non, quand même… » hésita-t-il. Il s'y résolut pourtant. Ses lunettes étaient intactes. Il les chaussa et entra d'un pas leste dans le poste de police.

* * *

L'agent Léveillé remontait le couloir en remuant un bâtonnet de plastique dans un gobelet de café fumant. Le remous ainsi créé dans le liquide brun évoquait pour lui une des innombrables parties de pêche dont il se promettait de farcir sa retraite prochaine.

En principe, il était en pause, mais quand il vit le jeune Noir qui passait les portes, il n'eut pas la mesquinerie de s'éclipser.

Observant la bedaine relaxe et la bouille bon enfant du policier moustachu, Chomsky se dit que c'était exactement l'agent qu'il lui fallait.

— Excusez-moi, monsieur, j'aurais besoin d'un renseignement, demanda-t-il en forçant autant que possible sur l'accent créole.

L'agent Léveillé scruta son interlocuteur avant de répondre. C'était un tic professionnel ; toutefois, cette tête lui rappelait quelqu'un.

— Quel genre de renseignement ?

— Est-ce qu'on est proche de Rivière-des-Prairies ?

Le policier gloussa.

— Rivière-des-Prairies ! ? Non, mon gars, pas vraiment.

— Je pense que je me suis trompé. Ça fait une heure que je marche.

— Dans quelle direction ?

Chomsky indiqua l'ouest du bras.

— Oumf ! fit le policier, manquant de s'étouffer dans son café. C'est dans la direction opposée !

Chomsky prit un air piteux.

— Rivière-des-Prairies, c'est pas dans l'est ?

— Bien oui, c'est dans l'est, sauf que l'est, c'est par là ! répondit l'agent avec une patiente lassitude.

— Ah ! Suis-je bête ! Je me suis mélangé.

— Mon pauvre gars, tu vas user tes semelles pour rien si tu comprends pas la différence entre l'est et l'ouest. Je vais te donner un truc : tu regardes le nom de la rue sur le panneau, c'est marqué E. ou O. Ça, ça t'indique si tu es dans la partie est ou ouest de Montréal. Tu suis ?

— Mmm'oui...

— Bon. Ensuite, tu regardes les numéros civiques, les adresses, quoi. Ils commencent à zéro à Saint-Laurent. Si tu es, mettons, dans l'ouest et que les numéros vont en montant, c'est que tu t'enfonces de plus en plus dans l'ouest. Ici, tu es encore dans l'est. Donc, par là, les numéros descendent, puis à Saint-Laurent, tu passes dans l'ouest, ils remontent.

— Jusqu'où ?

— Jusqu'où ? J'sais pas ! Ça dépend, jusqu'au bout de la rue, ou *bedon* quand on change de ville. Ça fait que l'est, c'est de ce côté ! Comprends-tu ?

— Mais on est dans l'est, ici, vous dites.

Léveillé soupira.

— Écoute, as-tu de quoi te payer un taxi ?

— Je pense, oui.

— Eh bien ! attrapes-en un. Je suis pas sûr de pouvoir t'expliquer comment y aller en autobus, à Rivière-des-Prairies, et à pied, tu en as pour la nuit !

En même temps qu'il formulait cette suggestion, une panoplie de blagues médiocres sur les chauffeurs de taxi haïtiens affluaient dans l'esprit du policier. Mais sa mission était de servir les citoyens, et le garçon s'était montré courtois. Le garçon ou le jeune homme ? L'agent décelait un joint mal tiré entre son apparence et ses manières.

Il y avait d'ailleurs une échancrure dans le bas de son veston démodé.

— Qu'est-ce qui t'est arrivé ? interrogea Léveillé en désignant la trace qu'avait laissée le couteau de Serginald.

— Oh ça ? se surprit Chomsky, qui n'avait guère eu le loisir de se préoccuper de l'état de sa tenue. Bien… je sais pas, mais mamie va pas être contente, ça, c'est sûr !

L'agent Léveillé sourit. Il eut envie de demander son identité au jeune homme, puis se dit qu'il n'avait aucun motif de le faire.

— Merci, m'sieu, dit Chomsky, sans se départir d'un accent plus marqué qu'il n'en avait jamais eu. Je vais attraper un taxi, oui.

Et il se dirigea vers la sortie.

« Ça parle au diable… il me rappelle quelqu'un », se répéta Léveillé.

Et au lieu de se diriger vers la salle de repos, il passa derrière le comptoir où ses collègues, accaparés par leurs tâches, n'avaient guère prêté attention aux répliques anodines qui venaient d'être échangées.

Plus loin, sur un immense tableau de liège, des dizaines de photographies étaient affichées. Plusieurs étaient des clichés anthropométriques, avec une échelle graduée en guise de fond; celles-là ne l'intéressaient pas. D'autres étaient des photos de malfaiteurs captés sur le fait par des caméras de surveillance; elles ne l'intéressaient pas davantage, non plus que les portraits-robots. Enfin, il y avait le reste, des photos de disparus, les enfants regroupés, bien en évidence. Il n'y avait guère d'ordre dans ces affichages, néanmoins, au bout, il trouva ce qu'il cherchait, c'est-à-dire l'endroit où il avait déjà vu cette tête. C'était dans le lot le plus récent des avis de recherche diffusés dans tout le pays.

Prenant une nouvelle gorgée de café, Léveillé se pencha et posa le doigt sous le visage d'un jeune homme photographié en plan moyen, adossé à un bâtiment de briques entre deux lascars qui le dépassaient d'une bonne tête et qui avaient l'air aussi sociables que des boxeurs sur le point d'entreprendre le combat. Le jeune homme, quant à lui, avait seulement l'air de se les geler.

Accolée à cette photo, il y en avait une autre d'un genre fort différent. C'était une photo d'école, avec une fausse bibliothèque pour fond. En réalité, c'était une reproduction de la photo originale; il n'y avait pourtant aucun doute quant à la ressemblance: l'élève et le garçon de Toronto étaient Chomsky Deshauteurs, témoin recherché dans l'affaire non résolue du meurtre d'Andy Colon, ainsi que la fiche signalétique le précisait.

Chomsky Deshauteurs était facilement reconnaissable à de remarquables cicatrices. Le jeune homme à qui Léveillé avait parlé portait-il des cicatrices au visage ? Peut-être bien, mais pas aussi nettes que celles-là. Léveillé s'approcha davantage et murmura :

— Des lunettes… des cheveux en moins… et pourquoi pas du maquillage ?

Il but une nouvelle gorgée de café.

— Qu'est-ce que tu regardes ? questionna un collègue qui l'observait depuis un instant.

Léveillé tourna vers lui un regard d'illuminé.

— Viens ! souffla-t-il. Il est peut-être encore là.

* * *

Sitôt sorti du poste, Chomsky avait été soulagé de n'apercevoir nulle part ses poursuivants, et il ne les avait pas cherchés plus que nécessaire. La chance lui revenait enfin : un taxi s'arrêta dès qu'il leva le doigt.

— Vous pouvez m'amener à Rivière-des-Prairies ? demanda-t-il en montant.

— Je peux t'amener aussi loin que tu veux, *boss,* tant que je reviens coucher chez nous, et pourvu que tu payes. Dépendamment où à Rivière-des-Prairies, ça peut monter à vingt *piastres.*

Le chauffeur était un homme dans la trentaine, les cheveux ramenés à l'arrière et maintenus par du gel, le menton glabre, le teint pâle mais sain, l'œil moqueur.

— J'ai ce qu'il faut, dit Chomsky.

— On est partis !

Pour éliminer toute espèce de doute quant à sa capacité de payer, Chomsky ouvrit la pochette de sa ceinture pour y prendre un billet de vingt dollars. Alors seulement, il comprit par quel miracle il se trouvait encore en vie : le couteau avait été bloqué par le livre de François Villon !

Il retira l'argent, puis le livre.

— On va sur le boulevard Perras. Je vous indiquerai quand je reconnaîtrai la place.

Disant cela, il tendait le billet au chauffeur, qui le prit en se retournant, sans cesser de rouler.

Puis Chomsky reporta son attention sur le livre. Il avait remarquablement résisté à l'attaque, malgré son âge honorable. La lame avait entaillé à peine la moitié des pages, et la coupure était nette. L'ouvrage était encore lisible. Pourtant, Serginald avait frappé fort. Chomsky s'étonnait qu'un si frêle objet puisse faire obstacle à un coup si dur. Il se demanda si lui-même serait capable, d'un seul coup de couteau, de transpercer de part en part un livre de l'épaisseur de son petit doigt. Peut-être, s'il était posé sur une surface rigide et fixe. Tel n'était pas son corps qui avait plié et reculé.

— Tu es étudiant ? questionna le chauffeur, qui observait son passager dans le rétroviseur.

Chomsky jugea préférable d'entrer dans le jeu.

— Oui.

— Et qu'est-ce que tu lis ?

— François Villon.

— Un poète, ça, non ?

— Vous le connaissez ?

— Eh ! C'est pas parce qu'on est chauffeur de taxi qu'on est ignorant.

Chomsky se renfrogna un instant. Son fond rebelle n'aimait pas qu'on lui fasse la leçon, même sur un ton badin.

— D'abord, si vous avez étudié, pourquoi est-ce que vous conduisez un taxi ?

— On peut pas dire que j'ai étudié. J'ai même pas

fini mon secondaire ! J'aurais aimé ça, par exemple, mais chez nous, y avait personne d'instruit, puis à l'école, les profs se sacraient bien de nous autres. À seize ans, j'ai mieux aimé devenir un hippie. Entre deux joints, j'avais l'impression d'apprendre plus qu'à l'école. Y en avait toujours un qui se prenait pour un poète dans la *gang*, parce que les poètes, ça a toujours été des « poteux », c'est connu.

Chomsky ne l'aurait pas écouté qu'il eût parlé quand même, tout en s'agitant derrière son volant, faisant grand usage de l'accélérateur et des freins, tandis que le tic-tac du compteur additionnait mécaniquement les tranches de cinq cents et que la voiture tanguait et roulait.

— Ça m'a pas mené bien loin, remarque, mais au moins, j'ai pas pris la voie du crime. Tu études la poésie ?

— Ouais.

— Je doute que tu fasses beaucoup d'argent avec ça, à moins de devenir prof. Continue pareil, mon gars ; l'important, c'est d'étudier. Je donnerais cher, moi, pour avoir fait des études, en n'importe quoi ; je pourrais mieux comprendre ce qui se passe dans le monde. Tu vas me dire qu'il n'est jamais trop tard, mais… T'es Haïtien, je suppose ?

— Ouais !

— Eh bien ! tu dois savoir que c'est pas facile de gagner sa vie dans un taxi. J'ai deux petites filles, moi. Je te garantis qu'elles lâcheront pas l'école. Ça fait que, si tu veux un conseil, profite de la chance que t'as, mon ami.

Chomsky avait l'impression désagréable d'être un imposteur. Il souhaitait que le chauffeur se taise, en même temps qu'il voulait l'entendre. Il se trouvait dans un taxi à écouter le chauffeur blanc, qui n'avait semble-t-il pas eu beaucoup de chance, lui parler comme à un autre, d'études, de la difficulté d'échapper à sa condition, et ce, parce qu'il avait exhibé un livre qui lui avait été donné par une Indienne de douce folie qui, elle aussi, l'avait sauvé d'une situation précaire, un livre qui lui avait épargné d'être tué, par celui qu'il considérait comme un frère... Mais que se passait-il donc avec sa vie ?

Et pendant ce temps, à travers les vitres, il s'étourdissait à regarder défiler les paysages familiers du boulevard Henri-Bourassa, images rémanentes de ce qui était déjà sa jeunesse.

Où s'en allait-il ainsi ? Pour le moment, il ne voyait d'autre possibilité que de retrouver Charline Jolicœur.

7
Nouveau refuge

Chomsky grelottait. Était-ce dû à la fraîcheur tombante ou à la trouille grimpante ? Entre le soir et la nuit, Rivière-des-Prairies avait la banalité sinistre. La maison de Charline dormait, tous feux éteints. Il n'avait pas osé y sonner. Il errait dans le secteur, sans rien trouver puisqu'il n'avait rien à chercher, et pourtant il cherchait. Il cherchait une voie, une direction, un sens dans les noirceurs de la ville, et plus encore dans celles dont son âme était pleine.

La plupart des maisons gardaient au moins un œil ouvert. Les rues n'étaient pas si désertes qu'elles le paraissaient, et chaque passant, chaque voiture un rien lente représentait une menace. Du moins l'imaginait-il.

Quelques heures plus tôt, il avait eu le sentiment de retrouver son chez-soi. Maintenant, il se sentait en territoire hostile. Il aspirait à s'asseoir quelque part, à s'étendre, à dormir. Il y avait un parc à portée. Quels en étaient les occupants ? S'en serait-il souvenu que cela ne l'eût pas assuré d'un accueil amical. Dans la rue, les années comptent pour des décennies. Oui, Montréal était toujours Montréal quand on humait ses relents, quand on se berçait dans son bourdonnement, quand on s'ébaudissait dans ses lumières, mais entre les fibres de sa toile, des acariens invisibles à l'œil nu s'entredévoraient pour des portions de quartier, renversaient des dictatures, démembraient des empires. Il venait de l'apprendre au péril de sa vie.

Il avait peur !

Chomsky Deshauteurs avait peur !

Il n'avait pas prévu de solution de rechange. Tout compte fait, il avait prévu fort peu de choses, il avait improvisé et, maintenant, il était à court d'idées. Il ne voyait rien devant, sinon son impérieux désir de Lovelie, et il la sentait plus éloignée que jamais.

Et alors que des esquisses de mort commençaient à se dessiner dans le brouillard de sa désespérance, une porte s'ouvrit.

C'était celle d'un bungalow, à quelque cent pas devant. Dans la lumière qui s'échappait sur l'étroit perron, deux femmes échangeaient une bise prolongée. Celle qui restait était blanche, celle qui s'en allait était noire, et Chomsky crut reconnaître la silhouette de Charline Jolicœur. Cette apparition lui fit l'effet d'un coup de vent dans une voile flasque.

Il ralentit pourtant. Ne se méprenait-il pas ?

La jeune femme l'aperçut à son tour en se retournant pour descendre les marches. Elle interrompit son mouvement, revint vers celle qu'elle s'apprêtait à quitter et lui dit quelque chose que Chomsky ne pouvait entendre et qui le concernait sûrement. Il passa devant le bungalow, en s'efforçant de confirmer, du coin de l'œil, qu'il s'agissait bien de Charline. Il en fut presque sûr.

Charline le suivit des yeux. Il portait les lunettes. Elle ne le reconnut pas et lui trouva l'air inoffensif.

Elle embrassa Mélanie une dernière fois, puis descendit sans se presser, tandis que Chomsky s'éloignait dans la direction opposée à celle qu'elle devait prendre. Il n'y avait pas loin à marcher pour arriver chez elle et Mélanie veillerait de sa fenêtre, jusqu'à ce qu'elle tourne le coin.

Chomsky accéléra et, dès qu'il constata qu'il pouvait courir sans se compromettre, il s'élança. Le pâté de maisons n'était guère étendu, et il évaluait qu'il pourrait se rendre devant chez Charline à peu près en même temps qu'elle.

Quand Charline le vit déboucher au coin de sa rue, haletant d'avoir couru, son sang se glaça. Elle évalua la distance qu'il lui restait à franchir. En coupant par le carré de pelouse, elle arriverait à sa porte avant lui. Aurait-elle assez de temps pour l'ouvrir ? Il n'y avait personne à la maison. Reconvertie au catholicisme, sa mère avait emmené Surprenant en pèlerinage au Cap-de-la-Madeleine, dans l'espoir d'un miracle, pour lui ou pour elle. La jeune femme connaissait des passes d'autodéfense, mais n'avait jamais eu l'occasion de les expérimenter en situation réelle.

— CHARLINE ! appela Chomsky dans un cri étouffé.

Elle s'arrêta net. Son nom… Cette voix ?

— N'aie pas peur, Charline ! C'est moi, Chomsky, c'est Chomsky Deshauteurs ! Tu te rappelles ?

Il retira les lunettes. Stupéfaite, Charline écarquilla les yeux.

— Je veux juste te parler, continua Chomsky en approchant lentement. Te parler de Lovelie.

La prononciation des trois syllabes qu'elle aimait tant balaya ses ultimes doutes et, du même coup, lui flagella le cœur. Chomsky était de retour, il était bel et bien là, à trois pas d'elle.

— Wow ! lâcha-t-elle, essayant de ne pas montrer son trouble. T'as donc bien changé !

— Pas tant que ça, c'est rien qu'un nouveau *look*.

— En tout cas, tu m'as fait peur en *estie*. C'est quoi, cette manière ?

— Excuse-moi, je viens d'arriver, j'osais pas téléphoner, tu es la seule…

— Qu'est-ce que tu veux ?

Charline se tenait raide, légèrement arquée vers l'arrière, comme si elle craignait la contamination. Elle avait parlé avec rudesse. Elle ne voulait croire ni ses yeux ni ses oreilles, elle refusait de vivre ce moment qui représentait le parfait contraire de ce qu'elle espérait de tout son être, la disparition définitive de celui qui venait d'apparaître devant elle. Et ce dernier s'en rendit aussitôt compte. Mais il avait échappé son orgueil quelque part au milieu des détritus de la rue Joly.

— Tu as bien reçu mes lettres ?

Charline n'osa pas mentir.

— Ouais…

— Et tu les as données à Lovelie ?

— Bien sûr. Pourquoi je l'aurais pas fait ?

— Elle les a lues ?

— Ça, j'en sais rien, moi. Va donc lui demander.

Chomsky bafouilla. C'était son intention, sauf qu'il était tard, sauf que… Charline comprit.

— T'as pas de place où aller, c'est ça ?

Chomsky baissa les yeux. Charline *tchuippa*.

* * *

Chomsky dormit sur le canapé du salon. Charline ne dormit pas. Il était épuisé. Elle était perplexe.

Elle avait le sentiment de vivre sa vie à contre-courant, à contresens. Elle hébergeait ce garçon alors que son instinct le plus viscéral lui commandait de le chasser. Elle n'avait cependant consenti à sa demande que parce que le contraire ne l'aurait pas fait disparaître et qu'il aurait pu joindre Lovelie par un autre biais. Dans cette éventualité, Lovelie risquait fort de lui en vouloir, de lui retirer sa confiance, son amitié. Bref, elle continuait d'agir comme elle le faisait depuis deux ans, incapable de se résigner à l'impossible.

Elle songea à dénoncer Chomsky à la police. Ce n'était pas une solution non plus. En vérité, les conséquences d'un tel acte risquaient d'être pires encore au regard de sa relation avec Lovelie.

À bien y penser, elle aurait aisément pu trouver une excuse. Au départ, Chomsky ignorait qu'elle avait la maison pour elle seule, jusqu'au dimanche. Pourquoi n'avait-elle pas retenu cette possibilité lorsqu'elle lui était passée par l'esprit ? Certainement pas par honnêteté foncière, elle n'avait pas la moindre prétention vertueuse. Plus probablement parce qu'elle ne pouvait se passer de jouer un rôle dans la vie de Lovelie… Tant qu'il était ici, il n'était pas avec elle et, en gérant leurs retrouvailles, elle s'assurait d'un poste privilégié pour observer la suite de l'histoire. Elle nourrissait l'invraisemblable espoir que l'amour de Lovelie à son égard n'attendait qu'une secousse du destin pour surgir et éclore.

— Il faut que je sorte, annonça-t-elle à Chomsky en le réveillant, au matin.

— Il est quelle heure ? demanda celui-ci en se redressant, perplexe, peinant à reconnaître les lieux à travers les brumes du sommeil.

Il était torse nu. Charline constata froidement qu'il était assez beau pour figurer dans un magazine.

— Tu as été blessé ?

— Ouais… une malchance. C'est presque guéri.

Charline ne posa pas davantage de questions.

— Il est à peu près sept heures et demie. Écoute-moi attentivement : je veux bien que tu restes ici, mais il ne faudra pas que tu sortes, ni que tu te montres à la fenêtre. Et si tu sors, ne reviens pas. Tout le monde nous connaît dans la rue et il y a plein de *grann** qui ne font rien d'autre de leurs journées que d'espionner ce qui se passe chez les voisins.

— D'accord, mais…

— Oui, oui, je vais parler à Lovelie, aujourd'hui. Je vais lui apprendre que tu es revenu, et ce sera à elle de décider de la suite.

— Merci…

— De toute façon, poursuivit Charline, ma mère rentre dimanche, avec mon jeune frère, et pas question qu'elle trouve un gars ici.

---

* Mémères.

8
Les limites de Mme Moïse

Mai faisait un accès de fièvre à l'heure de rendre l'âme. La sueur perlait aux nobles tempes de Mme Moïse. Elle ouvrait les fenêtres autant que possible, mais les joyeux éclats produits par les groupes d'éducation physique qui s'ébattaient à l'extérieur la forçaient à modérer l'apport d'air neuf. Elle eût ouvert aussi sa porte, si un jeune collègue du voisinage n'avait pas perdu le contrôle de sa classe et qu'un moins joyeux tapage ne s'était répandu sur tout l'étage. Dans de telles conditions, c'était un exploit que d'accaparer l'attention de trente-deux gamins et gamines de treize ans dont l'équilibre hormonal s'ajustait mal à une imminente poussée de croissance. Qu'importe : Horacine Moïse, ultime rempart de l'ordre et de la discipline, suait mais ne ployait point, fidèle à son image de saint Georges terrassant le dragon de l'ignorance.

Elle s'épongea et s'enfonça dans le fauteuil à bascule pivotant qu'elle avait acheté à ses frais, car nul budget n'était voué à la préservation des reins du corps enseignant, et, à moins de consentir à la dépense, elles ou ils devaient se contenter d'une des chaises en plastique conçues pour les juvéniles derrières de leurs élèves.

Heureusement, maintenant qu'il était trois heures dix et que l'école s'était à peu près vidée de sa clientèle, tout était grand ouvert et une brise aride diluait la moiteur cumulative et malodorante des transpirations. Mme Moïse ferma les yeux. Elle songea au week-end qui commençait à l'instant et qu'elle avait envie de passer à commettre sans remords le péché de paresse, à laisser Messier lui préparer ses petits plats, ou les commander, et tant qu'à pécher, pourquoi pas un peu de fornication avec ça ? Elle ! C'était à ne pas s'y reconnaître !

Ces derniers mois, il lui arrivait de se demander jusqu'à quand encore elle pourrait pratiquer son métier de l'unique manière qu'elle connût, c'est-à-dire avec une vigueur qui l'engageait corps et âme. Les semaines d'horaire chargé, telle celle qui venait de prendre fin, la laissaient vannée, moulue, démontée, harcelée par les cancrelats du doute. Sa mission avait-elle une fin ? Oui, peut-être en existait-il une quelque part dans l'accomplissement du plan de ce Dieu qu'elle s'interdisait de remettre en question. Mais elle-même, misérable « être humaine », verrait-elle poindre un jour la lueur d'un achèvement à sa dimension propre ? Constaterait-elle qu'une avancée tangible s'était produite ? Serait-elle en mesure d'évaluer que, grâce à sa modeste contribution, ces enfants qui lui étaient confiés, et particulièrement ceux dont elle partageait les origines, seraient un jour devenus le ferment d'une meilleure humanité ? Difficile d'y croire quand on les voyait, sitôt qu'ils quittaient sa classe, s'étioler en grimpant les échelons du cours secondaire, se gaspiller en vaines, sinon vilaines étourderies, s'encanailler et, trop souvent, hélas !

échouer dans la rue. Bien sûr, il s'en trouvait qui maintenaient le cap et qui revenaient la voir de trimestre en fin d'année, pour lui rappeler ce qu'ils lui devaient. Mais ceux-là, justement — plus souvent celles-là ! —, étaient ceux et celles qui lui devaient le moins, qu'elle n'avait fait qu'accompagner sur une route qu'ils étaient au départ équipés pour parcourir sans détour.

Lovelie D'Haïti par exemple, qui apparaissait dans l'embrasure de la porte !

— Est-ce que je vous dérange ?

— Tu ne me déranges jamais, répondit Mme Moïse en tournant vers elle un œil rougi, de sa voix éraillée à laquelle l'irruption de la jeune fille, vision ravissante, redonnait un peu de tonus.

Lovelie entra d'un pas las et abattit sur un pupitre son sac lesté de matières à assimiler. Puis elle se laissa tomber sur la chaise correspondante, posa son menton entre ses poings et fixa plus bas une vague entité qui n'existait que pour elle.

Mme Moïse, étonnée, resta muette au moins une douzaine de secondes, la lèvre inférieure avancée dans une moue piteusement comique que personne ne lui connaissait. Quand Lovelie releva les yeux, cette moue lui arracha presque un sourire.

— Eh bien ! Mademoiselle ! tança l'enseignante. Il semble que vous soyez quelque peu contrariée !

— Oh ! Je ne voulais pas vous fâcher... s'excusa Lovelie.

Elle soupira.

— Je n'ai jamais été si peu fâchée, la rassura Mme Moïse, mais un franc sourire me ferait le plus grand bien.

Il lui fut aussitôt accordé, et même lorsque souligné d'un trait d'amertume, un sourire de Lovelie demeurait un formidable analgésique contre les vicissitudes de l'existence. Dommage que l'adolescente ne pût se l'autoadministrer.

— Tu as beaucoup de pain sur la planche, on dirait, remarqua Mme Moïse en désignant le sac.

— Bof ! Pas tant que ça, au fond, mais ça ne veut pas rentrer.

— Voyons ! Toi, Lovelie ? Quelle matière peut bien te résister ? Le polonais ?

— Le polonais ? Comment ça ? On n'apprend pas le polonais !

— C'est pour rire… je me comprends. Parle-moi donc de ce qui te cause tant de difficulté.

— Oh ! ce n'est pas une matière en particulier, c'est ma tête qui n'est pas là.

— Ah bon ! Et où donc est ta tête ?

Lovelie haussa les épaules.

— Ne serait-elle pas un peu à Toronto, par hasard ?

Lovelie baissa les yeux et la crème qui adoucissait le café de ses joues tourna au rose. Elle se reprit vite.

— Toronto ? Pourquoi Toronto ?

— Trop tard, jeune fille ! gronda gentiment Mme Moïse. Vos joues vous trahissent ! C'est Chomsky ?

— Comment vous le savez ?

— À vrai dire, je ne le savais pas. Maintenant, oui !

Lovelie croisa les bras et s'enfonça autant que faire se pouvait dans sa chaise.

— Allons, Lovelie, tu ne vas pas bouder, quand même ! À quoi bon tous ces secrets ? Les gens qui t'aiment — dont moi ! — s'inquiètent à ton sujet, rien de plus. Personne ne va se précipiter à la police pour la mettre sur la piste de Chomsky Deshauteurs. Tu as peur pour lui, c'est ça ?

— Ouais… disons que j'ai eu peur, mais *à c't'heure*, je me dis : « Pas de nouvelles, bonnes nouvelles ! » Et de toute façon, je ne peux rien faire.

— « À c't'heure », répéta Mme Moïse, amusée d'entendre cette expression dans la bouche de son ancienne élève.

— C'est une sage attitude, continua-t-elle. Alors, si ce n'est pas Chomsky, qu'est-ce qui te tracasse au point de t'empêcher d'étudier, à moins de deux semaines des examens finals ? Des problèmes familiaux ?

— Ouais…

— J'ai rencontré les Brûlotte à la soirée de théâtre et, à part de te trouver bizarre, ils ne me semblaient pas avoir de gros soucis. Ce serait donc du côté des D'Haïti ?

— Ouais. Ma belle-mère plante là mon père pour s'en aller avec Jeune, le propriétaire du magasin.

— Oh ! Et j'imagine que ton père le prend plutôt mal.

— Plutôt mal, ouais…

— Et toi ? Ça n'a jamais été facile avec elle, non ?

— Moi, je l'*haïs*.

— Lovelie, voyons…

— Quoi ? Je n'ai pas le droit de haïr, des fois, moi aussi ?

— Je ne crois pas que ce soit un droit, mais bon, on ne peut pas te reprocher d'avoir des sentiments.

— Et puis c'est elle qui a commencé, hein ! Je ne demandais pas mieux qu'on s'entende, moi. Et puis, je ne suis même pas surprise. Ça fait longtemps que j'avais vu dans leur jeu. Jeune, c'est un vieux cochon…

— Oh !

— Mme Moïse, je ne suis plus une petite fille, j'ai des yeux pour voir, et ils voient clair ! En tout cas, s'il a une femme à sa disposition pour le soulager, il va peut-être se calmer un peu.

Mme Moïse était estomaquée d'entendre parler ainsi celle qu'elle considérait encore comme une enfant.

— Mais, s'interrogea-t-elle tout à coup, il... il ne s'est pas mal comporté avec toi, j'espère.

— Non. Remarquez que ce n'est sûrement pas parce qu'il n'en avait pas envie. Avec Charline, par exemple... mais il n'a pas idée à quel point il n'a aucune chance !

— Cette Charline est donc devenue une honnête femme, au bout du compte.

Mme Moïse connaissait assez peu Charline et ignorait tout de son orientation sexuelle.

— Elle est correcte, confirma Lovelie.

Puis elle se tut, changea de position, s'examina les ongles, regarda dehors, lut ce qui était écrit au tableau.

— Vous donnez moins de devoirs que dans mon temps, on dirait.

— Penses-tu ? Je vais répéter cela à mes élèves. Ils vont peut-être cesser de se plaindre.

— Oh non ! S'il vous plaît, j'ai assez de tracas de même.

— Justement, si on revenait à ces tracas. Tu ne m'as pas tout dit encore. Je me trompe ?

— Eh bien ! C'est que mon père va se retrouver seul avec Junior et Genella. Ça ne va pas être facile.

— Comme je te connais, tu ne refuseras pas de l'aider.

— Non…

— Sauf que… ?

— Sauf que, lui, il me demande d'aller vivre avec eux, lâcha enfin Lovelie.

— Ah ! je comprends maintenant. Ce n'est pas une décision facile à prendre.

Lovelie appliqua ses mains ouvertes sur son visage et Mme Moïse crut qu'elle allait pleurer.

— Au contraire, c'est une décision très facile à prendre, corrigea la jeune fille après avoir respiré en profondeur et reposé ses mains devant elle.

Mme Moïse attendit silencieusement la suite.

— J'aime mon père. Il a pas mal changé, pour le mieux. Mais… non, je n'irai pas vivre chez lui.

Lovelie joignit les mains et se tordit les jointures. Mme Moïse la voyait ainsi pour la première fois. À un moment, Lovelie alla jusqu'à faire mine de frapper sur le pupitre.

— Tu es en colère, constata l'enseignante.

— On peut dire ça, ouais.

— Contre ton père ?

— Non ! Je comprends comment il se sent. Ce n'est pas un homme fait pour tenir une maison. On ne lui a pas appris ça.

— Il va s'organiser. Il ne faut pas un cours universitaire. La nécessité est souvent la meilleure des écoles !

Lovelie réfléchit un instant.

— Peut-être… Mais, d'abord, il faut que je lui dise non !

— Et c'est ça qui t'enrage ?

— Oui ! Pourquoi est-ce que je suis obligée de lui causer de la peine ? On était bien, là… en tout cas, presque. Je veux dire, entre lui, moi et Genella, ça marchait. Je l'adore, ma petite sœur, je m'en occupais. J'aidais mon père au magasin. C'était *correct* de même, comprenez-vous ?

— Je crois que oui. Tu avais le sentiment de donner ce que tu pouvais donner, de bon cœur.

— En plein ça. C'est pas de ma faute à moi, si j'ai deux familles. Je n'ai pas demandé à partir d'Haïti quand j'avais six ans. Je n'ai surtout rien demandé de ce qui s'est passé après. Pourquoi, si je n'ai jamais eu le choix de rien, il faudrait que je choisisse maintenant ? Pourquoi il faudrait que j'explique à mon père qu'il est peut-être mon vrai père, mais que mon vrai père, ce n'est pas lui, c'est l'autre !

Lovelie s'arrêta net et fronça le sourcil.

— Ça ne tient pas debout, ce que je viens de dire, hein ?

— On saisit bien le sens. Mais peut-être que ton père comprendra mieux que tu ne le penses. En ce moment, il est désemparé. Ça ne durera pas toujours. La tension va retomber tôt ou tard, et si on lui explique sans s'énerver… Je peux t'y aider, je peux même lui parler à ta place…

— Oh non ! Ça l'insulterait. Et puis il va s'imaginer que c'est à cause de vous. Et puis en supposant qu'il comprenne, ça va lui faire de la peine pareil. Et puis ça m'écœure, et puis je suis tannée. T-A-N-É-E.

— Deux N.

— Deux si vous voulez, je suis autant tannée. J'aimerais ça, avoir la paix. Je ne veux pas être égoïste, je veux juste que le monde me lâche un peu. Excusez, mais je me sens tellement en maudit que j'aurais le goût de tout sacrer là.

— Qu'est-ce que tu veux dire ?

— Quand j'étais avec Chomsky, la dernière fois, il voulait qu'on parte ensemble aux États-Unis, en cachette. Je trouvais qu'on était bien trop jeunes, que ça n'avait pas de bon sens. Eh bien ! S'il me le demandait aujourd'hui, pas sûr que je ne le ferais pas.

— Ce n'est pas une solution, Lovelie, tu le sais. Ne désespère pas, les choses finiront par s'arranger.

Lovelie haussa un peu le ton.

— Peut-être que ça va s'arranger, en effet ! Et alors, qu'est-ce qui va m'arriver ensuite ? Quel autre sale coup il me prépare, le bon Dieu, hein ?

Mme Moïse ressentit une peine aiguë.

— Non, Lovelie, n'interpelle pas Dieu, je t'en prie.

— Eh bien, d'abord, à qui il faut que je m'adresse ? Où il est, le bureau des plaintes ? Vous n'allez pas prétendre que c'est voulu, que c'est parce que Dieu m'aime qu'il me fait chier !

— Lovelie !

La jeune fille se rendit compte qu'elle venait de blesser cette femme pour qui elle éprouvait une indéfectible affection.

— Oh pardon ! murmura-t-elle. Je parle mal. Mais si vous pouvez m'expliquer pourquoi tout ça m'arrive, je suis prête à vous écouter.

Mme Moïse ne put que demeurer muette.

9

Il tombait des gouttes

Aucun changement apparent à l'Académie Corbett. Mêmes briques beiges allégées de plaques turquoise que la pollution urbaine avait enlaidies d'un rimmel de crasse, mêmes pommetiers aux chétives efflorescences roses, même mât corrodé et même drapeau fleurdelisé, trop abîmé pour pavoiser.

Rien n'avait sans doute davantage changé en profondeur. Charline avait reconnu la plupart des profs qui venaient de sortir par les portes vitrées, reconnu aussi Lucie et Nathalie, sans Lovelie, qu'elle attendait, appuyée sur un poteau, sur le trottoir d'en face, à moitié dissimulée.

Charline fréquentait le moins possible les alentours de son ancienne école. Ça lui fichait les bleus de se remémorer les cinq années qu'elle y avait passées, années factices, sans joie, à jouer son rôle d'élève ordinaire dans ce film tellement secondaire, tandis que derrière son masque, sous sa peau lisse, dans sa chair et ses os, dans son sang, mugissaient ses tumultes intérieurs, les chagrins et les remords hérités de l'enfance, puis, en trois temps fulgurants, la peur, la négation, enfin la dissimulation de son homosexualité.

Elle était sortie de cette école avec un diplôme, soit, ce *d.e.s.*[*] trop facilement acquis auquel elle ne croyait guère. Dès ses premiers pas au cégep, ses doutes avaient été confirmés: elle s'était révélée démunie, sur le plan des connaissances théoriques, des habitudes de travail et surtout sur le plan de la connaissance de soi. À part le fait d'appartenir simultanément à deux minorités, les Noires et les lesbiennes, elle n'avait aucune idée de sa place dans ce monde. Il n'y avait que l'amour de Lovelie pour lui donner la sensation de vivre, et les caresses de Mélanie pour lui faire oublier que cet amour ne saurait perdurer que dans le chagrin.

Elle commençait à se demander si Lovelie n'avait pas quitté l'école plus tôt, ou alors si elle s'était absentée ce jour-là, lorsque cette dernière surgit enfin. Elle se dépêchait. Les pans de sa jupe réglementaire voletaient sur ses longs mollets et la gravité s'abolissait dans la danse de ses chaussures blanches. Aux yeux de Charline, la présence de Lovelie en un lieu réduisait tout environnement à l'état d'accessoire insignifiant, de fond, de remplissage autour du portrait mouvant de l'être idéal.

Mais elle n'était pas venue là pour une séance de contemplation. Elle se dépêcha de la rattraper.

— Charline !? Qu'est-ce que tu fais ici? s'étonna Lovelie qui, ayant pressenti une présence, avait ralenti le pas et tourné la tête.

— Il faut que je te parle.

Elles arrivaient rue Jean-Talon, fort animée à cette heure.

* Diplôme d'études secondaires.

— Qu'est-ce qui presse tant ? On ne va pas se voir au magasin, tantôt ?

— C'est pas des affaires à dire au magasin.

Lovelie s'arrêta sec et planta son regard dans celui de Charline.

— Ah bon ! Je suppose que c'est des affaires à dire ici, en pleine rue, dans le vacarme et la boucane ?

Le ton brusque commotionna Charline.

— Euh... on peut... prendre une liqueur dans un restaurant, si...

— Non, non, c'est beau. Parle vite, je suis en retard. Qu'est-ce qu'il y a encore ?

Et elle reprit la marche.

— Comment ça, encore ? protesta Charline, déjà un demi-pas en arrière.

Lovelie décoléra.

— Excuse-moi, se reprit-elle. Ce n'est pas de ta faute... Disons que ça pourrait aller mieux. Puis je devine que tu m'as pas attendue pour me parler de niaiseries. Qu'est-ce qu'il y a ? C'est Jeune, je gage ?

— Non, pas du tout. Ce n'est pas moi...

— Une lettre ?

— Bien plus qu'une lettre. Lui ! Lui-même en personne !

— Hein !

Lovelie avait stoppé net. Elle n'entendait plus le bruit des moteurs, elle ne respirait plus leurs émanations, elle ne respirait plus.

— Ch... Chomsky ? Chomsky est revenu ?

— Oui, confirma Charline en hochant la tête de manière à appuyer son affirmation.

— Tu me niaises !

— Non, voyons !

Lovelie demeura incrédule le temps que le feu change, au coin de la rue, et que la circulation, qui polluait dans son ronronnement immobile, s'ébranle de nouveau. Les mots de Charline avaient décanté jusqu'à ce que Lovelie puisse les contempler dans la lumière de la réalité.

— Il est où ? demanda-t-elle en regardant autour comme s'il allait bondir de derrière une boîte aux lettres.

— Je ne sais pas au juste, chez un ami.

— Ici, à Montréal ?

— Oui ! Il m'a appelée.

— Qu'est-ce qu'il a dit ?

— Eh bien... il a pris de tes nouvelles. Il veut te revoir, mais d'abord, il veut savoir si, de ton côté, ça te tente.

Lovelie fut à un cheveu de s'écrier que oui, évidemment, ça lui tentait. Elle se retint.

— Je... je vais y penser.

— Faudrait pas que tu y penses trop longtemps. Il ne peut pas traîner à Montréal.

— Je comprends.

En réalité, Lovelie était trop étourdie pour comprendre quoi que ce soit.

— À tantôt, conclut-elle, accélérant le pas vers la rue Verrier.

Selon les habitudes vernaculaires québécoises, elle entra par la cuisine, marmonna une salutation et se précipita dans sa chambre.

La cuiller de bois à la main, Germaine resta plantée devant la cuisinière, stupéfaite, perplexe, troublée.

— Ça va ? demanda Lucie qui se trouvait déjà dans

la chambre, devinant que la réponse qu'elle recevrait serait fausse.

— Oui, oui, répondit en effet Lovelie.

Lucie n'insista pas. Il était évident que sa sœur, dans sa tête, était ailleurs. Elle quitta la chambre pour la laisser se changer.

Au souper, Lovelie mangea mécaniquement le poisson du vendredi. Une sourde anxiété planait au-dessus de la table, et les plaisanteries d'Émile Brûlotte se révélèrent impuissantes à la dissiper. Chacun savait que Lovelie était accablée, mais aucun ne jugeait utile de l'interroger. Ce n'était pas l'envie de savoir qui manquait, c'était que, par cette empathie naturelle des familles unies, chacun devinait que Lovelie n'était pas prête à répondre.

Or, on devinait juste. Dans le cerveau de Lovelie, les transmetteurs fonctionnaient au rythme des ponts montréalais, un vendredi après-midi de longue fin de semaine.

C'était trop, tout simplement trop.

* * *

Lovelie arriva au magasin vers dix-neuf heures trente, sans que son état se fût amélioré pour la peine. Elle songea que les tâches banales qui l'attendaient lui seraient peut-être bénéfiques. C'était si facile de se montrer aimable avec des gens qui, hors leur qualité de clients, l'indifféraient, et réciproquement. En chemin, elle s'était prise à s'imaginer serveuse dans un comptoir de hamburgers, serveuse automate, comme dans la chanson.

« *Un petit chausson avec ça ? / Ce ne sera pas long.*

6,95 $ / Merci et bon appétit. / Pour vous, madame ? »

Vivre un jour après l'autre, sans histoire, sans bonheur, sans chagrin, rentrer chez soi, allumer la télé et regarder des téléromans bêtes en mangeant de la pizza…

Elle avait en outre réussi à aligner deux ou trois réflexions à propos de Chomsky. Bien sûr, elle brûlait de le revoir. Mais ensuite ? Se libérer des attaches trop nombreuses qui l'étouffaient ? Prendre le large ? Combien tentante était cette perspective, et si délicieusement déraisonnable !

Elle attacha son tablier et constata que Jérémie D'Haïti se tenait devant elle. Depuis combien de temps ? Qu'importe, elle n'avait pas l'impression d'être avec lui. Entre eux se dressait une invisible paroi. Elle le voyait, elle ne le sentait pas.

Ses yeux rougis paraissaient se tarir au fond de deux ravins terreux. Avait-il brusquement vieilli ou était-ce elle qui ne s'en était pas rendu compte avant ?

Il lui demanda comment elle allait. Elle répondit par un pieux mensonge et lui retourna la question.

— Ça ne va pas bien, pas bien du tout. Ce n'est plus supportable. Dis-moi, Lovelie, quand est-ce que tu vas t'installer avec nous ? Je suis rendu au bout du rouleau.

Lovelie espéra un instant qu'elle n'avait pas vraiment entendu cette question, que l'incapacité dans laquelle elle se trouvait de ressentir les choses autour d'elle n'était due qu'à l'irréalité, que son père n'était pas vraiment là, qu'elle rêvait, en somme. Son père continua cependant.

— Je sais que tu as des examens, je ne veux pas que tu mettes tes études de côté…

Et l'invisible paroi éclata comme une bulle de savon. La réalité reprit ses droits. Et Lovelie comprit que, qu'importe ses formulations, il n'était jamais venu à l'esprit de son père qu'elle pourrait ne pas accéder à sa demande. L'atmosphère s'alourdit, l'air du magasin devint sec et âcre, l'arrière-boutique, déjà exiguë, rétrécit encore. Et le tournis commença.

Jérémie D'Haïti rattrapa sa fille juste à temps pour diriger sa chute vers une chaise.

— LOVELIE ! LOVELIE ! cria-t-il en lui tapotant les mains.

Elle rouvrit les yeux.

— Qu'est-ce qui t'arrive ? Tu ne te sens pas bien ? demanda encore Jérémie, comme si ce n'était pas évident.

Charline, qui vaquait dans les rayons, se pointa derrière.

— Qu'est-ce qu'il y a ?

— Elle s'est évanouie.

— Non, non, murmura Lovelie, je... j'ai chaud.

Charline se précipita vers un réfrigérateur et en rapporta un flacon de jus glacé.

— Tiens ! fit-elle, en lui appliquant le flacon sur le front.

Le froid ramena Lovelie en pleine conscience.

— Excusez, marmonna-t-elle, je ne sais pas ce qui... j'ai manqué d'air.

— Ça va mieux, maintenant ?

Elle continuait à se passer le flacon sur le visage.

— Je pense.

— Veux-tu monter, t'étendre un peu ? proposa Jérémie. Ou je peux te ramener chez les Brûlotte, si tu n'es pas capable de travailler.

— Non ! Non, merci. C'est correct.

Elle se redressa, chancelante encore.

— Je vais aller prendre un peu d'air dehors.

— Je viens avec toi, décida Charline.

— O.K.

Une brise fraîche colportait des nuages de plomb dans le ciel morcelé.

— Ça va aller ? demanda Charline.

— On dirait qu'il va pleuvoir.

Lovelie tourna les talons et fit une vingtaine de pas vers le sud, juste pour s'éloigner du magasin. Charline la suivit.

— Tu es sûre que tu ne veux pas rentrer pour te reposer ? Je peux fournir, tu sais. Ce n'est pas pour rien que ça t'arrive, cette réaction.

Charline hésita avant de poursuivre.

— C'est à cause du retour de Chomsky ?

— Si c'était rien que ça… mais il y a la belle-mère qui s'en va avec Jeune, qui laisse tomber mon père.

— Vrai ? Note que ça ne m'étonne pas. D'un autre côté, si ça peut lui calmer le *bois*…

— Puis il y a mon père qui s'imagine que je vais la remplacer dans la maison.

— Ah… Il ne peut pas t'obliger.

— Je le sais, il le sait aussi, tout le monde le sait, et c'est ça le pire.

— Je ne te suis pas…

— Il pense que je vais le faire… naturellement.

— Oh ! Je vois. Note que ce n'est pas étonnant non plus. Pour les Haïtiens, la famille passe avant. Lui, dans une situation semblable, il ne se poserait pas de questions, il irait.

— Eh bien, il faut croire que je ne suis plus tout à fait haïtienne, du moins pas comme ça.

— Ça, c'est vrai pour nous tous, même s'il faut des affaires du genre pour qu'on s'en rende compte.

Lovelie hocha plusieurs fois la tête pour approuver.

— C'est étourdissant pareil, ce qui m'arrive, dit-elle.

— Mais tu n'es pas seule, tu sais.

Charline posa une main sur le poignet de Lovelie.

Celle-ci se dégagea sans brusquerie, sans tarder toutefois, puis elle respira profondément. L'air du boulevard Pie-IX, un vendredi soir, était plutôt éloigné de la panacée. Les dernières séquelles de son malaise disparurent néanmoins à peu près.

— Retournons-y, dicta Lovelie. En travaillant un coup, je vais peut-être arrêter de penser !

— Comme tu veux.

Lovelie se dirigea vers le magasin.

— Euh… l'arrêta Charline.

— Quoi ?

— Je ne veux pas t'ajouter de la pression, mais il faudrait bien que je rapporte quelque chose à Chomsky.

— Je ne l'ai pas oublié, penses-tu. À la fin de la soirée, je devrais avoir trouvé le meilleur moment pour un rendez-vous. On s'en parlera, si tu veux faire un bout de chemin avec moi. Ce serait gentil de ta part, d'ailleurs, parce que, autrement, c'est mon père qui va insister pour me reconduire, et…

— Tu veux revoir Chomsky ?

— Bien sûr. Mais ne m'en demande pas plus. Pour le moment, je n'ai aucune idée de ce que je vais lui raconter.

Dans le clair-obscur du soir, un filigrane de chagrin assombrit les traits de Charline. Lovelie n'en vit rien. Elle se dépêchait d'entrer.

Il tombait des gouttes.

10

L'appel du large

Malgré deux ans de vie au Québec où, contrairement aux conditions de son enfance, elle ne manquait ni de nourriture ni de soins, Genella était demeurée chétive. Ses yeux lui mangeaient le visage, remarquait Germaine Brûlotte à chaque occasion. Toutefois, ce visage avait pris une couleur et une plénitude rassurantes. Moins chanceuse que Lovelie, elle avait hérité des yeux noirs de son père, lesquels n'étaient cependant pas en reste d'intelligence et de curiosité.

Elle était assise à côté de sa grande sœur, à la table de cuisine du logement aménagé à l'étage du marché Hispaniola, à copier dans son cahier la version revue et corrigée d'une courte histoire qui ne parlait ni de souffrance, ni de misère, ni de familles brisées, qui parlait d'une abeille qui s'éveillait au printemps.

Avec l'aide de Lovelie, Genella avait rattrapé le niveau scolaire de son âge. Ses résultats avoisinaient les moyennes. Cela ne satisfaisait pas tout à fait Lovelie, qui était convaincue qu'elle aurait pu réussir aussi bien qu'elle-même si elle avait pu jouir d'un soutien constant durant la semaine. Pas besoin d'un don de voyance pour imaginer l'ambiance peu propice au travail intellectuel qui régnait dans ce logement exigu les jours de semaine.

Son frère Junior, quant à lui, semblait devoir suivre les traces de leur demi-sœur, Guerlande, qui, pour toute lecture, n'ouvrait que des revues de vedettes hollywoodiennes. Cette dernière achevait sa première année à la polyvalente, dans une classe faible, et elle se montrait déjà plus réceptive aux hurlements des loups qu'aux ballades des bergers. Quand bien même Lovelie aurait voulu la stimuler, l'autre ne la regardait jamais qu'avec les yeux jaloux de sa mère. C'est à peine si Lovelie, un an auparavant, avait osé suggérer d'inscrire Guerlande à l'Académie Corbett. Après tout, malgré ses défauts, et grâce entre autres au renfort de quelques enseignants d'origine haïtienne, inspirés par Mme Moïse, l'institution arrivait tant bien que mal à contrecarrer les effets d'un milieu encore à la recherche de lui-même et produisait chaque année sa fournée de diplômés. Mais Rosalyne avait écarté l'idée d'emblée, ne fût-ce que pour ne pas donner raison à sa belle-fille, et Guerlande en avait été fort contente, car la perspective de porter un uniforme la rebutait.

Lovelie, constatant cela, s'était consacrée à Genella, pour laquelle elle eût affronté la terre entière. Et la petite l'adorait.

Guerlande se pointa dans la cuisine, encore en robe de nuit. Il passait dix heures et, normalement, elle aurait dû œuvrer au magasin — elle y travaillait un peu elle aussi. Quoique « normalement », c'était vite dit, car on comptait sur les doigts d'une seule main les fois où elle avait respecté son horaire. Elle n'avait pas besoin de s'inventer des excuses, sa mère en tricotait pour elle, et Jérémie n'avait pas le droit de s'en mêler.

Justement, Rosalyne remontait du magasin.

— Ça va mieux, ma chérie ? demanda-t-elle à Guerlande.

— Pourquoi tu m'as laissée dormir ? répliqua celle-ci, histoire de se montrer désagréable.

— Tu me semblais fiévreuse, hier soir.

— Ben non ! Arrête donc de me traiter en bébé !

Lovelie se garda de soupirer.

— Eh bien ! Tassez-vous un peu ! Il faut que Guerlande mange avant de descendre et de se mettre au travail ! enjoignit Rosalyne.

Cette fois, Lovelie ne put réprimer son agacement.

— Elle pourrait manger sur le comptoir, pour une fois !

Pourtant, la table était assez grande pour les accommoder toutes. Lovelie réagissait à l'accumulation, à la légèreté avec laquelle Rosalyne considérait les études de Genella, avec laquelle elle considérait tout ce qui n'était pas directement relié à sa fille. Lovelie s'était levée à huit heures pour venir aider sa petite sœur, et, si elle le faisait de bon cœur, elle n'était pas, ce matin, d'humeur à se laisser déranger pour une paresseuse qui aurait dû être au poste depuis une heure.

— Oh ! grincha Rosalyne. Elle est chez elle, elle a le droit de manger à son aise !

— Genella est chez elle autant ! contre-attaqua Lovelie sur un ton ferrailleur.

— O.K. ! O.K. ! J'ai pas le goût d'entendre de la chicane ce matin, gémit Guerlande. Et puis *anyway*, j'ai pas faim.

Elle tourna les talons et emporta un verre de jus dans sa chambre. Rosalyne la suivit du regard et faillit la retenir.

— Ah ! Bravo ! persifla-t-elle plutôt à l'endroit de Lovelie. À cause de toi, elle va aller travailler avec l'estomac vide.

Lovelie se leva aussitôt. Rosalyne frémit. L'adolescente était désormais aussi grande qu'elle, et sans aucun doute plus vigoureuse.

— À cause de moi ? À cause de moi ? riposta Lovelie, que seule la présence de sa petite sœur retenait de crier. C'est à cause de moi aussi que vous plantez là mon père pour le remercier de vous avoir sortie de la misère ?

— Ne va pas trop loin ! s'offusqua Rosalyne.

— J'irai bien où je voudrai.

Rosalyne avait vraiment peur, maintenant.

— Sortie de la misère… N'oublie pas que c'est lui, le père de Guerlande !

— Est-ce que c'est si sûr ? toucha Lovelie.

Rosalyne accusa mal le coup. Elle bafouilla.

— Comment oses-tu ? C'est épouvantable, je ne suis pas une… une…

— Je ne sais pas ce que vous êtes, mais vous ne vous êtes pas gênée pour… avec le patron, hein ! Vous voyez de quoi je parle ?

Rosalyne baissa les yeux vers Genella. La petite s'efforçait de s'enfouir la tête dans son cahier. Lovelie la regarda à son tour. Elle serra les poings. Elle aurait voulu en découdre avec sa belle-mère, profiter de l'état d'ébranlement dans lequel celle-ci se trouvait. Jamais ainsi ne s'était-elle sentie hargneuse, haineuse, pugnace.

Alors Rosalyne se mit à pleurnicher. Elle fit volte-face et saisit un mouchoir sur le comptoir.

— Va dans la chambre, s'il te plaît, demanda Lovelie à sa petite sœur. Je vais te rejoindre dans une minute.

La petite obtempéra sans un bruit.

Rosalyne se moucha. Sans se retourner vers Lovelie, le dos voûté, les épaules contractées, pitoyable à dessein ou non, elle parla en étouffant ses sanglots.

— Oh ! je devine ce que tous les gens pensent, je ne suis pas sotte. C'est facile de me juger. C'est vrai que, sans Jérémie, je serais peut-être encore en train de vendre des fruits au marché des Cayes. Et encore ! J'aurais pu connaître un plus mauvais sort. Sauf que je ne lui ai rien demandé, moi, je n'ai pas couru après. C'est lui qui a eu envie de moi, un jour que je me lavais au ruisseau. D'accord, je ne l'ai pas repoussé, j'en ai eu envie aussi. Tu ne peux pas comprendre. Personne ici ne peut comprendre que c'était… naturel. Quand j'y repense, ça me paraît stupide, aussi, de lui avoir cédé. Mais c'était comme ça. La vie était tellement dure qu'on ne refusait pas les petits plaisirs quand ils passaient. On n'avait rien d'autre. Pour le reste, on faisait confiance au bon Dieu. Et les autres profitaient de notre naïveté.

Les yeux asséchés, elle se retourna et toisa Lovelie. Son visage était grave et dépourvu de toute expression hostile.

— Et ça, en ce qui me concerne, c'est fini. Je n'ai plus confiance qu'en moi-même. Ah ! on en avait de bonnes épaules, les Haïtiens ! Il fallait les entendre, les autres, Américains, Français, Canadiens ! et les nôtres aussi, pasteurs, politiciens, grands propriétaires, nous endormir de compliments. « Un peuple jovial, aimable, docile, travailleur, pittoresque ! » Et pendant qu'on les a écoutés, ils nous ont tout pris, ils ont saigné le pays comme on saigne un cochon. Ils nous ont laissé les cailloux.

« Tu crois que je ne sais pas ce que les gens vont ragoter à mon sujet ? Que je suis une traîtresse, que je n'ai pas de morale et pire encore ! Je ne veux rien entendre de tout ça. Et ne va pas penser que je suis amoureuse de Jeune ! L'amour, c'est une autre affaire pour se retrouver dans la misère. Si tu veux un seul conseil de ta détestable belle-mère, ma petite fille, prends celui-là : ne laisse jamais l'amour mener ta vie.

« C'est son argent, à Jeune, qui m'intéresse. Je vais lui en prendre le plus possible, pour que le jour où il en aura assez de mes cuisses, où il mettra la patte sur une plus jeune, Charline par exemple — non, je ne suis pas aveugle ! —, je serai capable de m'en tirer. Ce n'est pas joli, mais c'est ainsi que le monde marche, et si on ne marche pas à sa manière, on est traité toute sa vie en bourrique, et on crève en bourrique.

Rosalyne se moucha une dernière fois.

— Ne te préoccupe pas, ton père va s'en remettre. Les hommes s'en remettent toujours. Oh ! ne prends pas cet air ! Les pères sont d'abord et avant tout des hommes. D'ailleurs, console-toi, le tien n'est pas le pire. Il a une conscience, du cœur, et il est fidèle, à sa façon. Hélas ! ce sont des qualités d'esclave.

Guerlande ressortit de la chambre, enfin habillée.

Lovelie était atterrée de ce qu'elle venait d'entendre. C'était la première fois que Rosalyne lui parlait, c'est-à-dire autrement que pour lui chercher querelle, et ses propos, malgré la répugnance qu'ils lui inspiraient, avaient quelque chose d'irréfutable.

* * *

Samedi soir : l'inquiétude est palpable chez les Brûlotte. Lovelie en est la cause. Elle est rentrée en début d'après-midi et n'est point ressortie. Elle est demeurée dans sa chambre, à son pupitre, la joue appuyée sur son poing fermé, roulant un crayon entre les doigts de son autre main, devant des livres et des cahiers ouverts trop longtemps sur les mêmes pages.

Au souper, sans succès, elle a tenté de feindre que tout marchait comme d'habitude.

La table desservie, elle s'est de nouveau réfugiée devant ses livres.

Personne, cette fois, n'envisage qu'elle couve une grippe. Germaine donnerait dix ans de sa vie pour lire dans ses pensées. Émile lui répond que sa vie serait « dans le rouge » si elle avait été exaucée chaque fois qu'une telle demande a été adressée… Dans la cuisine, il rassure sa femme du mieux qu'il le peut. Sa confiance en Lovelie est incommensurable. Il enjoint à Germaine de respecter le droit de l'adolescente à ne pas parler si elle n'est pas prête, si elle juge que c'est mieux ainsi. Il ne faut pas prendre cela pour un rejet de leur amour.

Il n'y a pas de hockey ce soir, un vieux *James Bond* à la place. Germaine se laisse emmener au salon.

Nathalie Durocher frappe à la porte de derrière. Lucie l'a appelée. Elles ont longuement palabré au téléphone. Elles ont renoncé à une sortie quelconque. Elles ont décidé de s'occuper de Lovelie.

Elles sont entrées dans la chambre et ont refermé la porte. Ce soir, Germaine ne se rassurera pas en les entendant rire.

— Qu'est-ce que vous faites ? demande Lovelie, intriguée.

En réalité, ce n'est pas une intrusion, puisque Lucie partage la chambre, mais leur manière de refermer la porte, leur attitude solennelle en tirant les chaises pour s'asseoir près d'elle, ne sont pas anodines. Lovelie ne leur avait-elle pas recommandé de sortir sans elle ?

— On ne fait rien, répond Lucie. On reste avec toi.

— Mais... j'ai beaucoup de travail...

— Pas plus que ta sœur, vous avez les mêmes cours ! interrompt Nathalie.

Et c'est elle qui va prendre la direction de l'opération, parce qu'elle est un tantinet moins impliquée affectivement, et parce que, depuis qu'elle a joué dans la pièce de théâtre, sa personnalité s'est considérablement affirmée et affermie. On ne la reconnaît plus !

— Lovelie, poursuit-elle, ça suffit. Il faut que tu nous racontes ce qui ne va pas.

— Il n'y a rien qui ne va pas ! proteste mollement Lovelie. Qu'est-ce que vous avez, tout le monde ?

— Nous autres, on n'a rien, dit Lucie.

Lovelie baisse les yeux, quitte son pupitre et s'assoit sur le bord de son lit. Elle regarde silencieusement ses amies. Elle n'éprouve aucun agacement, aucune impatience, rien qu'une lassitude qui suinte d'elle comme un sang décoloré.

Son regard se lève sur Lucie, sa « petite sœur », qui n'est au fond ni petite ni sa sœur, au sens strict. C'est seulement qu'elle n'arrive pas, malgré du noir aux yeux, du rouge aux lèvres et du vernis aux ongles, à se défaire de son allure enfantine. Et pourtant, quand elle joue ainsi avec les boucles de ses cheveux, quand elle fixe sa presque sœur de son regard intense et noir, il est évident que la fillette qu'elle fut a quitté ce corps et qu'elle n'y reviendra plus.

Lovelie se tourne ensuite vers Nathalie. Nathalie, l'ingrate, que les garçons méchants s'amusaient, et un peu encore, à appeler « le fantôme », à cause de son teint pâle, de ses formes osseuses, de ses cheveux ternes. Nathalie devient belle, malgré quelques boutons... une beauté grave. Elle s'habille de plus en plus en noir. Elle se compose un style, elle se marginalise, en quelque sorte, dans sa manière d'être à la page.

Lovelie les aime.

L'après-midi durant, Lovelie a ressassé les paroles de sa belle-mère. Si elle avait raison ? S'il valait mieux, tout compte fait, ne pas se préoccuper d'autrui ? Si le secret de la paix intérieure consistait simplement à ne prendre en compte que ses propres intérêts matériels ? Il ne suffirait alors que de savoir calculer. Au fond, rien, dans l'Univers, n'est plus rassurant que les mathématiques. Ce n'est pas par hasard que c'est sa matière préférée.

Lucie et Nathalie l'ont rejointe sur le bord du lit. C'est que, malgré ses ébauches de raisonnement, Lovelie est touchée et ses yeux s'ennuagent.

Peut-être bien que, oui, Rosalyne a raison ; cependant, elle, Lovelie D'Haïti, ne peut pas vivre ainsi.

Nathalie pose son bras sur les épaules de Lovelie, imitée par Lucie.

— On a de la peine avec toi, relance-t-elle, mais nous autres, on ignore pourquoi.

Lovelie ne peut rester indifférente au chagrin qu'elle cause. C'est exaspérant ! N'est-ce pas assez de subir sa propre souffrance sans se sentir en plus coupable de la propager à ceux qu'on aime ? Elle songe que c'est absurde, injuste, inacceptable, mais aucun de ses raisonnements n'y change quoi que ce soit. Ses amies sont tout près, elle sent leur chaleur dans son corps et dans son âme, elle n'a plus de barrières, si elle en a jamais eues. Elle parle :

— Chomsky est revenu.

Et elle éclate en sanglots.

— Oh ! Lovelie... câlinèrent Lucie et Nathalie en l'entourant de leurs bras.

Et pendant plusieurs minutes, ce n'est que murmures consolateurs, sanglots et froufrous de mouchoirs.

— Tu l'as vu ? demande Nathalie, quand l'intempérie d'émotions commence à passer.

— Non, je vais le voir demain.

— Et alors, qu'est-ce que tu vas lui dire ?

Lovelie s'essuie le nez et hoche la tête en soupirant.

— Sais pas...

11

Dimanche

Charline n'avait pas réussi à s'endormir cette nuit-là non plus. Dès qu'elle fermait les yeux, ses démons s'emparaient de son esprit et projetaient sur la toile grise de son cafard les spectres d'un avenir désespérant. Lovelie s'enfuyait avec Chomsky, pour ne jamais revenir. Ou, au contraire, Chomsky restait, s'amendait, et le couple prenait forme. Dans les deux cas, elle-même se déshydratait au trop long cours d'une vie privée de sens.

Résignée, elle avait guetté les premières lueurs du jour. Elle avait trouvé Chomsky sur le canapé, le visage fendu par un faisceau d'aube rose, les yeux grands ouverts, un carnet noir renversé sur la poitrine, un stylo entre les doigts, un livre dans l'autre main.

— Lovelie va être au métro Place-des-Arts à 13 h 30, en bas, côté Honoré-Beaugrand, lui avait-elle annoncé.

Servir de courroie de transmission dans l'accomplissement de son propre malheur aggravait son accablement, mais elle n'avait plus le choix depuis qu'elle avait apporté la « bonne » nouvelle à Lovelie.

Elle avait offert un bol de céréales à son hôte et l'avait mis à la porte sans un au revoir. À lui de se débrouiller pour tuer le temps jusqu'à l'après-midi. De toute façon, c'était vrai que sa mère arrivait dans la journée et toute trace du visiteur devait avoir disparu.

Pour cette dernière tâche, il ne fallut que quelques minutes : Chomsky avait été un réfugié exemplaire. Sur le canapé où le jeune homme avait couché, elle s'assit, cherchant d'une frémissante narine s'il n'y avait imprimé quelque odeur.

Non.

Elle n'avait pas faim. Elle n'avait pas envie d'écouter de musique, ni la télé, ni rien. Elle avait envie de se changer en statue de sel, à l'instar de la femme de Loth, dans la Bible, mais pas pour les mêmes raisons. Et peut-être si, au fond. Loth avait voulu assister à la destruction de Sodome, Charline ne cessait d'être la spectatrice de sa propre destruction. Et Sodome… le péché qu'elle ne pouvait aucunement commettre, quoique… à la limite, considérant l'esprit plutôt que la lettre…

Était-elle en train de se punir ? Lovelie était-elle sa drogue mortelle, son héroïne ? Oh ! le jeu de mots facile ! Et pourtant…

Il était désormais levé, ce jour maudit où le cours de sa vie emprunterait l'autoroute rectiligne et moche à côté de laquelle, depuis deux ans, elle louvoyait. Et elle n'y pouvait rien. Elle ne serait pas présente au moment clé. Pire, les protagonistes de la scène fatale ne prononceraient pas son nom, sinon de manière accessoire. En tout cas, ils ne tiendraient aucun compte d'elle, de ses sentiments, de son sort, elle aurait moins d'importance que le tapis sur lequel ils allaient jeter les dés de leur destin.

C'était si peu de chose, cet esquif d'espérance sur lequel Charline avait traversé les deux dernières années, si peu de chose. Il se dissolvait dans l'eau salée de ses larmes... sans sanglots, sans spasmes, sans cris et sans vacarme. Et Charline sombrait tel le temps s'écoulant.

Vers neuf heures, elle se leva, engourdie. Elle se rendit à la fenêtre. Dans sa retraite, la nuit avait emporté la fraîcheur. Ceux pour qui cela avait une quelconque importance trouveraient la journée magnifique.

Mélanie ne lui avait-elle pas mentionné qu'elle serait disponible dimanche matin? Charline ne savait plus, elle avait oublié, trop préoccupée à se morfondre. Chose certaine, les saisons de hockey s'étirent à l'infini pour les joueurs d'élite. Elle pivota, dévala les marches, saisit son blouson et sortit. Dans la rue, elle se retint de courir.

Seule la petite auto très usagée de Mélanie était garée dans l'allée. Elle sonna à répétition. Mélanie ouvrit enfin, vêtue d'un peignoir fleuri, encore flétrie de sommeil.

— Ils sont partis?

— À Granby...

Mélanie n'eut pas le temps de préciser le but du voyage que déjà Charline la poussait à l'intérieur puis la tirait par la main.

— Viens...

— Mon Dieu, ça presse! s'amusa l'autre, éberluée.

— Oui.

Dans la chambre, Charline jeta presque Mélanie sur le lit défait, se libéra fébrilement de ses vêtements et assaillit de baisers le corps de sa maîtresse. Entre les draps dans les replis desquels persistaient les relents du mâle occupant, elle l'aima avec une rage dévorante. L'effet de surprise amplifia la jouissance de Mélanie qui se laissa monter jusqu'à des ciels indénombrables.

Charline l'aima ainsi jusqu'à l'assouvissement. Puis elle se reposa, enlacée à Mélanie, jouissant de l'ultime courant de plaisir qui passait entre elles comme entre les vases d'un sablier sans cesse retourné.

— Ça va mieux ? roucoula Mélanie.

— Hum ?

— Ça t'a fait du bien ?

Charline laissa couler une pincée de sable avant de répondre.

— Oui.

C'était vrai. Sa peine n'était pas abolie, mais le grand vide qui avait provoqué son vertige intérieur s'était amenuisé.

— Les dernières nouvelles ? demanda Mélanie. Je suppose qu'ils se sont revus, c'est ça ?

— Pas encore. Cet après-midi.

— Ah. Et quelles sont les intentions de Lovelie ?

— Je n'en sais rien.

— Elle a réagi comment, quand tu le lui as annoncé ?

— Pas évident… Elle a d'autres problèmes, dans sa famille.

Mélanie ne chercha pas à en savoir davantage sur ce sujet. Elle aurait voulu conseiller à sa jeune amante de se rendre à l'idée ; ce qui allait s'accomplir était écrit depuis ses premiers frémissements pour Lovelie. Quand on aime dans son propre sexe, on court le risque de se heurter à des barrières infranchissables. On n'a pas le choix, les autres non plus.

— C'est pas seulement pour moi, c'est pour elle aussi, reprit Charline, comme si elle avait suivi la pensée de Mélanie. J'ai peur qu'elle fasse une connerie.

— Une connerie ? Quel genre ?

— Qu'elle parte avec lui, qu'elle fugue, quoi.

— Elle ? À croire la façon dont tu m'en as parlé, elle a la tête solide sur les épaules.

— Pour ça, oui, sauf qu'avec les problèmes de son père, elle est frustrée, déprimée en même temps. En tout cas, elle n'est plus elle-même. Elle a beau être forte, trop c'est trop.

— Tu es sûre ?

— Je ne suis pas dans sa tête. Ça se peut.

— Je parle de toi, Charline, rectifia Mélanie en lui caressant le dos. Tu es sûre que c'est pour elle que tu t'inquiètes ?

Charline n'ouvrait pas les yeux. Elle répondait du bout des lèvres et chaque syllabe chatouillait le sein rosé de Mélanie. Elle réfléchit en écoutant les battements du cœur de son amie.

— Je ne suis pas un monstre. J'ai un cœur, moi aussi.

— Bien sûr, ce n'est pas ce que je voulais insinuer. D'autre part, si tu constatais qu'elle pouvait être heureuse sans toi, serais-tu capable de te retirer de sa vie ?

— Oui ! Ce serait moins souffrant d'être séparée d'elle si je savais qu'elle est heureuse, c'est sûr.

« Et toi, Mélanie ? s'interrogea cette dernière. Combien souffrirais-tu si Charline t'abandonnait pour une autre ? »

Elle se demandait souvent à quelle espèce d'amour appartenait celui qu'elle éprouvait pour Charline. Avant elle, il n'y avait personne, il n'y avait même pas d'amour, pas de plaisir, il n'y avait rien. Charline l'avait sauvée de la désertification affective. Est-ce que n'importe quelle femme aurait pu faire pareil ? Est-ce qu'en aimant Charline, elle n'aimait pas simplement la sensation oasienne qu'elle lui apportait à chacune de ses visites ? Charline ne lui avait jamais caché que ses sentiments les plus profonds allaient à une autre. Mélanie savait qu'elle ne devait rien attendre de plus, mais, à l'instar de Charline, elle ne pouvait nier qu'elle avait entretenu le faible espoir que, Lovelie s'éclipsant d'une manière ou d'une autre, le cœur de Charline lui serait accordé de droit.

Et maintenant qu'elle l'avait connue souffrante au point de chercher refuge et soulagement dans leur tendresse partagée, maintenant qu'elle la sentait affaiblie et défaite dans le creux de sa chair exaltée, l'amour éclatait telle la grande finale d'un feu d'artifice. Mélanie en fut effrayée ! Charline le ressentit.

— Qu'est-ce que tu as ? demanda-t-elle, surprise et inquiète.

Mélanie s'était redressée et s'essuyait le front avec un coin de drap.

— Je… j'ai eu une sorte d'étourdissement, je crois. Je… n'ai pas mangé encore.

— Excuse-moi, je suis arrivée en folle.

— Oh ! Ne t'excuse surtout pas, ma chérie, c'était une superbe surprise. Tu n'as pas déjeuné non plus, je gage.

— Je n'ai pas tellement faim.

— Mais si, voyons. Viens, on va prendre des forces. Je vais faire du pain doré.

Elles se rendirent dans la cuisine ensoleillée. Mélanie sortit les ingrédients, cassa les œufs, versa le lait, le sirop et commença à battre le tout.

— Tu es certaine que ça va ? insista Charline, qui la devinait nerveuse.

— Oui, oui.

Non ! Ça n'allait pas ! Mélanie avait la sensation déplaisante de ne plus être dans sa maison, dans sa cuisine, dans son peignoir, dans son corps. Rien de plus banal et quotidien, pourtant, que de battre des œufs. Sauf que, à la place de son fils ou de son mari, était assise cette jeune femme noire dont elle gardait le goût du sexe sur les lèvres. Et cela faussait chaque geste qu'elle posait, à l'instant même et à jamais. Plus rien n'était vrai, plus rien n'était elle, pas même la couleur du comptoir, pas même les assiettes qu'elle sortait de l'armoire. Elle n'était pas la femme de cette maison, elle était une lesbienne, et qui plus est, une lesbienne amoureuse. Elle usurpait sa propre existence.

Charline maugréa :

— J'aurais pas dû accepter le rôle de messagère, j'aurais dû inventer quelque chose pour éloigner Chomsky, lui laisser croire qu'elle avait un *chum*, par exemple.

Le soliloque de Charline brûla Mélanie au cœur. Elle en était presque à oublier qu'il y avait cette Lovelie entre elles deux. Elle se reprit.

— Tu n'avais pas le choix, tu le sais bien, tu as retourné ça cent fois dans ta tête.

— N'empêche que c'est épouvantable de ne rien pouvoir faire pour l'aider.

Les tranches de pain perdu trempées dans la mixture doraient maintenant dans le poêlon. Ça sentait bon. Ça aurait dû être un moment de parfait bonheur.

Mélanie réfléchit à haute voix :

— Au fond, c'est son père, le problème, son vrai père.

— C'est-à-dire qu'il ne le fait pas exprès…

— Non… n'empêche, si ce n'était de lui, Lovelie n'envisagerait pas de partir.

— Non, je suppose que non.

Mélanie se tut un moment. Elle avait une idée, elle ne savait pas par quel chemin celle-ci lui était venue, elle ne savait pas pourquoi elle allait la refiler à Charline. Ce n'était certainement pas pour aider Lovelie.

— Dans ce cas, poursuivit-elle, c'est lui qui devrait agir.

— Son père ?

— Il me semble, non ? Il ne se rend pas compte qu'il pousse sa fille à la fugue ?

— Elle ne lui en a pas parlé. Tu sais, les explications franches et directes entre parents et enfants, ce n'est pas trop dans les coutumes haïtiennes.

— Alors il faudrait que quelqu'un lui explique, quelqu'un qui aime assez Lovelie pour ça.

Mélanie déposa une assiette devant Charline, qui en contempla le contenu fumant et odorant, tandis que les mots de la dernière réplique germaient dans l'humus de ses pensées et croissaient en de troublantes arborescences.

— Du sirop ?

12

La chute

Lovelie arriva au rendez-vous à l'heure prévue, après un détour au marché Hispaniola. Elle s'y était rendue afin de brouiller les pistes et elle était restée une courte demi-heure avec Genella. Ainsi n'eût-elle pas tout à fait menti en disant aux Brûlotte qu'elle allait aider sa petite sœur, et de même évita-t-elle d'accroître leur inquiétude.

Elle avait choisi la station Place-des-Arts parce que, les quelques fois où elle l'avait fréquentée, elle lui était apparue plus propre, plus tranquille que les autres, dans une classe à part. Peut-être lui apportait-on des soins particuliers pour la raison qu'il y passait des artistes, souvent venus de l'étranger. Il n'était pas rare d'y croiser une belle musicienne vêtue de noir, le violon en bandoulière, ou un vieillard à la crinière blanchie aux allures de maestro, ou un acteur de la télévision.

Sur les murs, les affiches annonçaient, outre les spectacles, des alcools raffinés et des griffes prestigieuses. Une mezzanine surplombait les quais et les teintes bleutées des tuiles de céramique créaient une atmosphère détendue. On n'imaginait pas ici une confrontation entre gangs de rues, surtout un dimanche après-midi, mais ce n'était peut-être qu'une fausse impression.

Pendant que la rame ralentissait, Lovelie chercha Chomsky d'un regard hésitant. De lui, elle n'avait jamais eu de photo, et deux ans, c'est long. Elle éprouvait une drôle d'angoisse, produite par la friction de deux émotions : un brûlant désir de le revoir, et, collée à lui comme l'écorce à la pulpe, la crainte que ce désir ne fût vide de substance.

Et si Chomsky se révélait n'être plus rien d'autre qu'un étranger aux allures familières ? Et si elle ne retrouvait pas en lui ce qu'elle avait connu et aimé ? Et si…

Les portes s'écartèrent, elle quitta le wagon et, comme elle ne voyait nulle part celui pour qui elle était là, son angoisse changea de forme.

Et s'il avait été empêché ? Et s'il avait changé d'idée ? Et si Charline ne lui avait pas transmis le message ?

Elle se rendit au bout du quai et resta plantée un instant, perplexe. Une rame arriva de la direction opposée. Lovelie se résigna à traverser pour prendre la suivante. Pas question de poireauter !

Quand elle se retourna pour revenir sur ses pas, ruminant les mêmes décevantes hypothèses, elle aperçut ce jeune homme qui marchait à sa rencontre en souriant. Après cinq secondes de flottement, elle frémit et sa peau se couvrit de chair de poule. De prime abord, il ne ressemblait pas à Chomsky. Il était plus grand, plus mince, habillé tel un commis de boutique. C'était pourtant lui ! Elle en fut certaine quand il fut assez près pour qu'elle reconnût la cicatrice qui soulignait son œil gauche, puis le petit cratère près de la tempe.

« Ce n'est plus un garçon ! » s'émut-elle, sans trop savoir s'il y avait dans cette constatation matière à se réjouir ou à s'attrister.

— Lovelie !

Le son de sa voix abolit tout ce qui les avait séparés, le temps, l'espace, l'incertitude. C'était lui. C'était elle.

— Chomsky !

Et ils s'immobilisèrent un interminable moment, à se demander quoi dire, à se demander quoi faire, à esquisser des gestes qui s'effaçaient à mesure. Chacun de leur côté, ils avaient visualisé et visualisaient encore la scène touchante où ils se jetaient au cou l'un de l'autre, mais une pudeur inattendue enrayait leurs articulations. Ce n'était pas la foule qui les gênait : elle se réduisait à une poignée d'usagers tous plongés, qui dans un journal, qui dans une absence méditative.

Ce fut Chomsky qui dégela le premier. Avisant un banc le long du mur, il y entraîna Lovelie. Ils parvinrent à y prendre place de biais, du bout des fesses, sans se quitter des yeux.

— T'as pas changé. T'es juste plus belle encore que dans mes souvenirs.

Lovelie sentit ses joues chauffer. Les compliments sur sa beauté la mettaient généralement mal à l'aise. Elle n'avait jamais su comment y réagir, car ils pouvaient cacher trop d'intentions divergentes, et celui de Chomsky ne faisait pas exception. Elle aurait préféré une entrée en matière plus originale, après une si longue séparation. Quant à savoir quoi au juste, c'était une autre affaire.

Puis elle mit cette banalité sur le compte d'une

maladresse bien compréhensible, vu qu'elle en était elle-même affectée. Elle passa outre.

Son impression que Chomsky, lui, avait changé se confirma, non seulement par ce port de jeune adulte que son corps avait pris, mais plus encore par un je ne sais quoi qui manquait à son regard, elle n'aurait su préciser, un grain de lumière, peut-être.

— Toi, tu as changé, dit-elle en toute franchise.

Chomsky resta hébété un instant, puis sourit.

— C'est parce que je me suis un peu déguisé, expliqua-t-il d'un ton bon enfant. Tu vois, je me suis rasé ici. Mais ça repousse déjà. Et puis regarde…

Il sortit les lunettes de sa poche et les chaussa en souriant de toutes ses dents.

— Comment tu me trouves ?

Lovelie lui rendit son sourire. Les lunettes donnaient à Chomsky l'air doux et sérieux d'un pasteur en formation.

Leurs regards s'étaient soudés l'un à l'autre. Enfin, il était là ! Enfin, elle était là ! Enfin, le rêve s'incarnait ! Enfin, il était révolu le temps des interrogations et des suppositions !

Ainsi que l'eau qui monte sur le dos d'un barrage, une formidable énergie s'accumulait en Lovelie. L'étreinte, la longue et muette étreinte que la situation commandait avait bel et bien pris forme en elle. La moindre fibre du moindre muscle de son corps était tendue telle la corde d'un instrument en attente de l'accord, de même qu'était retenu dans son esprit le flot des phrases destinées à engloutir les années de silence.

Mais le barrage ne cédait pas.

Son sourire fit place à une moue inquiète.

— Pourquoi tu te déguises ? La police est après toi ?

La question assombrit Chomsky. Il retira ses lunettes.

— Si c'était rien que la police... répondit-il en baissant les yeux.

Ce rappel de sa situation précaire lui fit jeter un coup d'œil circulaire. Évidemment, il n'y avait rien pour l'inquiéter. Les voyous ne sont guère des lève-tôt, et à l'heure où il avait quitté Rivière-des-Prairies, une girafe aurait pu traverser le quartier sans attirer l'attention. Ensuite, il avait tué le temps dans le Montréal souterrain. Il aurait fallu une sacrée déveine pour qu'il ait été repéré.

Lovelie essaya de dégonfler l'émotion en régularisant sa respiration. Elle devenait plus lucide quant à ses intentions. Elle comprenait de mieux en mieux ces réserves, au sujet de cette rencontre, qu'elle avait entretenues depuis la veille. Non, elle n'allait pas se jeter dans ses bras comme si elle n'avait vécu que dans l'attente de ce moment. Elle comprimerait ses élans jusqu'à ce que tous deux eussent clarifié certaines choses. Elle ne pouvait oublier ce qu'ils avaient vécu, mais elle ne pouvait oublier davantage qu'il l'avait laissée si longtemps pratiquement sans nouvelles.

— Tu as reçu mes lettres ? demanda Chomsky fort à propos.

— Tu veux dire tes poèmes...

— Mes poèmes, oui.

— Je les ai reçus. Et je les ai lus.

— Tu les aimes ?

— Beaucoup ! J'avoue que tu m'as étonnée. Je n'ai jamais pensé que tu étais un attardé, mais la poésie, non ! je ne m'attendais pas à ça de ta part.

— Eh bien ! moi non plus, franchement ! enchaîna Chomsky avec un sourire de modestie. C'est venu tout seul. J'en avais besoin. C'était pas drôle, là-bas. Et je pensais constamment à toi.

— Si tu m'avais donné ton adresse, j'aurais pu te répondre. C'est comme si tu… n'avais pas confiance…

— C'est pas ça, je te jure ! Je n'ai jamais pensé que tu aurais pu… commettre une erreur. C'est plutôt que je ne voulais pas t'imposer de garder un secret. Au début, d'ailleurs, je te souhaitais de m'oublier, je croyais que c'était le mieux pour toi, et je ne suis pas sûr que je n'avais pas raison.

— Je pense que je peux décider moi-même de ce qui est mieux pour moi.

— Sans doute. Moi, j'ai pas été capable de t'oublier. Et puis, il fallait bien que je passe par Charline ! Elle, elle ne m'aime pas ; je ne lui fais pas confiance.

— Pourquoi ? Elle a été correcte. Sans elle, on ne serait pas ici.

— Je le sens. On dirait qu'elle est jalouse.

Lovelie s'abstint de commenter. Naïve encore, à certains égards, elle n'avait jamais songé que Charline pût éprouver de la jalousie, tout en étant consciente des raisons pour lesquelles cela n'aurait au fond rien d'étonnant. Elle avait seulement cru que, sur ce plan, il ne subsistait plus d'ambiguïté entre elles.

— Qu'est-ce que tu as fait, à Toronto ?

Chomsky haussa les épaules.

— Rien. J'étais avec des *patnè*.

— Dans le genre Andy Colon ?

— Ouais, si on veut. Je ne me mêlais pas de leurs affaires, je rendais seulement des petits services.

— Chomsky ! gronda gentiment Lovelie en hochant

la tête. Tu sais bien que même les «petits services», avec ces gars-là, c'est criminel.

— Oui, je le sais, oui. Mais est-ce que j'avais le choix ? Je n'avais pas d'autre place où aller, moi. Tu te rappelles... dans quelles circonstances je suis parti ?

— Il faudrait que j'aie complètement perdu la mémoire pour ne pas m'en souvenir.

— Andy Colon...

Lovelie leva des yeux implorants.

— Ne dis rien ! Je ne veux pas savoir les détails. J'aime mieux ne plus penser à ça.

Elle passa un doigt sous son œil pour prévenir une larme. Chomsky continua pourtant.

— Il n'avait pas le droit de te faire du mal. J'imaginais le pire. C'est seulement à Toronto, en fouillant dans un journal de Montréal, que j'ai déduit qu'il ne t'était rien arrivé d'irréparable...

— Je te dis que je n'ai pas envie de parler de ça, Chomsky.

Le ton était sans appel.

— On a fait nos erreurs, reprit l'adolescente. Maintenant, il faut regarder en avant. Mais est-ce que tu as fui Toronto pour le même genre de raison ? Tu es revenu à cause de la fusillade, je suppose ?

— La fusillade ! Qui t'a raconté ça ?

— Personne. C'était dans les nouvelles et j'ai deviné que tu étais dedans. J'ai eu raison, vrai ?

Chomsky dodelina de la tête.

— Ouais, si on veut... J'étais pas vraiment dedans. J'ai filé juste à temps. Je ne savais pas ce qui se préparait, moi, on ne me disait rien, j'ai seulement eu le bon réflexe au bon moment. De toute façon, ça faisait longtemps que je voulais revenir, mais ce n'était pas simple. J'étais comme un immigrant, là-bas, je veux dire… dépendant. Il faut croire que c'est mon destin.

— Comment ça ?

— Je ne peux pas rester à Montréal. Il y a des gars qui veulent ma peau. Je n'ai plus d'amis, sauf toi.

— Qu'est-ce que tu comptes faire ?

— Trouver une façon de passer aux États-Unis.

Lovelie l'imagina perdu dans une ville inconnue, au milieu d'une foule qui l'ignorait, et le barrage céda enfin. À peine esquissa-t-elle le geste de tendre les bras qu'elle se retrouva la tête au creux de son épaule, à demi consciente, le cœur démonté, le ventre fondant.

La rame de l'autre côté arriva et procéda à sa routine, avec l'indifférence du métronome qui bat la lente mesure dans une musique qu'il n'entend pas.

Lovelie sentait le savon à la crème et le shampoing aux fruits. Elle portait une blouse perle, légère et soyeuse. Son dos ferme et élancé invitait les paumes de Chomsky à l'exploration. Il se contenta d'un tendre et maladroit va-et-vient.

Une autre rame entra en gare, de leur côté cette fois, et libéra quelques passagers qui, gênés par ces amoureux qui leur semblaient ordinaires, se dépêchèrent de circuler. La rame referma ses portes et repartit. Le couple ne broncha pas.

Lui sentait l'aventure. Depuis trois jours, il avait eu peur, il avait eu chaud. Son veston était imprégné d'odeurs de friperie, mais Lovelie jouissait de retrouver intacte la puissance de ses bras, la solidité de son torse, cette vigueur dans laquelle, au mépris de ce qu'on aurait pu penser d'un voyou du genre, elle percevait une droiture digne des figures mythiques de la noblesse.

Chomsky aurait voulu que ce moment se prolongeât, s'étirât, se dilatât, se perpétuât. Lovelie tout autant. Pourtant elle se détacha avec conviction.

De peur qu'elle ne s'éloignât trop, Chomsky parla aussitôt.

— Et toi ? Tu n'as rien dit de toi. Ça va comme tu veux ? Es-tu… heureuse ?

Il avait buté sur le mot heureuse. Si elle répondait par l'affirmative, si elle était heureuse en effet, cela n'impliquait-il pas qu'elle n'avait plus besoin de lui ? En même temps, il s'interdisait d'espérer qu'il en fût autrement.

— Bof… expira Lovelie en guise de réponse.

Chomsky fronça le sourcil.

— Qu'est-ce qui ne va pas ?

Maintenant, ils ne se tenaient plus que par les mains.

— Qu'est-ce qui ne va pas ? répéta Lovelie en écho. C'est compliqué.

— Si quelqu'un te cherche des ennuis, tu n'as qu'à me le dire…

— Mais non, arrête !

Lovelie était un rien choquée.

— C'est pas des histoires de gang. Et même si ça se pouvait, je ne voudrais surtout pas que tu t'en mêles.

Chomsky recula de quelques centimètres et leva un sourcil.

— C'est quoi ?

Elle inspira profondément, avant de poursuivre.

— Des histoires de famille. C'est ma belle-mère qui s'en va vivre avec le patron du magasin, c'est mon père qui se retrouve seul, c'est ma petite sœur qui risque de payer la note et c'est sur moi que ça retombe. Puis ça… Ça… Ça me fait chier ! C'est simple, ça me fait chier ! J'aimerais juste que ma vie soit normale, des fois, comprends-tu ?

Les mots avaient été lâchés en rafales. Chomsky découvrait à son tour une Lovelie capable d'exaspération, peut-être de colère. Il fit d'abord « Oh ! », suivi d'un court silence, puis il voulut saisir une perche, ou lancer une bouée, enfin bref, il plongea :

— Viens avec moi, Lovelie ! Laisse tomber tout ça. Partons comme on voulait le faire, tu te rappelles ?

Lovelie leva sur lui ses yeux agrandis, pour montrer à Chomsky qu'il devrait aussi ouvrir les siens.

— Bien oui… ironisa-t-elle, partir ! Ce serait tellement plus simple, hein ? La première journée, peut-être. Mais après ? Voyons donc, Chomsky, tu es trop intelligent pour me demander ça pour vrai ! C'est du rêve, rien que du rêve ! On n'est pas dans un film, on ne peut pas monter sur un radeau et se laisser dériver sur le Mississipi comme Huckleberry Finn. Si tu n'as pas réussi à te tailler une place à Toronto, imagine à New York !

— Il y a des Haïtiens, à New York.

— Il y a des Haïtiens presque partout, mais qu'est-ce que tu crois, qu'ils sont millionnaires et qu'ils ont des hôtels pour accueillir les compatriotes ? Je ne pense pas, moi. Ils ne sont pas plus riches que nous autres, ils travaillent comme des bêtes pour se sortir de la misère et ce dont ils ont le moins besoin, c'est bien de recueillir les âmes perdues. Et les autres, les bandits, ils ne font pas de cadeaux. Ce qu'ils vont te donner, ils vont te le reprendre dix fois. Ce sont des salauds, Chomsky. Pas toi. C'est pour ça que tu es mal pris, parce que tu t'imagines qu'on peut jouer franc jeu avec ce monde-là.

Lovelie prit une longue pause. Chomsky attendit.

— Ça va me crever le cœur, mais si tu pars, je n'irai pas avec toi. Je ne t'oublierai pas, c'est certain, sauf que je ne lirai plus tes lettres, je ne t'attendrai plus et il ne faudra pas compter sur moi si tu reviens un jour.

Chomsky se mordait l'intérieur de la lèvre. Lovelie avait été limpide, directe, éloquente et sans équivoque. Il n'avait pas à être surpris. Ce qu'il venait d'entendre figurait en tête de la liste qu'il avait dressée des probabilités de réponses, dans ses jongleries des derniers jours. Le coup n'en était pas moins dur pour autant.

— Qu'est-ce que je peux faire d'autre ?

Lovelie y avait pensé.

— Arrête de te persuader que tu n'as pas le choix !

— Comment ça, me persuader ? Je n'ai vraiment pas le choix. À peine j'étais sorti du terminus, mon meilleur ancien *patnè* a essayé de m'ouvrir le ventre.

Chomsky montra la déchirure de son veston.

— Je ne veux pas que tu partes, Chomsky, déclara Lovelie dans un souffle, en jetant au jeune homme son regard le plus vibrant. Je suis peut-être trop jeune, mais je t'aime pour de vrai, pour toujours. Tu me crois ?

— Moi aussi, je t'aime.

— Alors tu ne peux pas me demander de… de jeter nos vies dans une aventure.

— Mais…

— Laisse-moi parler, s'il te plaît ! Ce n'est pas s'aimer que se détruire. La vie n'a pas toujours été généreuse avec nous, c'est vrai. Elle nous a quand même donné quelque chose de bon en nous permettant de nous rencontrer. Il ne faut pas le gaspiller. Et puis il y a les autres aussi, que je ne veux pas abandonner, ma famille d'accueil, mes amies. Puis Mme Moïse… On n'est pas tout seuls. Tu ne penses pas qu'on est mieux avec eux qu'avec n'importe qui à New York, Boston ou Miami ?

Chomsky voulut protester.

— Attends ! Il faut seulement que tu choisisses. Il faut que tu changes de voie, que tu mettes la criminalité derrière toi. Après, tout va redevenir possible, avec de la persévérance, et ça, j'en ai pour deux. Je sais que tu y as déjà pensé. J'ai passé la nuit à relire tes poèmes.

— Comment tu veux que je fasse ça ? Je ne peux me présenter nulle part…

— En commençant par le commencement. En te livrant à la police.

Chomsky fut interloqué. Il dénia de la tête, avec l'air d'avoir mal compris.

— Tu n'y penses pas ? Ils vont m'accuser du meurtre d'Andy Colon…

— Non, pas si tu l'avoues.

— Lovelie, tu veux que j'aille en prison ?

— Tu es déjà en prison, Chomsky ! Tu n'es pas libre, tu dois t'en rendre compte ! Oui, c'est sûr que tu vas devoir payer pour ça, mais pas toute ta vie. Tu étais mineur au moment du… des événements. Et il y a les circonstances. Je vais témoigner. Et je jure que tout le monde va t'aider. Il y a des ressources. Il y a des avocats, haïtiens même ! qui se dévouent pour aider les jeunes qui sont en difficulté. Je ne te promets pas que ce sera facile, mais au moins, ça va mener quelque part. Tu vas finir par en sortir, puis là, là tu seras libre pour de vrai.

Chomsky demeura muet. Les paroles de Lovelie agitaient en lui les sédiments d'une profonde fatigue. Il devait admettre qu'il n'avait au fond plus envie de repartir vers l'inconnu. En cherchant à revoir absolument Lovelie, n'avait-il pas plutôt cherché, inconsciemment, une façon de s'arrêter ?

— Et moi, ajouta Lovelie en insistant sur chaque syllabe, je ne te laisserai jamais tomber.

Et elle déferla dans ses bras tel un tsunami de tendresse et d'émotion.

Ni l'un ni l'autre ne s'aperçut qu'une nouvelle rame entrait en gare, de l'autre côté du quai, marquant un compte à rebours dont ils n'avaient pas conscience.

Chomsky étreignit Lovelie plus fort encore. Ce qu'il éprouvait le dépassait. Quel trésor il tenait entre ses bras ! Faudrait-il qu'il soit fou pour s'en aller courir des chimères !

— Mais toi ! murmura-t-il encore parce que s'il ne parlait pas, il explosait. Toi, tu as déjà tous ces problèmes, ton père…

— Oh ! Mon père, je… je…

Chomsky sursauta. Brusquement, Lovelie s'était raidie et le repoussait.

— Qu'est-ce… fit-il, s'interrompant devant l'air catastrophé de la jeune fille.

— Mon… mon père ! Mon père ! Il est là !

— Hein ! ? ! Où ? ! ?

Elle regardait par-dessus l'épaule de Chomsky. Celui-ci se retourna.

Dès cet instant, tout se déroula si vite que les rares témoins, à commencer par les principaux intéressés, ne purent donner des versions rigoureusement concordantes des faits.

Jérémie D'Haïti fonçait vers le couple en gesticulant et en vociférant en créole. Il s'adressait visiblement à Chomsky, qu'il mitraillait d'insultes et à qui il enjoignait de laisser sa fille immédiatement.

— QU'EST-CE QUE TU FAIS ICI, PAPI ? TU M'AS SUIVIE ? avait crié Lovelie.

Jérémie D'Haïti ne tenait aucun compte d'elle. Il était hors de lui et, selon certains, il écumait, selon d'autres, il pleurait. Au moins à deux reprises, il avait repoussé sa fille qui tentait de s'interposer. Il voulait chasser Chomsky comme s'il avait été un intrus dans sa demeure. Le jeune homme, décontenancé, resta pantois un moment, puis réagit pour empêcher Lovelie, en larmes, d'approcher son père.

Il s'ensuivit un carrousel désordonné de cris et d'empoignades, au terme duquel les deux hommes se retrouvèrent face à face au bord du quai, s'escrimant des bras sans encore se frapper, s'injuriant mutuellement, convaincus l'un et l'autre d'être le défenseur de Lovelie, laquelle, à deux pas, avait renoncé à s'immiscer entre les pugilistes, et hurlait à répétition des « PAPI, ARRÊTE ! » et des « CHOMSKY, RECULE ! ».

Et tout d'un coup, avec un synchronisme déroutant, ils se trouvèrent à court d'inspiration. Une bulle de silence éclata quelque part et l'on n'entendit plus rien ! À croire qu'ils ne pouvaient se battre sans vociférer, ils se figèrent dans leur position de combat. Lovelie se tut aussi, contemplant, incrédule, l'image surréaliste de ces deux hommes immobiles, se fustigeant du regard dans un silence qui semblait absolu, jusqu'à ce que…

Il allait falloir plusieurs années avant que Lovelie soit capable de rejouer la scène au ralenti dans sa mémoire. Ce fut d'abord un sifflement inhumain, celui de la mort qui se ruait dans la gare. La parfaite prévisibilité du métro : longue attente, entrée d'un train, arrêt et sortie direction est, bref délai, entrée d'un train, arrêt et sortie direction ouest, et ainsi de suite, des aurores jusqu'au cœur de la nuit, mesure insignifiante d'une routine établie par des calculs qui échappent au commun des mortels, cette parfaite prévisibilité, donc, allait provoquer la plus imprévisible des tragédies. Car voici que, une fois sur… un million ? Cette année-là… Ce jour-là… Cet instant-là…

Chomsky faisait dos à l'est, dos à la bête.

Quelle avait été au juste l'intention de Jérémie D'Haïti ? Avait-il voulu reprendre le combat et assommer son adversaire ? Avait-il au contraire voulu se dégager en feintant, pour l'honneur, une ultime estocade ? Dans un sursaut de bon sens, avait-il seulement cherché à prévenir le jeune homme apparemment inconscient du danger qui s'emmenait à toute vitesse derrière lui ? Ou pire, l'insupportable, l'impensable, avait-il tenté de le pousser en bas du quai ?

Chose hélas trop certaine, Jérémie D'Haïti s'était mu vers son adversaire. Ce dernier avait esquivé du torse avec une vive parade du bras.

Emporté par son élan, déséquilibré par le geste de l'autre, Jérémie D'Haïti avait basculé, glissé peut-être.

Lovelie l'avait vu disparaître dans la fosse.

La rame freina dans un condensé d'éternité, comme un rideau tombant à l'horizontale, dans la stridence de la mécanique incontrôlable, dans les cris qui fusaient en écho.

Il fallut si peu de temps au train pour s'immobiliser que Lovelie ne parvint jamais à comprendre comment le hasard avait si parfaitement réussi à ajuster ses ressorts. Avant qu'elle ait réalisé ce qui venait de se passer, les wagons bleu et blanc étaient là, arrêtés, fermant la perspective, avec leurs aquariums de verre dans lesquels les passagers bousculés et ahuris s'interrogeaient.

Chomsky, les bras ballants, le regard dans le vide, ne bougeait pas.

Lovelie se rendit compte qu'elle avait la bouche ouverte, qu'elle était incapable de la refermer, qu'elle ne respirait pas.

Et plus rien après.

13

Beaucoup de questions

Lovelie avait repris conscience sur la civière qui l'emmenait. Elle avait voulu se relever, retourner sur les lieux, rebrousser chemin dans le tunnel de son absence, démentir l'insupportable, corriger, reprendre depuis le début. Un ambulancier lui avait fait comprendre en douceur qu'il valait mieux pas. Elle avait insisté, puis s'était de nouveau sentie étourdie. Elle s'était donc résignée à un autre voyage en ambulance. Elle ne souffrait pas. Elle était exténuée, agacée aussi d'avoir à revivre l'arrivée à l'hôpital, l'attente dans le couloir, les questions, les prises de température, de pouls, l'irruption des proches dévorés par l'inquiétude. Exténuant, oui, ce sentiment d'éternel recommencement !

Il lui fallut plusieurs heures pour reconstituer le lien entre son hospitalisation et la scène de la disparition de son père, qui surgissait dans son esprit, en images fixes, par à-coups. Ce ne fut que deux jours plus tard, assise dans la cuisine des Brûlotte, qu'elle pleura. Ce furent des pleurs sans éclats, un lent écoulement de larmes qui dura l'après-midi, puis le soir jusqu'au sommeil. Germaine la serrait dans ses chairs enveloppantes chaque fois qu'elle en avait la chance,

Lucie lui prodiguait des câlins à répétition. Nathalie participait quand elle y était.

Lovelie trouva la force de téléphoner pour parler à Genella, à qui on avait pieusement menti sur la cause réelle de l'absence de son père. Après avoir rectifié les faits tant bien que mal, Lovelie lui jura qu'elle ne l'abandonnerait jamais.

Et elle s'inquiéta beaucoup de Chomsky.

* * *

Ce dernier avait été emmené par la police. Cela s'était effectué sans brutalité, c'eût été inutile. Il s'était laissé conduire sans réagir. Il avait donné son nom. Il n'avait pas de papiers.

Il avait passé la nuit en cellule, assis sur le lit, le dos appuyé contre le mur, interrogeant le plafond, tel un berger quêtant, dans la nuit étoilée, le sens de ses transhumances.

Plusieurs heures après, peut-être le matin, peut-être l'après-midi, il s'était retrouvé dans une pièce avec deux hommes et, progressivement, son cerveau avait recommencé à prendre en compte la suite des choses. Dans ce lieu qui lui faisait penser à un décor de bande dessinée, il avait une partie à jouer, dont les enjeux mal définis étaient pourtant majeurs.

Le premier homme, qui n'était visiblement pas dans ses quartiers, ressemblait un peu à un Gaulois, avec ses moustaches et sa tignasse grise qui lui faisait un casque. Il portait un blouson en jean avec un début de ventre et des chaussures de sport. Il était plutôt court mais gardait le dos droit. Tout en déclinant ses nom et fonction, dont Chomsky ne retint rien, il lui tendit une main ferme que le garçon accepta sans enthousiasme. L'homme le prévint ensuite que « l'entretien » serait enregistré et affirma qu'il était là pour l'aider, mais, vrai ou pas, Chomsky s'en fichait. Il était sorti de sa nuit avec le sentiment que quelque chose était irrémédiablement fini pour lui. Après l'étrange Myra, personne ne l'aiderait plus, jamais, et surtout pas ces gens que l'on rencontre dans des bureaux.

Il s'assit, sans doute parce qu'on l'avait invité à le faire. Les stores étaient baissés sur une large fenêtre, le jour s'infiltrait entre les lamelles, et les raies jaunes ainsi créées conféraient à cette morne pièce son atmosphère irréelle.

L'autre homme était assis derrière un bureau et examinait de la paperasse étalée devant lui, à la lumière d'une lampe sur pied dont il aurait pu se passer s'il avait ouvert le store. C'était un flic. Il ne portait pas d'uniforme, ni d'arme ni même un badge, mais même en habit de gala à la Place des Arts, Chomsky eût reconnu le policier en lui, et son intuition fut confirmée quand l'autre le présenta. Chomsky ne retint pas davantage son titre exact ni son nom, sinon qu'il était de consonance italienne ; il mettait la totalité de son énergie mentale à placer l'image de Lovelie dans un écrin d'or, à l'accrocher temporairement sur la toile de fond de ses pensées et à se concentrer sur ce qui allait se produire à l'avant-scène.

Le flic avait des cheveux noirs taillés en brosse, un air d'acteur, italien, pour aller avec son nom, des épaules qui remplissaient avantageusement une chemise noire à manches courtes, pas de bijoux sauf la montre dorée et une alliance qui scintillait quand la main interceptait un rayon de lumière. Dans l'esprit de Chomsky, il devint le flic italien. Il déposa les documents, appuya ses coudes sur le bureau, joignit les mains et regarda Chomsky. Celui-ci décida d'emblée que ce serait peine perdue de jouer à qui baisserait les yeux le dernier. Le regard était intense, rigide, lucide, dépourvu autant d'hostilité que de complaisance. La bouche mince et droite était relevée d'un zest de sourire aux coins, qui ne devait disparaître qu'en cas de grande contrariété.

— Chomsky Deshauteurs ? demanda simplement le policier, après quelques secondes.

— Ouais, grommela Chomsky en détournant les yeux.

— Il y a un bon nombre de questions auxquelles il faudrait que tu répondes. Tu te sens en état de le faire ?

— Ouais, jeta encore Chomsky, un rien surpris de cette sollicitude. De toute façon, j'ai rien à dire, c'était un accident.

Le flic italien leva la main en signe d'arrêt.

— Avant de parler de ça, si tu veux bien, tu vas m'aider à mettre un peu d'ordre dans ton dossier.

Chomsky se renfrogna.

— Je ne m'attendais pas à ce que ça te remplisse de joie, énonça le policier sans même avoir l'air de le narguer.

Il ramena une première feuille à lui.

— On a fait ta connaissance en 1980. Une bagarre au couteau dans une ruelle, qui aurait bien pu te coûter la vie, d'ailleurs. Ton adversaire est un bandit avéré, Andy Colon. Il s'en tire aussi, tu ne l'as pas tué, du moins ce jour-là.

Chomsky faillit *tchuipper.*

— Ah ! Mais c'est qu'il va revenir dans ta vie, cet Andy Colon, non ? badina le flic italien.

Chomsky redevint impassible.

— Bon ! À ce moment-là, c'était un chef de gang, un proxénète plutôt minable, qui forçait entre autres une fillette à se prostituer, et c'est dans le noble but de défendre cette fillette que tu as risqué ta vie. Or, cette fillette s'appelait, et s'appelle toujours, Lovelie D'Haïti ! Évidemment, c'est maintenant une adolescente, dont on dit le plus grand bien. Sauf qu'elle vit actuellement un moment très pénible.

Chomsky baissa la tête et murmura :

— C'est un accident.

— Nous y reviendrons. Retournons à ton premier fait d'armes. Ton adversaire est envoyé derrière les barreaux pour l'ensemble de son œuvre. En ce qui te concerne, on passe l'éponge, sans oublier cependant que tu avais de fort mauvaises fréquentations et que tu trimbalais un couteau à cran d'arrêt dans ta poche. Pour t'aider, aussitôt remis de tes blessures, on t'inscrit au « Mont », où tu te comportes en élève exemplaire.

Le policier déplaça des feuilles, puis reporta toute son attention sur Chomsky, qui leva les yeux au plafond en se tripotant les doigts.

— Dommage que tu n'aies pas continué dans cette voie. Tu ne serais pas ici.

Chomsky haussa les épaules et marmonna :

— On ne fait pas toujours ce qu'on veut, dans la vie !

Cette fois, le policier sourit franchement.

— Eh non ! Mais à l'Académie Corbett, on ne peut pas dire que tu aies fourni de gros efforts. Notes minables, absentéisme élevé…

— Ma tante était malade, il fallait bien que *je l'occupe.*

— Que tu t'en occupes, veux-tu dire…

Chomsky resta de marbre ; il avait utilisé la forme haïtienne par exprès.

— Brave garçon… Tu l'as pourtant laissée tomber assez vite. Une histoire de drogue à l'école, et ton nom refait surface.

— J'avais rien à voir là-dedans. Ils n'avaient aucune raison de me mettre ça sur le dos.

— Ah ! Cette fois, je suis d'accord avec toi. On a fini par connaître le fin mot de l'histoire et, effectivement, tu n'y aurais joué aucun rôle. Quand nos gens enquêtent, ils cherchent à établir la vérité, vois-tu ? Pas seulement à accabler le sujet pour le plaisir. Mais tu as fait la grosse erreur de disparaître. Et quand tu te signales à nouveau, alors là, ça tourne vraiment mal. Et les enquêteurs découvrent que, si tu n'avais rien à voir dans l'histoire de ces filles qui ont voulu mettre un peu de piquant dans une danse d'Halloween, on ne pouvait tout de même pas te proposer à titre de modèle d'honnêteté. Tu dirigeais ta petite *gang*. Oh ! rien de bien méchant, comparé à d'autres : de petits larcins minutieux, sciemment éparpillés… Tu aurais pu continuer longtemps sans qu'on t'attrape.

— Je sais pas de quoi vous parlez.

— Non ?

Le policier lut.

— Manouchka Charles ? Ralph Pierre ? Billex Varthélus ? Betsy Mirabel ? Serginald Joseph ? Ces noms ne te rappellent rien ?

— Des connaissances d'école…

— Hum… pas tout à fait, du moins d'après ce qui

est écrit ici. Parce qu'il faut que tu comprennes que, à la suite des événements du 15 mars 1986, la police n'a pas eu le choix de s'intéresser beaucoup à toi. Et elle a trouvé des choses étonnantes, entre autres que tu t'étais acoquiné avec nul autre qu'Andy Colon, sorti de prison un peu trop vite, si tu veux mon avis, mais ça c'est une autre histoire. Et ça ne sert à rien de le nier : tout corrobore, les témoignages, les faits... Et c'est grâce à toi qu'on a retrouvé tu sais qui chez Andy Colon, assez mal en point, mais juste à temps quand même.

Le policier se tut et regarda Chomsky un long moment. Il n'y avait jamais rien d'accusateur, ni dans son attitude, ni dans le ton de sa voix. On aurait dit qu'il résumait un film, et cela n'aidait pas Chomsky, qui devait se rappeler sans cesse que c'était bien de lui qu'il s'agissait, et qu'un mot irréfléchi pouvait avoir de fâcheuses conséquences.

— Tu admets ça, j'espère ! D'abord, agir autrement ne servirait qu'à ruiner le peu de crédibilité qu'il te reste, et puis ce serait dommage, parce que cela plaide plutôt en ta faveur. C'est ça qui me fascine, dans ton historique : ce mélange de criminalité ordinaire et d'élans d'abnégation...

Chomsky leva un sourcil.

— ... ça démontre que tu acceptes de te sacrifier pour les autres, pour une autre, en tout cas. Tu dois l'aimer très fort !

À ce moment, l'autre homme intervint pour la première fois :

— Tu peux garder le silence, dit-il.

— Je le sais, répliqua Chomsky avec une nonchalance affectée.

Le flic italien ne parut même pas agacé.

— Tu n'es pas obligé de répondre, en effet, et de toute façon, jusqu'à maintenant, ce n'est pas tellement important. Ça le devient malheureusement davantage quand on aborde le meurtre.

— Quel meurtre ?

Le flic italien ricana.

— C'était un accident, je vous le répète, insista Chomsky.

Le flic italien se redressa sur sa chaise, s'appuya sur le bureau, hocha la tête de gauche à droite.

— Quelle erreur tu as faite, mon garçon, en t'associant à ce Colon ! Il était tellement moins intelligent que toi !

Chomsky serra les dents pour ne rien dire.

— Bon ! soupira le policier en appuyant les paumes sur la table et en se levant. Il est temps qu'on aborde les vraies affaires.

Il tourna le dos à son interlocuteur ainsi qu'à l'homme à la tignasse grise et se planta devant la fenêtre. Il fit pivoter la tige de plastique qui réglait l'angle des lamelles, et le bleu du ciel montréalais coula dans la pièce. Chomsky cligna des yeux. Le flic italien demeura un moment à contempler les toits et, au loin, la silhouette incurvée du pont Jacques-Cartier. Chomsky ne comprenait plus. Ce n'était pas ainsi, dans ses références, que se déroulait un interrogatoire de police.

Il ne pouvait pas savoir que, à ce moment précis, le flic italien avait peur. Non, pas le flic : l'être humain ! Il n'avait pas peur de Chomsky, il avait peur de sa propre vie. Sa femme venait de le quitter. Il l'avait mariée de bonne foi, et dans les règles de l'art, c'est-à-dire à la suite d'une fréquentation longue et complète, après une analyse exhaustive de leurs caractères respectifs et de leurs projets de vie. Ils avaient engendré deux filles, dont la plus vieille avait passé ses douze ans sans les inquiéter outre mesure, et, presque du jour au lendemain, celle avec qui il s'attendait à finir sa vie était tombée amoureuse d'un autre et lui avait tourné le dos. Désormais, ils partageraient la garde des filles, et lui ne s'en remettait pas. Comment la vie pouvait-elle basculer si vite ? Et il craignait pour ses filles. En ce moment, elles étaient mignonnes, compréhensives, coopératives, mais qu'est-ce que cela garantissait ? Qui sait si demain elles n'allaient pas, à l'instar de leur mère, déjouer tous les pronostics, devenir délinquantes, droguées, prostituées ? Comment réagirait-il, dans ce cas ? Se comporterait-il tel ce père affolé se précipitant dans une station de métro, à la rencontre d'une mort imprévisible ? Soit, son cas n'était pas comparable. Il était né ici, il était instruit, il avait une profession, il avait grimpé des échelons, rien à voir avec un pauvre immigrant de fraîche date luttant pour se faire une modeste place dans un monde dont il saisissait mal la culture. Et pourtant, ce sentiment de perte de contrôle qu'il éprouvait, ce sentiment de ne plus trop savoir où il vivait, de ne plus comprendre ceux qui l'entouraient, ce sentiment n'était-il pas de la même eau que celui de l'exil ? Quel est l'arbre le plus malheureux, celui que l'on déracine pour le transplanter ou celui qui, arraché de terre par la tempête, s'écroule sur place ?

Et ce qui l'effrayait le plus, en fin de compte, c'était qu'il allait tout de même faire son travail, ainsi qu'il l'avait toujours fait, sans émotions, sans préjugés, et sans indifférence. Il serait sans faille, malgré la faillite. Il se retourna en inspirant.

— Chomsky Deshauteurs, annonça-t-il gravement, si ce n'était que de l'affaire d'hier, on t'aurait déjà relâché. On a recueilli une demi-douzaine de témoignages parfaitement crédibles, qui affirment que M. Jérémie D'Haïti a perdu l'équilibre en se jetant vers toi. Et on sait aussi que toi et la jeune fille aviez une gentille conversation d'amoureux avant que son père arrive comme un enragé. Je te parle de l'autre meurtre.

— Quel autre meurtre ? Qui a été tué ?

Le flic italien vint poser sa fesse droite sur le bord du bureau, à moins d'un mètre de Chomsky.

— Là, tu en mets un peu trop. Vois-tu, même si tu parvenais à me convaincre que tu n'as rien à y voir, tu ne me ferais jamais accroire que tu n'es pas au courant que ton ancien complice, et ton ancien ennemi, Andy Colon, a été abattu, la nuit même où tu as avisé la police, par personnes interposées, du fait que ton amie, Lovelie D'Haïti toujours, était entre ses mains. Là, tu viens de me mentir, Chomsky Deshauteurs !

Ce dernier mit quelques secondes à concéder. Il pourrait difficilement nier que le flic italien voyait juste.

— Pensez ce que vous voulez ! bougonna-t-il avec une moue méprisante. Qu'est-ce que ça peut me faire ?

— Qu'est-ce que ça peut te faire, dis-tu ? Tu en mets un peu trop encore, là, hein ! Tu as assez vécu, jeune homme, pour avoir une juste idée de ce que ça coûte, un meurtre.

— Bon, d'accord ! Je l'avoue ! Vous êtes content ? Oui, je le savais qu'Andy Colon avait été descendu. J'ai fait semblant de ne pas le savoir parce que j'étais sûr que vous voudriez me le mettre sur le dos.

— Bien oui ! Pauvre enfant ! Le méchant flic veut t'incriminer. Tout le problème est là, et nulle part ailleurs ! Et, bien entendu, c'est parce que tu es noir. Sauf qu'on n'est pas dans le Mississipi en 1950, on est au Québec en 1988.

— J'ai rien dit, moi, c'est vous qui…

— C'est vrai ! Je présume un peu de tes pensées. Au fond, je ne devrais pas. Andy Colon était noir aussi, d'ailleurs. Mais on est d'accord, toi et moi, pour admettre que c'était surtout un *trou'd'cul*, oui ?

Chomsky *tchuippa*.

— Je prends ça pour un oui, nargua le flic italien. Quoi qu'il en soit, c'était en effet un *trou'd'cul*. Mais il a été tué et, tout *trou'd'cul* qu'il ait été, nous voulons découvrir par qui. C'est bizarre. On devrait applaudir : « Bon débarras et qu'importe qui l'a fait ! » Mais non ! La société paie des gens comme moi pour trouver même ceux qui tuent les *trous'd'cul* ! La société veut qu'on arrête tous les coupables et qu'on leur intente des procès.

— *Ben* vous direz à votre société que c'est pas moi. Si vous connaissez tellement ça, les *trous'd'cul*, vous devez être au courant qu'il y a beaucoup de monde qui ont de bonnes raisons de les éliminer.

— Remarque pertinente ! s'exclama le flic italien en se redressant et en revenant s'asseoir à son bureau.

Il joua de nouveau dans ses feuilles, en tira une, l'examina, ou fit semblant, comme si tout à coup il avait six mois pour conclure cet interrogatoire.

— C'est vrai qu'il y avait sans doute bien du monde qui avait envie de se débarrasser de lui, reprit-il. Mais combien de ces personnages, quelques heures avant le crime, avaient raté un hold-up ? Hold-up, bien sûr, signifiant vol à main… armée ! Ar-mée !

— De quoi vous parlez, là ? J'ai jamais fait de hold-up, moi.

— Peut-être pas, mais le 15 mars 1986, en fin d'après-midi, tu étais au marché Hispaniola, parfaitement équipé pour t'y essayer. Passons sur les détails et concentrons-nous sur le fait que, à cette occasion, tu as menacé deux agents de police avec une arme à feu. Ces deux policiers t'ont formellement identifié sur photo. C'est consigné. Et il y a plus. Le père de Lovelie D'Haïti, la victime du malheureux accident d'hier, se trouvait à ce moment-là à la caisse, et lui aussi, il t'a identifié. Cela explique sûrement son état quand il vous a surpris dans le métro.

— J'ai pas fait de hold-up ! protesta Chomsky. J'ai juste paniqué. Je savais que j'étais recherché pour rien, et je voulais pas me retrouver au poste, parce que Lovelie avait besoin de moi, son père la battait, elle était en fugue…

— Mais oui ! Tout ça est avéré. Sauf que tu étais tout de même armé.

— C'était même pas un vrai…

— Le fait est que tu portais une arme, et que tu t'en es servi !

— Je n'ai pas tiré !

— Donc c'était un vrai !

Chomsky demeura stupéfait un moment.

— Vous faites exprès de me mélanger, bafouilla-t-il.

— Aussi bien que tu t'habitues, parce que, en cour, le procureur de la couronne ne te fera pas de cadeaux. Car il se trouve que menacer du monde avec une arme à feu, c'est déjà bel et bien s'en servir, et c'est grave… bien que tu aies été mineur au moment des faits, rajouta le flic italien en levant la main et en hochant la tête vers l'autre homme pour lui faire signe qu'il devinait ce qu'il allait dire.

« Et tu auras beau prétendre que c'était une fausse arme, poursuivit-il, ça ne pèsera pas un gramme dans la balance, puisqu'il faudrait te croire sur parole. »

Le flic italien s'interrompit, histoire de laisser le temps à ses mots de faire leur chemin dans l'esprit de Chomsky.

— C'était par ailleurs une arme de petit calibre, selon les policiers témoins, sans doute un 22. Or, c'est précisément une balle de 22 qu'on a retrouvée dans le corps du dénommé Andy Colon. Ça n'a l'air de rien, ces petits projectiles, mais, tirés de proche, ça vous défonce convenablement un ventricule et, ça, ça ne pardonne pas.

Le flic italien se tut, planta son regard sur Chomsky et attendit une réaction de sa part, sachant qu'elle ne viendrait pas. Il n'en était pas à sa première expérience avec ce genre de jeune Haïtien : il savait que ceux-ci avaient hérité d'une extraordinaire capacité à se métamorphoser en statue de pierre lorsqu'ils décidaient de rompre la communication. Ni les menaces, ni les coups, ni le raisonnement, ni le chantage affectif, rien ne pouvait les extirper de leur mutisme. Telle la corne aux pieds des miséreux, cette carapace invisible avait été formée par le frottement séculaire de générations successives contre la dureté d'une histoire impitoyable, dans laquelle les termes de justice et de droit n'avaient pas le sens ni la valeur que la société d'ici leur attribue.

Et pour peu que la nature ne les avait pas trop négligés, les jeunes Haïtiens, quand ils se butaient ainsi, se paraient d'une austère et sculpturale beauté capable de vous désarmer. Ceux qui avaient connu de meilleures conditions de vie et avaient compris qu'ils pouvaient jouer sur les deux tableaux finissaient par perdre cette faculté, au profit de la duplicité, mais Chomsky Deshauteurs, lui, était constitué d'un bloc homogène et, s'il mentait, c'était paradoxalement pour maintenir son unicité, son intégrité, son authenticité. Le flic italien le savait, et il savait d'ores et déjà qu'il n'en viendrait jamais à bout, que ni lui ni personne ne lui ferait jamais admettre son crime, à moins d'y mettre des années de patience, de persuasion, de compréhension, d'amour. Et d'une certaine manière, cela le rassurait. On pouvait juger l'obstination de ce jeune délinquant bête et primitive, méprisable, mais tout bien considéré, n'y avait-il pas là quelque chose dont on constatait un peu partout la dilapidation irrémédiable, dans les familles qui se disloquaient, par exemple ? L'authenticité se raréfiait, au point qu'il valait peut-être la peine de la protéger où qu'elle se trouve.

Le flic italien aurait parié la totalité de ses avoirs sur la culpabilité de Chomsky Deshauteurs ; pourtant, la résistance, le refus du jeune homme de se livrer à une justice qu'il méprisait lui semblait tout à coup quelque chose de plus grand que la tâche qu'il avait à accomplir. Si on parvenait à l'inculper, à le condamner, à l'envoyer se corrompre tout à fait dans une prison quelconque, soi-disant pour protéger la société, n'allait-on pas du même coup priver ladite société d'une nourriture humaine dont elle avait dramatiquement besoin ?

— Écoute, poursuivit-il, loin de moi l'idée de t'intimider, mais tu dois réaliser qu'il ne manque presque rien pour te coincer. Ce qui a précédé l'incident du marché Hispaniola demeure obscur, mais il est facile d'imaginer que ton partenaire t'a passé une « crosse », comme vous dites. Après avoir menacé les policiers, tu ne pouvais pas te faire voir dans le quartier, donc pas retourner chercher Lovelie D'Haïti toi-même et, de toute façon, tu serais tombé sur Colon et ça aurait pu être très dangereux, pour toi et pour elle. Tu as plutôt choisi — et qu'est-ce que tu as bien fait ! — d'aller chercher l'aide de Charline Jolicœur et, avec elle, de provoquer l'intervention de la police. Tu disparais ensuite de chez cette Charline Jolicœur, et on n'entend plus parler de toi jusqu'à récemment, quand la police de Toronto expédie dans tout le pays des photos de membres de gangs recherchés. Or, qu'as-tu fait, dans la nuit du 15 au 16 mars 1986 ? Je te rencontre pour la première fois, et je te connais déjà assez pour être sûr que tu ne t'es pas sauvé avant de t'être assuré que Lovelie D'Haïti était sortie du pétrin. Étant donné que tu n'avais nulle place où aller, la seule façon était de profiter de la nuit et du tapage pour observer l'immeuble. Andy Colon a échappé à la police, mais pas à toi, puisque tu connaissais ses petits secrets. Tu l'as suivi et, derrière la polyvalente, tu l'as descendu. Tu étais mineur. Tu étais épuisé, profondément perturbé par le sort de ton amie de cœur, qui avait fait appel à toi en toute liberté, qui a témoigné et qui témoignera encore en ta faveur… parce que, en passant, une des premières choses qu'elle a faites hier, quand elle s'est sentie un peu mieux, ça a été de te disculper pour l'accident du métro et de nous mettre sur le dos une certaine Horacine Moïse, qui téléphone toutes les heures pour savoir où on en est, pour demander à te voir…

Chomsky demeurait impassible, les lèvres scellées, le regard fixé sur l'arête du bureau.

— Il y a du monde de ton bord, Chomsky Deshauteurs, du monde qui t'aime, on dirait, et du monde de bonne réputation. Si tu avouais maintenant, et monsieur, ici, peut le confirmer, compte tenu des circonstances, compte tenu qu'en matière de délinquance on en a vu de bien pires, et avec l'aide d'un avocat dévoué comme il n'en manque pas, la sentence pourrait être, disons… viable pour toi, pour ton avenir…

— C'est pas moi, coupa Chomsky.

Le flic italien soupira et jeta devant lui un stylo avec lequel il n'avait rien écrit.

— Bon ! dit-il. C'est ton choix. Tu es intelligent. Je suppose que tu te dis que, même si tous les soupçons convergent vers toi, il faut une preuve hors de tout doute raisonnable pour condamner quelqu'un, et tu te dis qu'on ne l'a pas. Et nous ne l'avons pas, en effet. Du moins, pas encore.

Le flic italien manipula ses feuilles.

— En passant, ça s'est plutôt mal terminé, ton séjour à Toronto, n'est-ce pas ? J'imagine que tu vas nier avoir participé à la fusillade qui a impliqué la bande dont tu faisais partie — en tout cas, avec qui tu vivais —, mais la police a récupéré beaucoup de balles, des armes aussi, et même une camionnette, dont le chauffeur a disparu. La police torontoise était après vous autres depuis un long moment, elle a accumulé beaucoup de documentation photographique, et elle te désigne comme le chauffeur attitré de ce véhicule. De notre côté, on a toujours la balle qui a tué Andy Colon. Tu sais sans doute qu'il est possible de déterminer si des balles ont été tirées par une même arme, et de cette arme en particulier. On est en train d'analyser celle qui a expédié Andy Colon dans l'autre monde, et on va envoyer le rapport à Toronto. Ils vont déterminer si des balles de la même arme ont été trouvées sur les lieux de la fusillade, et si elles proviennent d'une des armes qu'ils ont récupérées. Ça se peut que ça ne donne rien. Ça se peut aussi que ça donne quelque chose, surtout si, parmi les armes retrouvées, il y a celle dont on parlait à l'instant. Et, bien sûr, on va leur envoyer aussi tes empreintes digitales.

Chomsky se rappela comment il s'était débarrassé du pistolet. Pouvait-il être absolument certain qu'il n'avait pas été retrouvé ?

Le flic italien se leva, fit signe à l'autre que c'était terminé, lui demanda s'il avait quelque remarque à faire et, devant la réponse négative, il arrêta le magnétophone.

Il alla ouvrir la porte et demanda à l'agent de faction de bien vouloir ramener Chomsky.

Ce dernier se leva, leurs regards se croisèrent, et le flic italien en profita pour ajouter :

— Oh ! il faut que je te dise, je ne suis qu'un policier, je ne connais rien à la poésie, mais j'ai l'impression que tu as du talent !

14
L'enterrement

La cérémonie funéraire eut lieu en avant-midi, dans la plus grande simplicité, dans une salle du cimetière Repos Saint-François-d'Assise, où le cercueil fermé était exposé depuis le matin seulement, avec, dessus, un agrandissement de la photo de passeport du défunt, retouchée en vitesse — on n'en avait pas trouvé d'autre. Aucun visiteur imprévu ne se présenta et nul ne s'en étonna ni ne s'en chagrina : on n'avait pas agi de sorte qu'il en soit autrement.

Le vieux curé Lamothe recommanda brièvement à Dieu l'âme de Jérémie D'Haïti et invita les assistants à prier avec lui. Le défunt n'était pourtant pas de confession catholique, ainsi qu'une bonne part des personnes présentes, mais jugeant sans doute que le trépas abolissait ce genre de nuances, chacun coopéra.

Par ailleurs, si le décès de Jérémie D'Haïti n'avait pas déplacé les foules, il avait néanmoins remué ses quelques proches au-delà de ce que l'on aurait pu imaginer.

D'aucuns, par exemple, auraient pu penser que la mine contristée de Jean-Louis Jeune, assis au milieu des quelques chaises disposées en rangées symétriques, était feinte, ou exprimait en réalité la contrariété d'avoir à remplacer un si bon employé. Or, ce n'était pas le cas, la première preuve en étant que le propriétaire du marché Hispaniola avait pris l'initiative d'assumer tous les frais d'une inhumation décente. Ce geste étonnant était motivé par une peine sincère. La perte de ce cousin par alliance qui, en Haïti d'abord, puis ici, travaillait pour lui depuis bientôt dix ans, lui avait causé tout un choc.

En s'installant à Montréal, dans un milieu où la véritable prospérité économique était enfin possible, Jean-Louis Jeune, à l'instar de bien d'autres avant et après lui, s'était fabriqué cette idée que ladite prospérité suffirait à combler chacun de ses besoins, et les besoins de chacun, le dispenserait d'investir dans les valeurs humaines afin de bâtir un bonheur que la sécurité et le bien-être matériel apporteraient d'office. Par exemple, la réaction de Jérémie D'Haïti à la trahison de sa dame l'avait surpris. Il aurait cru que l'assurance de conserver son emploi et la perspective de continuer à améliorer sa situation eussent permis au conjoint écarté de passer outre les vicissitudes de sa vie amoureuse. De même, il présumait qu'on n'avait pas à se soucier de l'éducation des enfants, puisqu'ils mangeaient à leur faim, allaient à l'école et regardaient la télévision. Que désirer de plus, quand on a connu la misère ? Et même Charline : pourquoi le repoussait-elle, lui qui pouvait tant lui offrir ? Au pays, elle aurait eu à subir bien pire en échange de rien du tout !

Et quant à Lovelie, au-delà des désirs que semaient en lui ses formes affolantes, il admirait chez elle cette assurance, ce dynamisme qui illustrait magnifiquement cette idée qu'il se faisait de la prospérité. Bien sûr, il y avait eu cette sombre affaire, deux ans plus tôt, mais justement elle s'en était remise, elle étudiait, elle les aidait, sans se faire de mouron, croyait-il. Qu'elle eût entretenu, pour un voyou en cavale, une flamme secrète, était, au regard de l'homme d'affaires, déconcertant et inexplicable.

Ses illusions s'étaient fracassées telle une boule de Noël tombée du sapin. Il comprenait mal ce qui s'était passé, et s'il ne s'en attribuait pas la responsabilité, il réalisait du moins à quel point il avait été inconscient, naïf, en un certain sens. Enfin, il se rendait compte que, en Jérémie D'Haïti, il perdait la seule amitié qu'il aurait pu développer et enrichir.

Rosalyne avait jugé décent de ne pas s'asseoir avec Jeune. Elle avait pris place dans la première rangée, dans la section de gauche, avec sa fille Guerlande d'un côté, appuyée sur elle, ce qui donnait à l'adolescente une allure un peu attardée. De l'autre, Junior se tenait droit et fixait le cercueil d'un air assommé. Après tout, Rosalyne demeurait la conjointe de fait. Elle tenait un mouchoir à la main qu'elle portait régulièrement à son visage, sans se départir de l'élégance qui était devenue, depuis qu'elle en avait un tant soit peu les moyens, son violon d'Ingres.

Elle croyait connaître Jérémie depuis toujours, et c'était probablement le cas, puisque tous deux avaient grandi aux Cayes. S'il est difficile de confirmer que, effectivement, dans les secondes précédant notre mort, on revoit le film de notre vie, le même phénomène est absolument avéré dans le cas de ceux et celles qui se recueilleront sur notre cadavre. Donc, Rosalyne ressassait les scènes de son existence dans lesquelles Jérémie D'Haïti apparaissait, et elle revenait souvent sur celle de ce beau jour d'été — mais en

Haïti, n'était-ce pas toujours l'été ? — où, alors qu'elle procédait à ses ablutions au ruisseau, elle avait été interrompue par ce beau morceau d'homme, et qu'elle s'était laissé séduire, bien qu'il fût le mari de son amie Elmeryse, partie prématurément, elle aussi. Rosalyne était en ce temps-là au faîte d'une beauté qui se passait allégrement de fard ou de bijoux, et lui, il débordait de vigueur et d'espérance. Ça n'avait pas été le grand amour, ni l'amour de sa vie, ces choses-là n'étaient pas pour elle, mais elle l'avait aimé, comme elle aimait le soleil donné, l'eau fraîche de la source, la succulence des mangues, toutes ces petites consolations qu'offrait leur vie en contrepoids au désespoir. D'un certain point de vue, tout paraissait plus simple sous la lumière crue de la pauvreté. Et Guerlande était née de cette union — et, grands dieux ! Rosalyne était férocement résolue à empêcher sa fille de se permettre semblable licence avec qui que ce soit !

Avec ce décès, c'était son passé haïtien qui dérivait au large, c'était une moitié d'elle-même qui se séparait un peu plus de l'autre. Elle s'y habituait, à ce nouveau pays, bien mieux que Jérémie, mais c'était lui qui s'intégrerait vraiment le premier, qui deviendrait une partie de cette terre, qui s'enracinerait de façon radicale.

Plus loin derrière, il y avait Mme Moïse, aussi discrète que possible, sans Messier. Ce n'était pas qu'il manquait de compassion, bien au contraire, mais il était incapable de l'exprimer dans un cadre protocolaire ; cela lui donnait l'impression de livrer une commande, il croyait que c'était perceptible, il se sentait déplacé et, fatalement, il le devenait parfois. Il s'était limité à faire parvenir un bouquet, et une carte dans laquelle il assurait Lovelie de son entière disponibilité pour l'aider à réussir malgré tout son examen de maths.

Lovelie avait laissé savoir qu'elle ne tenait pas à ce que l'école débarquât en délégation. Mme Moïse s'était occupée de veiller au respect de cette volonté, et elle n'avait emmené que Jésulienne et Héberte, qui n'étaient pas aussi proches de Lovelie que de Nathalie, mais dont les sentiments avaient le mérite d'être on ne peut plus sincères.

Horacine Moïse ne pleurait pas. Son visage avait la gravité de la pierre. Elle se sentait vide. Elle découvrait que l'impuissance est un état de souffrance pour ceux qui ne s'autorisent pas à faiblir.

Charline était absente. Il fallait quelqu'un pour tenir le magasin. Elle n'avait pas regimbé, façon de démontrer sa solidarité. Elle espérait de meilleures occasions pour exprimer ses condoléances à son amie.

Détail signifiant, Lovelie était assise à droite, en avant, à côté de Germaine Brûlotte, avec Genella à moitié montée sur elle, et puis Lucie, Nathalie et sa mère, puis Émile Brûlotte de l'autre côté.

Il n'y avait pas eu d'étincelles entre Lovelie et sa belle-mère Rosalyne. Ça avait même été presque chaleureux. Si les deux familles ne s'étaient pas assises ensemble, c'était parce qu'on était tacitement convenu que les choses en seraient ainsi, pour la cérémonie tant que pour l'avenir. Lovelie n'éprouvait pas de rancune pour les vilenies passées. Ces fâcheries n'avaient plus d'importance. D'ailleurs, Rosalyne lui avait demandé pardon.

— Et malgré tout ce que j'ai pu te dire, j'ai toujours considéré ton père comme un homme aimable et droit, un *nèg'de bien*. C'est moi qui suis responsable de la séparation, c'est moi qui ai changé, pas lui.

Elle prenait aussi une part de la responsabilité dans sa mort tragique.

— S'il avait eu quelqu'un à qui en parler avant de passer aux actes... On ne saura jamais quelle mouche l'a piqué. Il a fait irruption dans le magasin tout en sueur, en demandant où tu étais. Tu venais de partir. Il a couru à la voiture sans rien ajouter.

La voiture, on l'avait retrouvée près de la station de métro Henri-Bourassa. Avait-il suivi Lovelie ou savait-il où elle se rendait ? Savait-il ce qu'elle allait y faire ? Qu'est-ce qui avait déclenché cette cavalcade ? Avait-il surpris une conversation ? Bousculée par les événements, Lovelie ne se rappelait plus ce qu'elle avait raconté à Genella pour justifier qu'elle ne pouvait pas rester avec elle plus longtemps. En aurait-elle dit plus que nécessaire ? Peut-être avait-il été pris d'une lubie. Peut-être avait-il suivi Lovelie pour obtenir enfin ce qu'il réclamait d'elle, la promesse qu'elle viendrait vivre avec lui. Il était tellement perturbé, ces derniers temps.

Au fond, Lovelie ne tenait pas à le savoir. C'était arrivé, c'est tout. Si c'était arrivé à Lucie, à Nathalie, à n'importe qui, il aurait fallu des explications, mais à elle, n'importe quoi pouvait arriver, et arrivait. Tel était son destin. Elle espérait seulement que le destin avait frappé son dernier coup, qu'il était satisfait, que la tragédie se terminerait au troisième acte, selon la règle.

Le corps fut porté en terre sous un ciel et par une chaleur qui rappelait presque Haïti.

— On peut garder Genella chez nous le temps que vous vous réorganisiez, offrit Germaine à Rosalyne. Mon mari peut la porter à l'école et aller la chercher, pour les quelques jours qui restent.

Rosalyne accepta. Sans le verbaliser, tout le monde comprenait que cet accueil était destiné à durer. On s'arrangerait pour régulariser la situation dans les mois à venir ; on avait l'expérience. Germaine et Émile se disaient que, quand il y en a pour deux filles, il y en a pour trois, d'autant plus que les familles d'accueil étaient subventionnées. Et surtout, l'amour qu'ils avaient développé pour Lovelie se prolongeait naturellement dans la petite sœur.

À part cela, tous comprenaient aussi que, pour Lovelie, le départ de son père biologique consacrait la rupture avec son « autre famille ». Son frère Junior avait connu sa mère alors que la maladie la minait et que Rosalyne était déjà avec eux, et on ne voyait pas comment faire autrement qu'il demeure sous sa tutelle. Peut-être un jour, au hasard de la vie, le frère et la sœur se rapprocheraient-ils. Quant à la demi-sœur Guerlande, autant avouer qu'elle ne manquerait pas du tout à Lovelie.

Le cercueil descendit lentement dans la fosse. Jeune accepta de jeter la poignée de terre symbolique. Ensuite, il se dirigea vers Lovelie. Il lui parla en baissant les yeux, avec beaucoup d'hésitations.

— Je suppose que tu ne viendras plus au magasin. Je comprends. Sache cependant que la porte te sera toujours grande ouverte. Si tu as besoin de n'importe quoi, je serai prêt à t'aider… ou passe juste pour dire bonjour. Je suis désolé pour le mal qu'on lui a fait, et pour ce que je n'ai pas fait aussi.

Devant l'assistance ébahie et émue, Lovelie avança la tête et offrit sa joue que Jeune baisa sobrement.

Puis elle se tourna sans rien dire et entraîna les autres vers la fourgonnette qu'Émile Brûlotte avait empruntée pour la circonstance.

Elle se sentait en paix comme cela ne lui était pas arrivé depuis longtemps.

Pourquoi donc avait-il fallu passer par là ?

15

Un *deal*

— Bonjour, maître Filion, dit Cipiletti sur un ton strictement formel, en s'approchant d'une table derrière laquelle un homme ventru contemplait un panier d'ailes de poulet et de frites qui venait d'y être déposé.

— Tiens, l'Italien ! Comment ça va ?

— Ça pourrait aller mieux, et je vous ai déjà expliqué que je ne suis pas italien.

— Ah non ? Cipiletti, c'est pas un nom italien, ça ?

— Je suis québécois, comme vous, et sans doute davantage.

— C'est beau, c'est beau, pas de politique ! Je disais pas ça pour te fâcher, bougonna Filion en trempant sa moustache épaisse dans sa chope de bière.

Cipiletti était sûr que la vieille crapule avait fait exprès de le piquer. Les deux hommes se connaissaient sans se connaître. Autant Cipiletti prenait son travail au sérieux, autant maître Arthur Filion gagnait son beurre en bâclant des affaires mineures. Ce n'était pas pour rien qu'on surnommait ce dernier le *guenillou* des procureurs. Et surtout, c'était un mufle accompli. Hormis quelques arrivistes qu'il n'avait pas encore eu la chance d'indisposer, personne, dans la police ou au barreau, n'éprouvait d'estime pour lui, mais Cipiletti le détestait intégralement et fondamentalement, et il déplorait que ce pauvre Chomsky Deshauteurs fût tombé sur ce phénomène, alors qu'il existait des procureurs tellement plus consciencieux.

— Mets-toi pas là, tu verras rien !

— Ça ne m'intéresse pas.

Ce qui n'intéressait pas Cipiletti, c'était une jeune femme aux attributs généreux qui pratiquait une gymnastique langoureuse autour d'un poteau de métal. Ses mouvements ne présentaient pas de difficultés particulières et n'eussent certes pas retenu l'attention d'un quelconque public, si elle n'avait été aussi nue qu'on puisse l'être, et si ses écarts les mieux réussis n'avaient exhibé dans le détail un sexe bulbeux, tondu comme un caniche et sec comme une rose en tissu. Elle n'était d'ailleurs pas seule. Des consœurs s'écartelaient autour d'autres poteaux, disposés judicieusement sur un plateau qui servait de scène. Des écrans géants projetaient des séquences de fellation et une musique non identifiable enrobait l'ensemble.

Si Chomsky Deshauteurs avait eu une idée de l'abnégation dont Cipiletti avait fait preuve en se présentant en un tel lieu, son opinion générale sur les gens de la police en eût été considérablement nuancée. Cipiletti, surtout depuis qu'il était père de deux filles, n'éprouvait que du mépris pour les clients des « clubs de danseuses », surtout quand ces médiocres mâles exerçaient des professions reliées à la justice — il était notoire que ces établissements étaient pour la plupart sous la coupe du monde interlope. Et son dégoût pour ce genre de commerce augmentait à mesure que ses propres filles avançaient en âge. Et enfin, comment discuter sérieusement dans une telle ambiance ?

Il avait quand même accepté ce compromis, car il désirait que l'affaire ne traînât pas, et il eût fallu plusieurs jours pour organiser une réunion formelle avec maître Arthur Filion.

— Qu'est-ce que tu prends, mon chou ? demanda une serveuse qui venait d'apparaître et dont un mamelon distendu effleura l'épaule de Cipiletti.

— Une eau minérale, s'il vous plaît, répondit ce dernier.

— Une *quoi* ?

— Une eau minérale.

— Une eau minérale… C'est tout ?

— Oui, merci.

— Tu manges pas ?

— J'ai déjà dîné.

La serveuse avait visiblement du mal à se contenter de cette austère commande de la part d'un client inconnu. Filion lui fit signe de ne pas insister.

— T'es sûr que tu veux pas manger ? Les ailes de poulet sont pas trop pires, *icitte*, essaya-t-il sans conviction.

Il en saisit une et la porta à sa bouche pour la croquer, sans détacher son regard de l'entrejambe de la jeune femme qui continuait à démontrer la souplesse de ses articulations. Des gouttelettes de sauce se figèrent dans la moustache fraîchement teinte du magistrat et y demeurèrent tout le long d'une mastication chuintante. Ayant dégluti, Filion les élimina d'un coup de serviette de table sous ses narines velues. Cipiletti songea que la chair des danseuses n'avait probablement pas plus de valeur pour lui que celle des volailles dont il suçait les os, et cela propulsa son dégoût dans des abysses qu'il n'avait jamais fréquentés à ce jour. Heureusement que, contrairement à ce qu'il venait d'affirmer, il n'avait pas déjà dîné, car il aurait rendu son repas sans détour sur la nappe rouge. Il était temps de mettre fin aux mondanités.

— Avez-vous étudié le dossier ?

— Hun, hun, grogna maître Arthur Filion, qui avait de nouveau la bouche pleine.

— Et alors ? demanda Cipiletti, présumant que « hun, hun » signifiait « oui ».

— Et alors… ? Elle a un cul de la mort ! plaisanta le drôle en clignant de l'œil.

Cipiletti soupira. L'eau minérale arriva.

— Sur mon compte, ordonna Filion.

— Non ! objecta Cipiletti en tirant un billet de vingt dollars de sa poche.

Filion haussa les épaules. Cipiletti paya. La serveuse lui rendit un billet de dix dollars et se mit à fouiller dans sa ceinture porte-monnaie avec une mine si laborieuse que Cipiletti lui signifia de garder la monnaie. Il venait donc de débourser dix dollars pour un flacon d'eau pétillante importée de France, et ce n'était pas la cerise pimpante et le quartier de citron piqués sur la baguette avec la minuscule strip-teaseuse en plastique au bout qui faisaient monter à ce point le prix. L'humeur de Cipiletti ne s'embellit point.

— Je suis ici pour parler du cas Deshauteurs et j'ai un gros après-midi devant moi. Alors si vous pouviez me faire part de vos intentions sans perdre de temps, j'apprécierais.

— Et d'après toi ?

— Je suis flic, moi, pas avocat.

Maître Arthur Filion rota, s'essuya de nouveau la bouche, avala une gorgée de bière. Sa Rolex croisa un faisceau lumineux et scintilla. Cipiletti ragea encore un peu plus.

— Justement, bava l'avocat. Dans le temps, un bon flic aurait arraché des aveux à ce jeune morveux de Nègre qui a descendu l'autre caïd de mes fesses, comment il s'appelle déjà ?

— Colon. Andy Colon.

— C'est ça, oui. De toute façon, on s'en *crisse*, pas vrai ?

— Ce n'est pas la question ! On a de très fortes présomptions, mais que des preuves circonstancielles, et il n'est pas fou, il le sait !

— C'est drôle comme ils deviennent intelligents quand ils sont *dans marde*, alors qu'ils sont tellement pourris à l'école, hein ?

Cipiletti se raidit.

— Maître Filion, le racisme…

— Wô ! Laisse faire les grands mots. On n'est pas au Palais, là. Et puis j'ai rien contre les Nègres, moi… en autant qu'ils travaillent ! (Il rit tout seul de sa boutade.) Justement, regarde-moi la belle Négresse qui vient d'entrer là-bas ! (Cipiletti choisit plutôt de se masser les arcades sourcilières.) Paraît qu'il fait tellement chaud, là-dedans, mon ami, que t'en ressors avec un coup de soleil *su'a* graine !

Pour éviter de prendre feu, Cipiletti aspira un peu de son eau.

— Tout ce qu'on a de solide, enchaîna-t-il, c'est l'affaire du magasin. Bien sûr, il était à ce moment-là en fugue, mais ça, ce n'est pas criminel.

— Et qu'est-ce que tu fais de Toronto ? Eux autres,

ils ont un assez beau dossier. Le jeune était chauffeur pour un gang, sans permis de conduire en plus. Ça s'est tiré dessus comme des vrais sauvages. Il y a eu un paquet d'arrestations et, dans le tas, il s'en est trouvé une couple qui ont accepté de *dealer* avec la police. Le procureur de là-bas — on se connaît, on est dans le même parti — pense être en mesure de prouver que le petit Nègre a participé au *shoot-out*, avec tout ce qui s'ensuit. Et les rapports balistiques vont bien finir par aboutir !

Maître Arthur Filion piqua un fagot de frites qu'il trempa dans un ramequin de sauce orange, avant de les engloutir.

— Toronto, ce n'est pas notre juridiction, remarqua le policier.

— Ah non ? ironisa l'avocat. C'est encore dans notre pays, on collabore, on échange nos points de vue.

— Et moi, je peux le connaître aussi, votre point de vue ?

— Eh bien ! c'est qu'on risque de se compliquer la vie pour pas grand-chose. D'abord, ton Chomsky Deshauteurs, il vient à peine d'atteindre sa majorité. Tout ce qu'on a de sûr, c'est arrivé quand il était mineur, y compris le meurtre de Colon, si on parvient à prouver sa culpabilité. Pour sa participation au *shoot-out*, c'est différent. Reste à savoir s'il a effectivement tiré. C'est sûr que tout est possible, mais... eux autres aussi, ils trouvent que c'est beaucoup d'ouvrage pour un deux de pique.

— Je ne vous suis pas.

— C'est pourtant bien simple. On n'a pas un gros poisson, là ! Une tête de réseau de prostitution ? Un importateur de *coke* ? Non, rien qu'un petit *bum* qui a plus le tour de se mettre dans le trouble que d'en causer. D'accord, il a descendu un plus gros que lui, pour moi c'est clair. Et puis ? C'était un autre Nègre, après tout, juste plus dangereux. Au fond, quand ils s'éliminent entre eux autres, ils nous rendent service.

Cipiletti fit un effort surhumain et parvint à faire abstraction de l'abominable coloration des propos de Filion, pour tenter d'en saisir la finalité.

— Cela dit, qu'est-ce que vous envisagez ? Lui administrer une tape sur les doigts et le laisser filer ?

— Quand même… j'ai le devoir de protéger la société !

Maître Arthur Filion croqua sa dernière aile et acheva ses frites dans un tourbillon qui dégagea dans l'air déjà surchargé un parfum de matières grasses non recommandées par le Guide alimentaire.

Cipiletti avait trop de raisons d'avoir mal au cœur pour ouvrir la bouche.

— Ce qui compte, continua donc l'avocat aux doigts graisseux, c'est d'empêcher ce petit *bum* de nuire, parce que, pour le moment, il peut encore se donner l'air d'un pauvre enfant victime d'un milieu pourri, mais attends ! il commence à peine sa carrière. On sait qu'il est capable de tuer et qu'il est capable de se défiler quand ça brasse trop…

— Par contre, il n'est pas tout seul dans la vie. S'il n'a pas vraiment de famille, il y a des adultes qui s'offrent pour l'aider à se réhabiliter, et je vous assure qu'ils déploient beaucoup d'énergie pour y arriver.

— Qui ça ? Une espèce d'hystérique, prof de secondaire, haïtienne en plus ! Elle a *crissé* une sale migraine à ma secrétaire. Mais j'ai rien à *crisser* avec elle, *moé*. Si elle avait tant d'influence sur le *ti-cul*, comment ça se fait qu'elle n'a pas réussi à le garder à l'école, hein ? Non, regarde, notre ami Deshauteurs n'est pas citoyen canadien. Personne, dans son entourage, ni lui-même, a jamais pensé à ça. Ça montre combien il tient à s'intégrer, ne trouvez-vous pas, mon lieutenant ?

Maître Arthur Filion fit une pause, regarda sa Rolex, vida sa bière et commanda un café. Puis il alluma une cigarette, aspira une bouffée qu'il rejeta en se gourmant.

— Faut que je sois au golf de Sainte-Adèle dans une heure, dit-il. Rien de mieux qu'un bon *show* de danseuses pour te mettre du swing dans le *club* ! (Cipiletti eut envie de pleurer.) Ça fait que, écoute, c'est pas compliqué : la meilleure façon d'empêcher le dénommé Deshauteurs de nuire à notre société bien-aimée, c'est de le retourner dans son pays.

— Le déporter ?

— Pas vraiment, ça serait difficile, toutes les *pleurines* se lèveraient pour chanter la complainte habituelle, puis de toute façon, selon les critères de notre brave justice, sa feuille de route est pas assez chargée encore. Non, on va lui donner un choix ! Ou il prend l'avion pour Port-au-Prince, ou il reste ici, le temps qu'on règle son histoire de port d'armes, après quoi on l'expédie à Toronto pour rendre compte de ses actes, sans oublier le meurtre d'Andy Colon. Il avait un *gun*, le *ti-coune*, ça, c'est sûr ! Qu'est-ce qu'il a fait avec ? Il y a ses empreintes, sur le *gun*, ils ont trouvé des cartouches dans le *truck* qu'il chauffait, puis des empreintes là aussi, et ils ont sorti une balle de 22 de la cuisse d'un flic infiltré, et elle a été tirée par le même *gun* que celui qui a tué Colon… Ça commence à sentir fort, là !

— Un instant ! Tout ça, c'est de la pensée magique, pas la réalité !

— Bien sûr que ce n'est pas la réalité ! Je le sais ! Tu le sais ! Mais, lui, il ne le sait pas ! Donc… fais ta *job* !

La serveuse apporta l'addition et Filion la signa.

— À la prochaine, l'Italien ! Toujours un plaisir de travailler avec toi, conclut-il en se levant, laissant Cipiletti devant son verre d'eau minérale à demi plein et une tasse à café vide.

16
L'aveu

— Est-ce que tu vas pouvoir me pardonner ?

— Te pardonner quoi ? C'est pas de ta faute. C'est un accident.

C'était la première fois que Lovelie et Chomsky se revoyaient depuis le tragique incident de la station de métro Place-des-Arts. Ils étaient assis de part et d'autre d'une table ronde, dans une pièce vitrée. De l'autre côté de la vitre, un gardien lisait le journal.

— Oui, c'est de ma faute, répliqua Chomsky en se triturant les phalanges. Sans moi, il n'y aurait pas eu d'accident, et ton père serait vivant.

Lovelie avait eu très hâte de reparler à Chomsky, mais dès ces premiers instants, cela ne se passait pas comme elle en avait rêvé. Elle ne s'était pas forgé d'illusions quant au degré d'intimité qui leur serait accordé, ni sur le moral de Chomsky, sauf qu'elle s'était imaginé autre chose que cette austérité chagrine, qui n'était pas due au contexte, mais qui émanait de lui, de Chomsky. Elle avait attendu, pour le visiter, d'être assez forte pour comprimer sa peine et incuber dans son cœur les paroles du réconfort. Elle supposait qu'il avait besoin de ce réconfort, et qu'elle était la seule à pouvoir le lui apporter, donc qu'il l'accueillerait en lui ouvrant tout ce que, dans les circonstances, il lui serait permis d'ouvrir. Au lieu de cela, il paraissait fermé.

— C'est toujours comme ça, Chomsky ! essaya-t-elle, espérant qu'un sentiment de culpabilité fût la seule cause de l'attitude de son ami. Chaque fois qu'il y a un malheur, quelqu'un doit se dire que ce ne serait pas arrivé s'il n'avait pas posé tel ou tel geste à un moment donné. Tant qu'à y être, c'est encore plus de ma faute.

Chomsky ne la regardait pas dans les yeux.

— Oh ! et puis, ajouta-t-elle, ça sert à quoi de chercher à qui la faute ? Personne n'accuse personne, je ne t'en ai pas voulu une seconde. Si je devais être fâchée, ce serait contre ma maudite vie qui refuse de marcher droit.

— C'est plus que ça, c'est que je n'aurais pas dû revenir, pas dû chercher à te retrouver. Je ne pouvais t'apporter rien que du malheur, même si je ne pouvais pas imaginer que ce serait si laid. Les gars comme moi ne sont pas faits pour les filles comme toi.

Lovelie était désemparée.

— Voyons, Chomsky ! Moi, je le sais quelle sorte de gars tu es pour vrai ! Il ne faut pas regarder en arrière, il ne faut pas rester accroché au mauvais sort, sinon tu ne t'en sortiras jamais. Il y a une chance, dans ce qui est arrivé : c'est que tu es là, devant moi, tu n'es plus en fugue, tu ne peux plus te faire tuer. Tu peux régler tes affaires, payer la note, puis après, on a la vie devant nous autres. Mme Moïse t'a trouvé un super avocat, qui aide les jeunes à s'en sortir. Il dit que si tu collabores totalement…

— Je le sais, Lovelie, on m'a expliqué dix fois ces

affaires-là. Mais… je te le dis tout de suite, et je vais te causer de la peine, mais ce n'est pas ça que…

— Voyons donc ! interrompit Lovelie. Qu'est-ce que ça va te donner de t'obstiner ? Mon Dieu ! Te rends-tu compte dans quoi tu t'embarques ?

Lovelie se laissa aller sur le dossier de sa chaise, pencha la tête en arrière, ferma les yeux, découragée. Chomsky porta la main à sa bouche, ferma aussi les yeux et respira profondément. Puis, la voix étranglée, il dit :

— Je sais ce que tu ressens, Lovelie, et je te jure que ça me fait mal aussi. J'ai réfléchi beaucoup, c'est à peu près tout ce que j'ai à faire, ces temps-ci… J'ai pensé à toi, à nous deux. Je me rappelle ce que tu m'as dit, dans le métro, que si je partais, tu ne viendrais pas avec moi, que tu ne lirais plus mes lettres, que je ne devrais pas compter sur toi si je revenais. Bien… c'est ça qui est le mieux…

— Qu'est-ce que tu me chantes là ?

— Ils m'ont offert de retourner en Haïti.

— Hein ! Voyons ! Ils ne peuvent pas t'expulser !

— C'est une offre, un *deal*.

— Accepte pas ! Ça n'a pas de bon sens ! Qu'est-ce que tu vas devenir, là-bas, tu n'y connais plus personne ! Puis c'est pas le moment, ça va plus mal que jamais…

— C'est la meilleure décision à prendre, pour moi, et pour toi aussi.

— Holà ! Excuse, mais non…

— Laisse-moi parler, s'il te plaît.

Chomsky était implorant. Pour la première fois de l'entretien, il regardait Lovelie en face.

— J'aurais pas dû revenir, Lovelie, ça, j'en suis sûr

maintenant. J'ai été égoïste.

— Comment ça ?

— Je suis revenu pour moi, pas pour toi.

Lovelie était interloquée.

— C'était dur, à Toronto. J'avais besoin de m'accrocher à quelque chose de beau, à un espoir, et qu'est-ce que j'aurais pu trouver de plus beau que toi ? Je n'aurais pas dû t'envoyer mes poèmes non plus, parce que ça faisait rien d'autre que t'empêcher de m'oublier.

— Qu'est-ce que tu essaies de me dire, Chomsky ? s'étrangla Lovelie.

— À Toronto, continua Chomsky en baissant la voix et en jetant un regard au gardien de l'autre côté de la vitre, ne me demande pas de détails, j'ai été aidé, par une femme… généreuse…

Il cherchait les mots pour ne pas blesser Lovelie, sauf que plus il les cherchait, plus elle avait peur de les entendre.

— Tu… tu es amoureux…

— Non ! absolument pas. C'était une femme… presque vieille, vraiment bizarre. Elle m'a aidé à comprendre qu'on ne peut pas être de deux mondes en même temps. Mais je n'ai pas compris tout de suite. Autrement, je ne serais pas revenu.

— Tu m'as menti quand tu m'as dit que tu m'aimais, c'est ça ?

Chaque mot prononcé par Lovelie lui râpait la gorge.

— Non ! Je ne t'ai pas menti, je ne te mens pas maintenant. Sauf que… qu'est-ce que ça signifie, aimer ? En ce moment même, je te fais du mal, et ça me fait mal. Dans ce sens-là, c'est sûr que je t'aime. Mais ce qui m'a fait revenir te retrouver, c'est le rêve qu'on parte ensemble, et tu ne veux pas, et tu as raison ! Ce n'est pas toi, cette fille-là qui partirait.

Lovelie pleurait.

— Oh ! C'est tellement dur à expliquer, Lovelie ! Au fond, je t'aime comme une sœur, et le reste, c'est du rêve ! Et quand tu y penseras tranquillement, tu comprendras que c'est pareil pour toi. Tu jures que tu m'aimes, mais tu exiges que je change, que je devienne un autre. Ça n'arrivera pas, en tout cas pas avant longtemps. C'est mieux que je parte.

Incapable de parler, Lovelie secoua la tête. C'était à la fois une expression d'impuissance et de douleur, de refus et d'admission.

— Tu connais François Villon ?

— Le poète ? renifla Lovelie dans une tentative de se ressaisir.

— C'est ça. Je… j'ai eu un livre de lui, et il y a sa vie, dedans. Personne ne sait comment il a fini. Il faisait toute sorte de mauvais coups, puis à un moment donné on l'a chassé. Il a disparu. Je vais faire pareil. Toi, tu es capable de vivre ici, pas moi. Tu as un avenir, tu n'as pas besoin de t'encombrer d'un vagabond.

— Tu penses que tu te sentiras plus dans ton monde en Haïti ? Ça aussi, c'est du rêve. À quel âge es-tu parti ? Les souvenirs que tu gardes, ce sont des souvenirs d'enfance. Tu risques d'être plus déçu qu'autre chose.

— Peut-être. L'autre jour, en arrivant à Montréal, j'avais l'impression de rentrer chez nous. L'impression n'a pas duré très longtemps. On verra comment ce sera à Port-au-Prince. Je ne peux pas le savoir autrement qu'en y allant.

— Tu es vraiment décidé ?

— Oui. Tu es ma dernière visite, Lovelie. Tu peux remercier Mme Moïse de s'être préoccupée de moi, mais je ne veux plus voir personne.

Dans son tourment, Lovelie s'efforçait de trouver une idée, un argument qui ferait en sorte que ce ne serait pas fini. Rien de mieux ne lui vint que :

— Donc, tu ne m'aimes pas vraiment, tu ne m'as jamais vraiment aimée.

Chomsky leva les yeux vers elle et la contempla sans sourciller, puisant dans ses ultimes réserves la force d'aller jusqu'au bout.

— On peut le dire comme ça, oui.

Lovelie ferma les yeux, inspira profondément, puis se leva bien droite.

— Si c'est de même, ça ne me donne plus rien de rester ici.

Chomsky, la mort dans l'âme, la regarda tourner les talons, ouvrir la porte et disparaître. Il voulut l'arrêter, lui demander encore un instant pour fixer son image dans sa mémoire. Il serra plutôt les dents.

De l'autre côté de la vitre, le gardien, surpris, replia brusquement son journal.

Mme Moïse attendait Lovelie à la sortie. Celle-ci passa devant elle sans une parole.

— Hé ! fit Mme Moïse en prenant son sac pour se précipiter à sa suite, faisant tourner quelques têtes par le cliquetis de ses bijoux.

Dehors, Lovelie prit aussitôt la direction du terrain de stationnement. Mme Moïse, qui la suivait de plusieurs mètres, déverrouilla les portières avec la télécommande. Lovelie s'engouffra dans la voiture brûlante. Quand Mme Moïse l'y eut rejointe et qu'elle eut refermé, Lovelie éclata en sanglots.

Mme Moïse démarra, éteignit la radio et roula lentement, au hasard, laissant les larmes de Lovelie couler dans le sablier de son chagrin.

17

Dans l'eau tiède

Lovelie avait survécu. Elle survivrait toujours. Des cendres encore incandescentes laissées par les incendies qui avaient dépeuplé son existence était née la conviction intime que quoi qu'il arrive, à elle ou au reste du monde, elle vivrait sa vie jusqu'à son terme naturel, même meurtrie, même trahie. Elle était de celles qui continuent, héritière de ces femmes haïtiennes, de ces femmes noires, de toutes ces femmes qui, depuis toujours et encore aujourd'hui, à travers les malheurs et les misères, persévèrent.

Elle n'en voulait à personne, ni à Chomsky, ni au hasard, ni même à Dieu, si c'était lui qui décidait. Chacun s'arrangeait de son mieux avec son destin.

Cette nouvelle façon de voir les choses ne l'empêchait pas de traîner une tristesse languide à travers les aléas de l'été le plus oisif de mémoire d'elle-même. Personne ne lui demandait rien, ce qui contrastait sacrément avec ce qu'elle avait subi depuis la venue de sa famille haïtienne à Montréal. Les journées passaient sans effort et elle en profitait. Elle se levait tard, parcourait les photos-romans de Germaine, regardait les reprises de *Symphorien* à la télé, écoutait des disques, papotait avec ses amies, jouait avec

Genella. Elle emmenait sa petite sœur au parc, à la piscine, à La Ronde, avec Lucie et les amies, qui s'étaient prises d'affection pour la gamine, ou encore à la campagne, le dimanche, en famille.

Telle une azalée trop longtemps privée de soleil que l'on aurait transplantée en pleine lumière, Genella s'épanouissait dans sa nouvelle situation et semblait oublier l'ancienne. Il faut dire que Germaine Brûlotte, qui avait encore trop de maternité en elle pour se satisfaire de tenir la bride à deux adolescentes même pas en crise, ne se privait pas de la cajoler, de la « minoucher », de la dorloter, de la câliner, bref de la gâter, à tel point que Lovelie se crut autorisée à la mettre en garde contre des excès susceptibles de transformer n'importe quelle fillette en princesse despotique.

Mais elle ne s'en inquiétait pas outre mesure. L'été passerait, les classes reprendraient et imposeraient leur discipline. Elle-même s'y remettrait de toutes ses forces. Elle était plus que jamais déterminée à devenir policière. C'était bien davantage qu'un goût, c'était une vocation, l'appel d'une mission. C'était là qu'on avait besoin d'elle, là où tout ce qu'elle avait enduré se transformerait en compétence, deviendrait utile, prendrait son sens.

Pour l'heure, ainsi que cela lui arrivait chaque fois qu'elle se retrouvait un peu seule, elle s'abandonnait à sa tristesse. Ce n'était pas grave. Cet été, elle s'accordait tous les droits, y compris celui de penser encore à Chomsky. Elle pensait à son père aussi, mais pas de la même manière.

Elle avait renoncé à aimer Chomsky, puisque lui ne voulait plus l'aimer en retour. Sans doute avait-il raison. Ce n'avait été qu'un amour de circonstances.

Ils avaient eu besoin l'un de l'autre, et ce ne pouvait plus être le cas. Puisqu'il ne l'aimait pas assez pour avouer son crime, et changer, c'était qu'il n'y avait pas d'espoir. Mieux valait qu'il fût loin d'elle. Et pourtant ! Elle avait gardé dans son corps le souvenir de leur ultime étreinte, juste avant…

Elle se redressa. Elle se trouvait dans un autobus aux deux tiers vide. La pollution torride du boulevard Henri-Bourassa s'engouffrait dans la fenêtre ouverte.

Elle demeurait incapable de revivre la chute de son père. Elle n'essayait d'ailleurs pas. L'étreinte, oui, mais après, tout de suite la civière. La cassure, non. Accès bloqué !

Elle ne recevrait plus jamais de nouvelles de Chomsky. Dans l'éventualité où il se raviserait et lui en acheminerait, elle détruirait les lettres sans les regarder. Elle ne céderait plus. Alors pourquoi penser encore à lui ? Et pourquoi pas ? Dans une lettre, l'abbé Saint-Louis ne lui avait-il pas écrit : « … *ne te reproche pas d'avoir des faiblesses. Nous avons chacun les nôtres. L'important, c'est qu'elles ne nous entraînent pas à causer du mal aux autres, et le risque est plus grand de causer du mal quand on nie ses faiblesses. Je suis bien placé pour en parler, crois-moi.* » La dernière phrase la laissait perplexe. À quoi faisait-il allusion ?

En tout cas, elle suivait son conseil et elle ne faisait certes de mal à qui que ce soit en goûtant la nostalgie d'un amour qui, malgré tout ce qu'on pouvait lui reprocher, était un authentique premier amour. Et elle comptait dans ce cas-là aussi sur la reprise des classes pour l'emmener ailleurs, pour remettre les choses en place. En attendant, elle goûtait une heure à la fois chaque jour de la parenthèse qu'elle s'offrait, découvrait qu'elle pouvait trouver de la satisfaction dans le simple fait d'exister. Elle n'allait au-devant de rien, elle se laissait cueillir par les moments de bien-être, par la musique, par exemple, qu'elle avait enfin le loisir d'écouter pour vrai. Elle prit son baladeur dans son sac, ajusta ses écouteurs et se fit jouer *Nothing like the sun*, de Sting, que Nathalie leur avait fait connaître.

L'autobus arriva à la hauteur du quartier de Charline, qu'elle n'avait pas revue pour la peine depuis les événements. Aujourd'hui, Charline l'avait invitée chez une voisine en vacances pour quelques jours, une voisine dont elle gardait souvent le garçon, et qui lui avait laissé l'usage de la maison, histoire de rentrer le courrier, d'arroser les plantes et de confondre les voleurs. Il y avait une piscine hors terre et un gril pour cuire des saucisses, rien de prétentieux, une occasion de changer le mal de place.

— Salut ! ouvrit gaiement Charline. Ça fait plaisir de te voir. Ça va ?

Elle portait un maillot minimaliste à motif de panthère. Son ventre était noir comme un tableau tout neuf, ses courbes souples et charnues.

— Ça va, ouais !

Les deux filles se regardèrent un instant, figées par une gêne ambiguë.

— Eh bien, entre ! Viens te changer. L'eau est parfaite.

Lovelie entra.

— Les toilettes sont ici. Viens me rejoindre dehors.

Lovelie, elle, portait un maillot d'une seule pièce, genre nageuse olympique. Elle n'avait pourtant aucun goût pour la compétition aquatique. Elle aimait se baigner, mais seulement quand il faisait bien chaud.

La piscine, modeste, accaparait la moitié de l'espace disponible à l'arrière de la maison. Le reste était occupé par du gazon jauni et par un patio en dalles avec des sentiers qui cheminaient de la porte arrière du garage à une remise en aluminium. Au fond, une haute haie de cèdres et, de chaque côté, des clôtures de planches assuraient une intimité convenable. Un érable rouge et un conifère ajoutaient une touche champêtre. La remise était de guingois, les montants de la piscine rouillaient et le plantain poussait entre les dalles, mais la cour arrière du modeste bungalow, petit coin d'éden à rabais, arrivait tout de même à occulter la ville autour.

— On va dans l'eau tout de suite ? l'invita Charline.

Le soleil approchait son zénith.

— Mets-en ! répondit Lovelie que le trajet en autobus avait engluée.

Un escabeau relevable donnait accès à la piscine. Lovelie l'escalada, hésita à peine et se laissa glisser dans la piscine sans un frisson. Charline n'avait pas exagéré : l'eau était suave. Elle se poussa du bout des pieds et nagea en agitant nonchalamment les bras, tantôt sur le dos, tantôt sur le ventre.

— Tu ne viens pas ?

Elle venait de s'apercevoir que Charline était restée assise sur le plateau de l'escabeau afin de l'admirer dans ses évolutions. Lovelie s'était aussitôt arrêtée et s'était appuyée à la paroi, avait étendu les bras sur le rebord, ses jambes ondulant dans l'apesanteur turquoise.

Elle devinait que l'admiration de Charline n'allait pas à ses prouesses natatoires, mais le malaise qui l'avait fait s'interrompre s'évapora bientôt. Elle accepta le regard de l'autre sur son corps. Le soleil lui faisait plisser les yeux. Elle sentait chauffer et déjà sécher la partie émergée de sa poitrine. Dans la rondeur du ciel, la silhouette de Charline paraissait irréelle. Lovelie se sentait belle. Elle replongea en arquant son corps. Quand elle refit surface, elle ne fut pas surprise de constater la présence de Charline dans l'eau, mais elle le fut fort de la voir déposer les deux pièces de son maillot sur le rebord.

— Qu'est-ce que tu fais ? demanda-t-elle d'une voix tremblante.

Tout en répondant, Charline fit deux brasses sur le dos.

— Tu ne t'es jamais baignée toute nue ? Pourquoi se gêner ? Dans la piscine, personne ne peut nous voir.

Lovelie regarda autour. En effet, à moins de grimper dans une échelle…

Charline nageait maintenant de côté, autour de Lovelie. Elle avait des seins ronds aux mamelons hérissés, qui ballottaient à peine au gré des mouvements.

— Vas-y, laisse-toi aller ! Tu vas voir, c'est pas *pantoute* la même chose.

Charline effectua une volte-face contre la paroi et s'élança les bras devant, ses fesses garnies de gouttelettes scintillantes affleurant la surface. Lovelie était troublée, mais non choquée. Elle ne pouvait détacher son regard du corps de Charline. Celle-ci était superbe à voir, affranchie de la gravité.

Avec une pudeur quelque peu absurde dans les circonstances, Lovelie se retourna contre la paroi pour retirer son maillot. Elle le fit comme sans y croire, consciente pourtant que, dans son dos, Charline ne nageait plus.

Lovelie releva les genoux, posa la pointe de ses orteils sur la paroi et s'élança de toutes ses forces. Elle fut aussitôt de l'autre côté, si près de Charline que son avant-bras glissa entre ses seins. Elle voulut repartir, dérobant à la vue de l'autre le devant de son corps. Charline la retint doucement par la main.

— Y a pas de honte à être belle, lui murmura-t-elle.

Lovelie se détacha et longea le diamètre. Charline la suivit sur la corde et ainsi, pendant d'exquises minutes, elles s'amusèrent à dessiner une profusion de ravissants schémas géométriques qui s'effaçaient à mesure dans la moire de l'onde. Personne ne pouvait les voir, et c'était fort dommage, car quiconque les eût surprises dans ces ébats, jusqu'ici relativement innocents, en eût gardé l'impérissable souvenir d'un exceptionnel moment de grâce.

Car Lovelie se prenait au jeu. Elle ne s'était jamais sentie si libre. Elle ne savait pas trop quelle porte elle venait d'ouvrir, quelle barrière elle venait de franchir, quel interdit elle venait de transgresser, mais elle avait envie de laisser couler la suite avec l'eau sur sa peau. Chose certaine, si elle avait un peu peur, elle ne songeait pas à revenir en arrière. Elle s'abandonnait à la sensualité fluide de l'instant.

Et quand elle croisait le regard de Charline, elle se surprenait à ne pas se défiler, au contraire, à s'exposer, à lui en mettre plein la vue. Elle découvrait le pouvoir de sa beauté, et c'était ce pouvoir qui l'effrayait un peu maintenant, plutôt que les intentions de plus en plus évidentes de Charline.

Lovelie s'adossa à la paroi. Elle regarda Charline qui plongeait dans la direction opposée. La clarté de l'eau détaillait avec une lumineuse minutie la roseur de son sexe dans sa toison d'ébène, vision aussi naturelle que celle d'un coquillage enrubanné de corallines. Lovelie frémissait de son impudicité, mais elle ne se sentait pas impure. Elle se délectait de succomber à l'irrésistible. Délicieuse confusion !

Ainsi que dans la fable, un soleil régnant faisait fondre des barrières que les cyclones de sa vie n'avaient pas réussi à ébranler.

Charline s'amena à elle, s'approcha plus près, jusqu'à ce que leurs poitrines s'effleurent. Lovelie ramena les bras devant pour la repousser, mais ne le fit pas. Elle appréhendait que Charline en viendrait là. Cela ne devait pas l'étonner. Et pourtant, elle s'étonnait, tel l'enfant qui s'avance en zone interdite, et veut sans cesse savoir ce qu'il y a juste un peu plus loin, et s'enhardit à mesure de ne pas être dévoré par un monstre.

Charline prit un air grave. Tout doucement, elle lui toucha la joue.

— C'est pas correct, tout ce qui t'est arrivé, Lovelie.

Celle-ci haussa légèrement les épaules, comme si c'était peu de chose.

— Tu ne méritais pas ça, tu mérites d'être aimée, rien d'autre.

Elle coula la main sur son épaule, descendit sur le haut des seins.

— Moi, je t'aime, sans conditions. Je t'aimerai toujours.

Elle posa un baiser sur son front, sur sa joue.

Lovelie la laissa continuer. Le temps s'était arrêté.

La Terre ne tournait plus. Le Soleil était fixe et droit, sa lumière lessivait toutes les ombres.

Charline s'approcha encore. Leurs cuisses se joignirent, et le contact était facile, agréable, tendre, appelant.

— Y a pas de mal à se laisser aimer, murmura Charline à son oreille.

Elles étaient maintenant dans les bras l'une de l'autre. La cuisse de Charline glissait sur le sexe de Lovelie, et la jouissance survint sans qu'elle ait eu le temps de s'y préparer. Elle se souleva sur la pointe des pieds, pour la fuir, mais elle dévalait dans ses entrailles. Sa respiration cassa. Les yeux clos, elle s'agrippa à Charline et se serra contre elle.

18

Lovelie raccroche

Lovelie reprit l'autobus plus tôt que prévu, submergée d'ambivalence. Elle regrettait de ne pas éprouver de regret. Comment cela était-il possible ? Comment avait-elle pu commettre un tel péché ? Car c'en était sûrement un, au regard de toute l'éducation religieuse qu'elle avait reçue. Pourquoi donc ne se sentait-elle pas coupable ? Elle se rappela de nouveau les propos de l'abbé Saint-Louis : « *... qu'elles ne nous entraînent pas à causer du mal aux autres.* » De ce côté, elle était tranquille. Elle n'avait certainement pas fait de mal à Charline. À elle-même ? C'était ce qu'elle cherchait à découvrir.

VICIEUSE ! COCHONNE ! SALOPE ! LESBIENNE ! Ces mots résonnaient parfois dans les couloirs de l'école, dans la cour de récréation, dans la rue, criés soit pour rire, soit dans l'intention délibérée de blesser. Ils ne lui étaient pas adressés. Certaines filles avaient le profil pour s'attirer ce genre de brimades — certains garçons aussi, dans un autre vocabulaire. Ce n'était pas qu'on la craignait, mais elle ne se plaçait jamais en position de faiblesse, et elle n'embêtait pas les autres. Non, si elle avait beaucoup souffert ailleurs, dans son milieu scolaire elle faisait partie de celles qui, pour des raisons énigmatiques, sont à l'abri de la cruauté juvénile. Qui aurait osé prétendre qu'elle ferait un jour ce qu'elle venait de faire ? Tout au plus quelques malappris frustrés de ne pas avoir retenu son attention ! S'il fallait que cela se sache ! Elle imagina les mots, tracés au liquide correcteur sur un mur des toilettes : « LOVELIE D'HAÏTI EST UNE LESBIENNE ! »

Elle se répéta la phrase plusieurs fois. Elle n'y croyait tout simplement pas. Elle ne se souvenait pas d'avoir été attirée une seule fois par une fille. Pourtant, elle avait ressenti un plaisir bien réel quand Charline l'avait touchée, un plaisir qu'elle ne pourrait plus oublier, qui avait donné une nouvelle dimension à son corps. De « juste un peu plus loin » en « juste un peu plus loin », elle s'était rendue à cette sorte de bout du monde. Et le monstre s'était montré fort doux.

Cela avait été bref. Quelques secondes, et Lovelie s'était laissée glisser de côté. Charline, soucieuse de préserver un gain qui la comblait, n'en avait pas rajouté. Lovelie avait effectué deux ou trois brasses et, reprise par sa pudeur, avait remis son maillot.

Charline avait fait cuire les saucisses. Il y avait du ketchup, des chips, du cola haïtien. Lovelie avait mangé sans goûter, en silence, en évitant le regard de son hôtesse. Le soleil lui brûlait la peau.

Aussitôt la table rangée, elle avait décidé de rentrer.

— Déjà ! s'était désolée Charline.

Lovelie n'avait pas cherché d'excuses. Elle n'avait pu empêcher Charline de lui faire la bise, mais elle l'avait contenue au strict minimum.

— On s'en reparle, d'accord ?

Lovelie avait acquiescé mollement de la tête.

— C'est sûr que c'est troublant la première fois. Ça va se replacer, tu vas voir, avait ajouté Charline.

Pour Lovelie, la question était de déterminer s'il s'agissait en effet d'une « première » fois. Des interrogations d'une telle gravité auraient dû la plonger dans de terribles tourments. Et pourtant non ! Elle considérait le problème avec un détachement analytique, qui n'était certes pas de la sérénité, mais une sorte de fatalisme. Vivre ça ou autre chose… Après tout, personne n'en était mort ni n'en mourrait, pour une fois !

* * *

Ce fut quand elle tourna dans la rue Verrier qu'elle ressentit un pincement au cœur, un pincement qui s'aggrava en face de la haute maison des Brûlotte. Ce n'était par ailleurs pas « leur » maison et, justement, ils songeaient à en acquérir une depuis qu'ils étaient à peu près certains que Genella resterait avec eux, mais cette perspective n'était pas de nature à éclaircir les états d'âme de Lovelie. En montant l'escalier arrière, sourde aux bruits familiers qui chuchotaient sur son passage comme si la ruelle entière connaissait son secret, elle avait le sentiment d'avoir trahi. Mon Dieu ! Si jamais on apprenait ça ! Et Lucie, dont elle partageait la chambre… Aurait-elle fait ça avec Lucie ? Non, cent fois non ! Mais Lucie était sa sœur. Les lesbiennes vont-elles avec leurs sœurs ? Probablement pas… Nathalie, alors ? Pourquoi pas Nathalie ? Des fois, elle avait des attitudes, des regards, des petits gestes, des mots qui pouvaient porter à confusion. Nathalie lesbienne ? Peut-être bien, mais ce n'était que maintenant que Lovelie se rendait compte de ces détails et qu'elle les interprétait.

À travers la porte-moustiquaire, elle vit Germaine assise dans la cuisine, devant une montagne d'épis barbus, qui enseignait à Genella l'art d'éplucher le maïs sucré, un bandeau sur la tête, car par ces chaleurs le moindre geste mettait la grosse femme en nage.

Lovelie demeura immobile un instant, la main sur la poignée. Elle avait le sentiment de revenir d'un si long voyage qu'elle craignait de ne pas être reconnue.

— Qu'est-ce qu'il y a ? interrogea Germaine. La porte n'est pas barrée.

— Non, fit Lovelie, revenant à elle.

— Y a-t-il une mouche ?

Germaine avait la phobie des insectes envahisseurs.

— C'est ça ! confirma Lovelie en faisant mine de chasser quelque chose de la main.

Elle entra.

Genella sauta de sa chaise et vint se frotter contre elle en quête d'un câlin. Lovelie frissonna et faillit la repousser, parce qu'elle se sentait contaminée. Elle se contenta de lui tapoter la tête.

— Bonjour, mon trésor, murmura-t-elle.

— Tu n'as pas l'air dans ton assiette, remarqua Germaine.

— Non, tout va bien ! C'est la chaleur.

« La chaleur ! ? » songea Germaine. Depuis quand son Haïtienne de fille adoptive avait-elle de la misère à supporter la chaleur ?

— Je peux prendre une douche ? demanda cette dernière.

— Bien certain, acquiesça aussitôt Germaine. Je n'ai pas vraiment besoin d'aide pour le souper, on mange rien que du blé d'Inde. Émile en a trouvé du beau à deux couleurs.

— Super ! Lucie n'est pas là ?

— Elle est juste allée acheter de la bière d'épinette. On va se faire des flotteurs à la *crème à glace* pour dessert. Qu'est-ce que tu en dis ?

Lovelie exprima son accord par une onomatopée bien sentie et voulut s'en aller dans la douche.

— Ah oui ! tandis que j'y pense, il y a une lettre pour toi, dit Germaine d'un air faussement détaché.

— Une lettre ?

— Oui.

— Une lettre pour moi ! ?

— Eh oui ! Une lettre adressée à ton nom. Elle est arrivée au magasin, par exemple. C'est M. Jeune qui l'a apportée en passant.

— Mais de qui ?

— Je n'en sais rien. Il n'y a pas d'adresse de retour. Tout ce que je peux te dire, c'est qu'elle a été *mallée* à Montréal. Elle est à côté de la radio.

Le poste se trouvait sur le frigo. Lovelie fronça le sourcil et, sautant d'une émotion à une autre, prit la lettre du bout des doigts, comme si elle était brûlante. C'était une enveloppe ordinaire. Elle était adressée à la main… et ce n'était pas l'écriture de Chomsky ! Elle en fut mi-soulagée, mi-déçue. L'écriture, féminine et régulière, ne lui rappelait rien.

Germaine faisait semblant de continuer à éplucher, mais toute son attention allait à Lovelie.

— Tu devines c'est de qui ? se risqua-t-elle à demander.

— Aucune idée, vraiment aucune, répondit Lovelie.

La situation devenait délicate. Lovelie ne voulait

pas blesser sa mère adoptive, mais un pressentiment lui enjoignait de ne pas ouvrir la lettre devant elle. Heureusement, à sa grande surprise, ce fut Germaine qui régla la question.

— Si ça te gêne, tu n'as qu'à aller la lire dans ta chambre.

On n'a pas idée de ce que cette phrase anodine représentait d'efforts, de travail sur soi, de la part de Germaine Brûlotte, qui cherchait à n'en rien laisser paraître. Elle s'appliquait de mieux en mieux à devenir une mère moderne, suivant les conseils qui venaient de la télévision, de la radio ou des « magazines de madame » qui étaient distribués gratuitement, et de ceux qu'elle achetait en attendant de passer à la caisse du supermarché.

— Bah... non... oui... balbutia Lovelie, avant de se décider à quitter la cuisine.

Assise sur son lit, elle commença par tâter l'enveloppe, geste parfaitement inutile. Puis, haussant les épaules, elle entreprit de l'ouvrir. Elle était soigneusement cachetée et Lovelie dut se servir de la lime à ongles en guise de coupe-papier.

Elle en retira un feuillet rose, sans doute prélevé dans un bloc-notes. L'écriture était la même que sur l'enveloppe. Pas de date, pas d'appel, même pas de signature. Rien qu'un paragraphe.

« *Tu ne me connais pas, Lovelie D'Haïti, nous ne nous sommes jamais rencontrées, mais j'ai beaucoup entendu parler de toi. J'ai un secret que je n'ai pas le droit de garder. Ça va peut-être te faire de la peine. Tu dois savoir que c'est Charline qui a appelé ton père pour lui dire que tu allais rencontrer ce garçon dans le métro. Je le sais, j'étais avec elle quand elle l'a fait. Elle pensait agir pour ton bien. Il ne faut pas lui en vouloir, elle t'aime.* »

La gorge nouée, Lovelie relut péniblement plusieurs fois le feuillet qui tremblait dans sa main. Elle revoyait son père enragé faisant irruption sur le quai. Bien sûr ! Comment avait-elle pu ne pas y penser ? Il n'y avait que Charline qui savait. Quelle naïve elle avait été ! Elle frissonna comme si une brise fraîche entrait par la fenêtre ouverte, alors que c'était tout le contraire. Elle serra les dents et, avec une rage glaciale, elle déchira la lettre en minuscules morceaux qu'elle jeta à mesure dans la corbeille.

Cette tâche accomplie, elle se dépêcha d'aller prendre la douche dont elle avait parlé. Elle la prit longue et brûlante, en se savonnant méticuleusement.

Germaine l'attendait à la sortie.

— *Coudon*, pour une fille qui se plaignait de la chaleur… maugréa-t-elle en chassant les effluves vaporeux que Lovelie entraînait dans son sillage.

— Je m'excuse, bredouilla Lovelie, je… C'est l'eau de piscine, on dirait que ça reste collé.

En réalité, Lovelie avait la peau en feu.

— Ah… Puis… ?

— Puis quoi ?

— Eh bien, la lettre ! Je suis curieuse. Mais je ne veux pas être indiscrète, si tu ne veux pas me dire…

— C'est correct, voyons ! C'est une niaiserie, ça vaut même pas la peine d'en parler… un client du magasin qui me tournait autour… un *twit*. Je l'ai déchirée en mille morceaux, c'était pas édifiant.

— T'as bien fait, ma grande, approuva Germaine, qui aurait quand même bien aimé jeter un coup d'œil sur la lettre en question. J'espère qu'il n'insistera pas.

— Il ne sait pas où je reste.

— C'est sûr, mais dans le règne qu'on vit, on n'est jamais trop prudent. Tu devrais demander à ta belle-mère de garder l'œil ouvert.

— Je vais le faire, promis. On mange bientôt ?

— On t'attend.

Lovelie, une serviette autour du corps et une autre sur la tête, se dépêcha d'aller dans sa chambre pour s'y habiller.

* * *

Le lendemain, un peu avant midi, Germaine sortit sur la galerie et appela Lovelie.

— C'EST CHARLINE AU TÉLÉPHONE !

Dans la ruelle, Lovelie, Lucie et Nathalie se dévouaient pour permettre à Genella et à une fillette du voisinage d'effectuer des sauts synchronisés avec une corde longue. Assise sur la première marche de l'escalier, Lovelie tenait le compte.

Elle inspira profondément.

— JE MONTE.

Elle avait passé la nuit à revivre l'étrange journée de la veille. Sa colère contre Charline n'avait pas connu de répit. Charline avait commis l'impardonnable, et, nonobstant son naturel miséricordieux, Lovelie n'avait aucune intention de lui pardonner, et elle était convaincue que c'était infiniment préférable pour son équilibre personnel. Elle lui avait déjà pardonné une fois, pour les souffrances subies quand elle était arrivée au Québec. Elle avait aussi pardonné, à titre posthume, à Guy-Marie Cadotte, le pédophile qui achetait à Andy Colon le droit d'abuser de sa petite personne. C'est vrai qu'il s'était suicidé, lui, mais elle lui aurait pardonné quand même, d'abord parce que ces gens-là sont des malades, et puis parce qu'il n'avait jamais prétendu être autre chose que ce qu'il était. En somme, il avait abusé d'elle, mais sans l'abuser. Les valeurs chrétiennes de Lovelie l'avaient même amenée jusqu'à prier pour l'âme d'Andy Colon. Enfin, elle avait encore, tout récemment, pardonné à sa belle-mère et à Jeune. C'était assez. Elle avait ses limites ; si elle venait d'apprendre une chose, c'était bien qu'elle n'était pas une sainte.

Peut-être en aurait-elle moins voulu à Charline d'avoir téléphoné à son père si celle-ci lui avait avoué cette vilaine action, dont elle ne pouvait prévoir les conséquences tragiques. Au contraire, Charline lui avait menti par abstention et l'avait manipulée, l'avait entraînée à faire des choses qui lui inspiraient désormais un profond dégoût.

Lovelie avait beaucoup tergiversé quant à la suite à donner à l'affaire.

Elle avait d'abord envisagé d'écrire à son tour une lettre fielleuse à Charline, pour lui exprimer sans ménagement son ressentiment, lui décrire en détail tout le mal qu'elle lui avait fait. Elle avait maintes fois ébauché les phrases furieuses de cette lettre dans son esprit, puis avait renoncé : cela faisait trop penser à ces règlements de compte mesquins que des filles chicaneuses faisaient passer par-dessous les pupitres, et que Lovelie avait toujours traités avec mépris.

Elle avait ensuite imaginé confronter Charline, la démasquer, l'accabler, bref, lui faire une scène à la hauteur de la faute, avant de rompre définitivement. Elle y avait aussi renoncé. Elle avait craint de ne pas avoir la force d'être implacable jusqu'au bout. Et surtout, ça aurait été encore s'exposer devant elle, d'une certaine manière.

Finalement, elle avait opté pour une autre démarche, qui lui paraissait la plus simple, et la plus cruelle. En lui téléphonant, Charline lui procurait l'occasion de régler ça alors qu'elle était encore résolument installée dans sa rancœur.

Il y avait deux téléphones dans la maison, un dans la cuisine et l'autre dans le passage, près de la porte avant. Lovelie se dirigea vers ce dernier et décrocha. Elle attendit que, à l'autre bout, Germaine eût raccroché.

— Lovelie ? fit Charline.

Lovelie ne dit rien.

— Allo ? C'est moi, Charline !

— Je sais.

Le ton en exprimait infiniment plus que ces deux petits mots. Charline, qui s'était préparée à une conversation tendre, en fut bouleversée.

— Ça ne va pas ?

Lovelie s'efforça de demeurer impassible.

— Je ne veux plus jamais entendre parler de toi, articula-t-elle.

Charline bafouilla son incrédulité.

— Tu as bien compris, ajouta Lovelie. Ne m'appelle plus jamais, je ne répondrais pas. N'essaie pas de me joindre d'aucune manière, je ne te connais plus.

— Mais comment ? Qu'est-ce que... Si c'est à cause d'hier, je... Explique-moi ce...

— Je vais raccrocher.

— Lov…

Lovelie raccrocha.

Dans la cuisine, elle demanda à Germaine de ne plus lui passer les appels de Charline, si cette dernière téléphonait de nouveau.

— Vous vous êtes chicanées ?

— On peut dire, oui.

Lovelie regarda Germaine dans les yeux que la bonne femme écarquillait d'étonnement.

— Je n'ai pas envie d'en parler maintenant. Seulement, ce n'est vraiment pas une bonne amie pour moi.

— Bon, c'est tes affaires.

Germaine haussa les épaules pour dissimuler son inquiétude, car elle avait la certitude que cette résolution de Lovelie avait un rapport avec la mystérieuse lettre de la veille.

— De toute façon, j'ai jamais eu confiance dans cette fille-là, conclut-elle.

Sans prévenir, Lovelie s'approcha et enroula ses bras autour du cou de sa mère adoptive.

— Je ne vous remercie pas assez souvent pour tout ce que vous faites pour moi.

Elle embrassa la joue de Germaine, dont les yeux, qui venaient à peine de reprendre leur dimension normale, se remplirent d'eau.

Mais Lovelie passait déjà la porte-moustiquaire pour aller rejoindre les autres, fière d'elle et ne doutant pas un instant qu'elle venait d'évincer Charline pour toujours, et fière aussi de ne ressentir aucune pitié pour la souffrance que cette dernière devait déjà endurer.

C'était un sentiment tout nouveau, sans doute un

tournant dans sa vie plus important encore que la mort de son père. Elle ne deviendrait certes jamais méchante, mais elle serait sans pitié quand il s'agirait de se protéger.

Les fillettes dansaient toujours. La température s'était rafraîchie.

19

Aux grands maux...

Assise de biais sur le plateau de l'escabeau, Charline fixait le fond de la piscine à travers l'eau trouble qui ne miroitait plus, car le ciel était couvert. Des insectes à l'agonie dérivaient à la surface. Il aurait fallu nettoyer l'écumoire et administrer une surdose de chlore.

Comment, en quarante-huit heures, l'eau si pure dans laquelle elle avait goûté le bonheur suprême avait-elle pu se corrompre ? Ces arabesques noires dessinées par le corps de Lovelie dans la circonférence cristalline n'avaient-elles donc été qu'hallucinations ? Et les soupirs ingénus que le plaisir lui avait arrachés n'avaient-ils été que fantasmes ? Pourquoi Lovelie, si disponible lors de ce magnifique après-midi, la rejetait-elle maintenant sans même un mot d'explication ?

Elle avait essayé de la rappeler. À la façon dont Germaine Brûlotte avait demandé : « Qui c'est qui parle ? », elle avait compris que cela ne servirait à rien, comme il ne servirait à rien de tenter d'approcher Lovelie par quelque astuce.

À peine avait-elle tenu l'objet de ses désirs qu'il s'évanouissait entre ses bras ; à peine avait-elle atteint le sommet de la pyramide qu'elle se désagrégeait sous ses pieds et que le désert l'entourait de nouveau, pire qu'avant, car elle avait bu l'eau de l'oasis sacré, et cette eau avait vitalisé son amour. Cette eau désormais l'appelait à la mort.

Comment s'y prendre pour se noyer dans une piscine dans laquelle on peut se tenir debout ? Même en s'attachant une pierre autour du cou, à supposer qu'elle en trouvât une ainsi que de la corde, elle pourrait encore remonter, dans le cas où elle changerait d'idée en cours de suicide, ce qui ne manquerait pas d'arriver. À moins de se soûler avant ! Il y avait de l'alcool dans la maison. Et pourquoi pas des somnifères avec ça ? Mélanie en prenait. Peut-être y en avait-il dans la pharmacie.

Charline se voyait déjà fondre dans l'eau ; indolente, insensible, elle se dissolvait dans la non-existence et, enfin, elle ne ressentait plus cette insupportable crampe à l'âme.

Sauf que c'était la piscine de Mélanie, dans la cour de Mélanie, derrière la maison de Mélanie, quoique peut-être plutôt celle de son mari, mais lui n'existait pas pour Charline, pas plus que le fils. Elle ne pouvait pas faire ça à Mélanie. Rentrer de vacances et trouver un corps dans la piscine, un corps connu, un corps cher, un corps qu'on a caressé ! Personne ne méritait cela, et surtout pas son amie fidèle, son amante.

Alors où, quand, comment assouvir une fois pour toutes son besoin de n'être plus ?

Elle entendit le son d'une voiture dans l'allée. Le véhicule immobilisé, le moteur continua de tourner plusieurs secondes avant de s'arrêter en toussant. C'était là la manière de Mélanie : elle ramassait ses affaires, détachait sa ceinture et ouvrait même la portière avant de couper le contact. La portière grinçait. C'était donc bien elle, dans sa petite voiture d'occasion que son mari lui avait achetée pour « les commissions ». Elle était certainement seule, car elle n'avait guère confiance dans ce tacot, et elle n'y transportait pas le petit sur de longues distances.

Charline entendit ouvrir la barrière qui séparait l'allée du jardin. Elle se retourna. Mélanie attendait là, immobile, n'osant pas rentrer chez elle, craignant de déranger, vêtue sans éclat d'un jean et d'un blouson sport bleu poudre sur un pull de coton blanc, le sac pendu à l'épaule, les cheveux attachés en queue de cheval, une mèche échappée flottant sur son front, le regard interrogateur.

Elle attendait un signe pour approcher, en coupable qui quémande le pardon. Charline ne saisit pas cela.

— Allo ! dit-elle en descendant de l'escabeau. Tu es seule ?

C'était plus une constatation qu'une question. Mélanie confirma d'un air grave.

— Qu'est-ce qui se passe ? Il est arrivé quelque chose ? demanda Charline, intriguée, tandis que Mélanie refermait la barrière opaque.

— Non, il n'est rien arrivé.

— Et les autres ?

— Ils vont bien, ils sont restés là-bas.

— Tu es venue chercher des affaires ?

Mélanie regarda Charline, puis baissa pudiquement les yeux.

— Je suis revenue pour toi.

— Pour moi !

Charline cligna des yeux. L'irruption de Mélanie

au cœur de son cafard amoureux provoquait un remuement d'émotions qui la déroutait.

— Mon Dieu ! Mais vous deviez rentrer dans deux jours, de toute façon. Ça pressait tant que ça ?

Charline eut peur de décevoir son amie ; elle n'avait guère la tête au sexe.

— C'est plus… Il reste du *coke* ?

— Oui.

— J'ai soif. Allons dans la cuisine.

Charline, dont la curiosité était piquée au point de la détourner un peu de sa peine, la suivit.

Mélanie tira la porte-moustiquaire coulissante et s'arrêta un instant avant d'entrer, comme elle l'avait fait à l'instant. Elle alla au frigo, regarda autour d'elle d'une manière inhabituelle.

— J'ai rien dérangé, se défendit Charline.

— Je le sais bien, la rassura vivement Mélanie, ce n'est pas à ça que je pense. Tu en veux ?

— Ouais ! répondit Charline avec un léger haussement d'épaules.

Mélanie prit quatre pailles et en tendit deux à Charline. Seul le bruit du métal sectionné et du gaz expulsé troubla le silence pendant qu'elles ouvraient chacune leur boîte. Puis, avec des gestes synchrones et identiques, elles aspirèrent une courte gorgée.

Mélanie ne se délestait pas de son air grave et, Charline éprouvant ce qu'elle éprouvait, l'atmosphère était d'une lourdeur à la limite du mortuaire.

— Comment ça s'est passé, pour toi ? demanda Mélanie.

— Pas de problème. J'ai un peu négligé la piscine…

— Je ne parle pas de ça. Comment ça s'est passé… avec Lovelie ?

— Comment ça, avec Lovelie ?

— Tu n'étais pas obligée de me le dire, et tu n'es pas obligée de me répondre non plus. Mais il ne fallait pas une boule de cristal pour deviner que tu allais l'inviter ici et essayer… de la séduire ! Tu l'as fait ?

Charline but un peu.

— Oui, admit-elle. Je m'excuse…

Mélanie protesta de la tête sans quitter sa canette des yeux.

— C'est correct ! Je voulais que tu profites de la maison. Tu l'as fait, je n'ai rien à redire.

Mélanie porta les pailles à ses lèvres et fit mine d'aspirer.

— À te voir l'air, je me doute que ça n'a pas trop bien marché.

Charline ne songea même pas à cacher quoi que ce soit.

— Au contraire, ça a marché.

— Ah ! fit Mélanie dépitée. Et vous avez…

— Oui. C'était…

Charline n'en dit pas plus. Par pudeur, par respect pour les sentiments de sa compagne, et aussi parce que ce bonheur astronomique s'était agglutiné en une motte au fond de sa gorge. Elle se limita à un demi-sourire souligné d'un geste de la main.

— Eh bien ! Qu'est-ce qui te rend si triste, alors ?

Mélanie déployait de grands efforts pour ne pas cacher la déception que seuls les propos ambigus de Charline la retenaient encore de ressentir cruellement.

— Je ne sais pas ce qui lui est passé par la tête ensuite, mais du jour au lendemain, elle n'a plus voulu me voir, même pas me parler au téléphone, rien. Elle ne veut plus rien savoir de moi, elle me jette.

— Oh !

Mélanie approcha sa chaise, frotta le dos de Charline et attira sa tête dans le creux de son épaule.

— Ma pauvre chérie…

Charline se laissa cajoler et, trente secondes après, elle pleurait. Elle pleura le temps que le coca tiédisse, doucement, imbibant le blouson de son amie, qui la berçait et lui caressait la tête en répétant :

— Je le savais, je le sentais… À quoi t'attendais-tu, pauvre amour ? poursuivit-elle quand les pleurs de Charline commencèrent à se tarir.

— Mais pourtant…

— Elle s'est permis une fantaisie, une expérience.

— Je suis sûre qu'elle a aimé ça…

— Sans doute, mais ça ne veut rien dire. Elle est en pleine adolescence. C'est changeant, les ados, ça fait des choses et ça y pense après. Ça t'aime un jour et ça te déteste le lendemain. Ça se connaît mal. Regarde seulement moi. Un jour, je me suis laissé prendre par un homme. Sur le coup, je ne peux pas affirmer que ça m'écœurait, mais si je n'étais pas tombée enceinte comme une idiote, j'aurais arrêté ça. Et j'avais quand même quelques années de plus que ta Lovelie.

— Mais je l'aime, moi !

Mélanie embrassa les cheveux de Charline.

— Je comprends. Tu n'es pas la première à aimer sans être aimée de la même manière en retour. Il faudra bien que tu finisses par l'oublier.

— Je ne suis pas capable, sanglota Charline.

— Tu ne seras jamais capable tant qu'elle sera dans ton environnement, tant que tu retourneras travailler dans ce magasin où tout te la rappelle. Il faut que tu partes, que tu vives ailleurs, autre chose.

— Partir ?

— C'est mieux que mourir, non ?

Charline baissa les yeux.

— Si tu restes ici, tu vas mourir à petit feu, continua Mélanie.

— Partir… Où ?

— Je ne sais pas trop, partir avec moi.

— Comment ça ? En voyage ?

— Non. Partir tout court.

Charline se détacha et regarda Mélanie dans les yeux.

— Je te comprends mal…

— C'est simple : je m'en vais.

— Comment ça, tu t'en vas ? Où ça ?

Mélanie haussa les épaules.

— Dans l'ouest, loin dans l'ouest, loin d'ici, quoi. Je suis décidée. Je ne peux plus vivre cette vie-là, mentir à tout le monde, je n'en peux plus.

— Tu veux dire que tu vas… abandonner ton fils ?

— Oui, inspira profondément Mélanie. Je vais l'abandonner, à son père. Avant de les détester tous les deux.

— Une mère ne peut pas détester son enfant !

— Justement. Il ne faut pas que j'en arrive là. Je ne l'ai pas voulu, ce garçon, je n'ai rien voulu de cette vie. C'est une erreur que j'ai commise, et j'ai essayé de toutes mes forces de l'assumer. Je me disais que ce n'était pas à l'enfant d'en souffrir. Sauf que je me rends compte maintenant qu'il en souffrira tôt ou tard. Il sera mieux avec une mère partie qu'avec une mère alcoolique, droguée ou carrément folle. Il sera mieux sans moi qu'avec ce que je vais devenir si je continue.

— Et tu veux partir quand ?

— Le temps de ramasser mes affaires. J'ai laissé une lettre à Steven. Il est en randonnée avec le petit. Ça va lui donner un coup, c'est sûr, mais c'est un gars solide et débrouillard, il passera au travers. De toute façon, il ne m'a jamais vraiment aimée, lui non plus. J'ai retiré mon argent de la banque. C'est pas énorme, mais assez pour rouler un bout. Après, je trouverai n'importe quoi, je vendrai des hamburgers, s'il le faut.

Charline la regardait, bouche bée.

— Viens avec moi, Charline. Que tu viennes ou non, je pars, mais ce serait tellement mieux si on partait ensemble. Passe chez toi, prends l'essentiel, raconte à ta mère que je t'ai invitée au chalet, tu lui écriras plus tard. Dans une semaine, on peut être à Vancouver. Il paraît que c'est une ville *cool*.

— Je ne peux pas abandonner ma mère avec Surprenant !

— Pourquoi pas ? Elle n'est pas si vieille, je suis sûre que la plupart de ses bobos sont exagérés, et elle a des moyens. Ça la forcera à trouver autre chose que l'église et la clinique pour remplir sa vie.

Charline paraissait incrédule, mais déjà dans son regard passaient des reflets de routes, de plaines et de montagnes, des reflets d'ailleurs.

— C'est encore l'été, insista Mélanie. J'ai fait vérifier la *minoune*, l'huile est fraîche, les courroies sont neuves, les pneus et les freins bons pour vingt mille kilomètres. Et je prends la vieille tente qui pourrit dans la remise. Pourquoi hésiter ? Même si tu avais toujours Lovelie en tête, on était bien, ensemble, non ?

Et cela s'ouvrit dans l'esprit de Charline, tout grand, comme une clairière lumineuse à l'orée de la forêt sombre, comme un estuaire au sortir du marais. Partir, oui !

— Dépêchons-nous, dit-elle.

— *Yes !* jubila Mélanie.

Elle étreignit vigoureusement son amie, puis alla prendre des sacs à ordures verts dans l'armoire sous le lavabo.

— Va chercher la tente pendant que je me ramasse.

Épilogue I

Tout est beau, vu du ciel.
Je ne veux plus descendre,
J'ai les yeux pleins de sel,
Et mon cœur est en cendres.
Je n'ai qu'un seul bagage :
Le souvenir de toi,
Les traits de ton visage
Entre tes cheveux soie,
Et en me rappelant tes yeux pers,
J'irai jeter ces vers
À la mer.

Chomsky déchira la page de son carnet, la plia en deux. Il prit dans sa ceinture le livre de François Villon qui s'ouvrit tout seul à la page où il avait glissé la carte que Cipiletti lui avait remise juste avant de monter dans l'avion. C'était de Lovelie. Elle avait simplement écrit :

Bon voyage et bonne chance, Chomsky. Je ne sais pas si elles sont encore bonnes, mais j'avais gardé ces quelques gourdes, au cas où. Tu en auras plus besoin que moi.

Et elle avait ajouté des « X » à sa signature.

Chomsky posa les lèvres sur l'écriture ronde et ferme de Lovelie. Il était content qu'elle ait finalement accepté sa décision. Il était sûr que la peine qu'il lui avait faite guérirait vite. Elle rencontrerait un autre garçon, elle se marierait peut-être et aurait des enfants, en tout cas, elle ferait ce qu'elle voudrait de sa vie. Il demeurait convaincu d'avoir agi pour le mieux.

Mais à lui, combien faudrait-il de temps pour oublier ? Cet amour, dont il avait nié l'existence devant elle, est-ce qu'il finirait par se dissoudre ? Pourrait-il jamais en aimer une autre ?

Il aurait accepté la prison, oh oui ! pour elle, il aurait accepté n'importe quoi, puisqu'il acceptait de s'en séparer pour toujours. Par contre, il n'avait pas le droit de la laisser engager sa vie pour lui.

Il avait entrevu toutes ces années perdues à se préoccuper de lui, à le visiter en prison, à l'attendre, à s'occuper de lui à sa sortie, car rien ne l'aurait détournée de son engagement, pas même de cesser de l'aimer, puisqu'elle n'aurait pas toujours quinze ans.

Il n'était pas assis près du hublot. Il ne pouvait que deviner l'île d'Hispaniola qui se dessinait au loin, où il revenait enfin, avec son cœur gros pour toute fortune.

Épilogue 2

Le soleil venait à peine de s'installer dans ses hauteurs quand Lovelie arriva à Mirabel. Elle avait trois heures d'avance : elle ne voulait courir aucun risque.

Elle n'était d'ailleurs pas la seule à penser ainsi puisque, une demi-heure plus tard, la majorité des participants au projet attendaient l'appel pour les premières formalités.

Mme Moïse arriva la dernière, seule — il semblait que sa relation avec Messier tirait à sa fin. Elle ne partait pas avec les jeunes, et elle le regrettait. Sa présence était cependant essentielle, puisqu'elle avait soutenu Lovelie à partir du moment où, vers la fin de son cours secondaire, cette dernière avait eu l'idée du projet *Aidons Haïti–1991*. Sans l'énergie légendaire de la redoutable enseignante, il est peu probable qu'on eût rempli les conditions financières et administratives qui permettaient à la douzaine d'étudiants en techniques policières du cégep Maisonneuve — pas tous d'origine haïtienne — de s'envoler, par ce tiède avant-midi de juin, vers Port-au-Prince. De là, sous la gouverne de l'abbé Saint-Louis, que Lovelie reverrait après une séparation de cinq ans, le groupe se rendrait aux Cayes pour travailler bénévolement, durant presque deux mois, dans un collectif d'alphabétisation.

L'arrivée au pouvoir du président Aristide, en février, suscitait encore les plus vibrants espoirs, et nul n'aurait voulu croire qu'il allait être chassé du pays dans les derniers jours de septembre de la même année.

Mme Moïse, dans la fébrilité des grands moments, s'occupa des dernières vérifications, tandis que Lovelie demeurait avec les siens en attendant l'heure de passer les barrières.

Genella ne lâchait pas le bras de sa grande sœur. Elle n'était plus la fillette malingre récupérée par les Brûlotte à l'été de 1988, elle avait sa propre vie sociale, mais la perspective d'un été sans Lovelie représentait tout de même une épreuve.

Lucie remettait en question sa décision de ne pas participer au projet, surtout depuis que l'emploi d'été dont elle rêvait lui semblait impossible à dénicher. Elle oubliait que, parmi les facteurs ayant mené à sa décision, il y avait le sentiment que Lovelie devait effectuer son pèlerinage seule, c'est-à-dire sans être accompagnée de ses intimes.

Nathalie, plus chanceuse, avait déjà commencé à travailler dans un atelier d'animation théâtrale et ne pouvait donc assister au départ.

Germaine ne tarda pas à se coller un mouchoir sur le nez. À Lovelie, elle émettait une recommandation aux quatre minutes, malgré les propos rassurants de son mari Émile, qui lui rappelait que leur fille avait maintenant dix-huit ans, et que le séjour en Haïti était parfaitement organisé.

— Oui, mais…

Parmi ses innombrables « Oui, mais… », il en était un dont elle ne prononça pas le nom avant qu'elle ne vît monter vers le ciel l'avion resplendissant qui emportait Lovelie et ses camarades.

— J'espère, se confia-t-elle à Émile, que là-bas elle ne va pas retrouver son… Gretsky ou quelque chose comme ça.

— Gretsky, c'est un joueur de hockey, Germaine, et ça m'étonnerait qu'il ait une résidence en Haïti. C'était Chomsky, si je me rappelle bien. Mais voyons donc ! Elle n'a jamais eu de nouvelles de lui depuis qu'il a quitté le pays. Il n'est peut-être même plus là. Et puis, c'est un petit pays, mais il y a des millions d'Haïtiens. Elle a autant de chances de tomber sur lui que de gagner à la loterie !

— N'empêche…

Du même auteur, à la courte échelle :

Lovelie D'Haïti, tome 1, 2003
(Primé par l'Association des auteurs
de la Montérégie, 2004)

*Lovelie D'Haïti : Le Temps
des déchirures, tome 2*, 2004

Chez d'autres éditeurs :

Les Noces d'eau, 1995

Fleur-Ange, 1995

La Petite hindoue, 1999

Michel ou l'Ultime envol, 2002

*Enquête sur la mort
d'une vierge folle*, 1997

*Enquête sur le viol
d'un père Noël*, 1998

*Meurtre au bon Dieu
qui danse le twist*, 2000

*La Dernière enquête
de Julie Juillet*, 2002
(Finaliste, prix Arthur Ellis)

Parus à la courte échelle :

Romans

Valérie Banville
Canons

Patrick Bouvier
Des nouvelles de la ville

Chrystine Brouillet
Le Collectionneur
C'est pour mieux t'aimer, mon enfant
Les fiancées de l'enfer
Soins intensifs
Indésirables

Marie-Danielle Croteau
Le grand détour

Hélène Desjardins
Suspects
Le dernier roman

Sylvie Desrosiers
Voyage à Lointainville
Retour à Lointainville

Annie Dufour
Les enfants de Doodletown

Andrée Laberge
Les oiseaux de verre
L'aguayo

Anne Legault
Détail de la mort

Jean Lemieux
La lune rouge
La marche du Fou
On finit toujours par payer

Nathalie Loignon
La corde à danser

André Marois
Accidents de parcours
Les effets sont secondaires

Judith Messier
Dernier souffle à Boston

Sylvain Meunier
Lovelie D'Haïti, tome 1
Le temps des déchirures, tome 2

André Noël
Le seigneur des rutabagas

Stanley Péan
Zombi Blues
Le tumulte de mon sang

Maryse Pelletier
L'odeur des pivoines
La duchesse des Bois-Francs

Raymond Plante
Projections privées
Le nomade
Novembre, la nuit
Baisers voyous
Les veilleuses

Jacques Savoie
Le cirque bleu
Les ruelles de Caresso
Un train de glace

Alain Ulysse Tremblay
Ma paye contre une meilleure idée que la mienne
La langue de Stanley dans le vinaigre

Récits

Sylvie Desrosiers
Le jeu de l'oie. Petite histoire vraie d'un cancer

Guide pratique

Yves Bernard et Nathalie Fredette
Guide des musiques du monde. Une sélection de 100 CD

Achevé d'imprimer en janvier 2006
sur les presses de l'imprimerie Gauvin,
Gatineau, Québec